THE WALKING DEAD

Obras dos autores publicadas pela Galera Record

The Walking Dead: *A ascensão do Governador*
The Walking Dead: *O caminho para Woodbury*
The Walking Dead: *A queda do Governador – parte 1*
The Walking Dead: *A queda do Governador – parte 2*
The Walking Dead: *Declínio*
The Walking Dead: *Invasão*

JAY BONANSINGA

THE WALKING DEAD

CRIADO POR ROBERT KIRKMAN

INVASÃO

Tradução
Ryta Vinagre

2ª edição

Galera
RIO DE JANEIRO
2025

CIP-BRASIL. CATALOGAÇÃO NA PUBLICAÇÃO
SINDICATO NACIONAL DOS EDITORES DE LIVROS, RJ

Kirkman, Robert
K65w The Walking Dead: Invasão / Robert Kirkman, Jay Bonansinga; tradução Ryta Vinagre. – 2. ed. – Rio de Janeiro: Galera Record, 2025.
(The walking dead; 6)

Tradução de: The Walking Dead: Invasion
ISBN 978-85-01-10660-5

1. Ficção de terror americana. I. Bonansinga, Jay. II. Vinagre, Ryta. III. Título. IV. Série.

15-25749 CDD: 813
CDU: 821.111(81)-3

Título original:
Robert Kirkman's The Walking Dead: Invasion (book #6)

Publicado mediante acordo com St. Martin's Press, LLC.

Texto revisado segundo o novo Acordo Ortográfico da Língua Portuguesa.

Composição de miolo: Abreu's System

Direitos exclusivos de publicação em língua portuguesa somente para o Brasil adquiridos pela
EDITORA RECORD LTDA.
Rua Argentina, 171 – Rio de Janeiro, RJ – 20921-380 – Tel.: 2585-2000, que se reserva a propriedade literária desta tradução.

Impresso no Brasil

EDITORA AFILIADA

ISBN 978-85-01-10660-5

Seja um leitor preferencial Record.
Cadastre-se e receba informações sobre nossos lançamentos e nossas promoções.

Atendimento e venda direta ao leitor:
sac@record.com.br

Este livro foi composto na tipologia Palatino LT Std, em corpo 10,5/15,65, e impresso em papel offwhite no Sistema Digital I nstant Duplex da Divisão Gráfica da Distribuidora Record.

Para James J. Wilson, um camarada bad boy levado cedo demais

AGRADECIMENTOS

Muchas gracias a Robert Kirkman por produzir a pedra de Roseta — o maior quadrinho de terror já escrito — e por me dar uma oportunidade de trabalho única. E também um viva aos fãs e à incrível equipe da Walker Stalker Convention — vocês fazem com que um humilde escritor se sinta um astro do rock. Agradecimentos especiais a David Alpert, Andy Cohen, Jeff Siegel, Brendan Deneen, Nicole Sohl, Lee Ann Wyatt, T. Q. Jefferson, Cris Macht, Ian Vacek, Shawn Kirkham, Sean Mackiewicz, Dan Murray, Matt Candler, Mike McCarthy, Bryan Kett e Steven e Lena Olsen, da A Little Shop of Comics, Scotch Plains, New Jersey. Um agradecimento extraespecial à pessoa que serviu de modelo para Lilly Caul, minha mulher e melhor amiga (e musa), Jill Norton: você é o amor de minha vida.

PARTE 1

O Comportamento das Ovelhas

"Que o Senhor destrua todos os tiranos da igreja. Amém."

— Miguel Servet

UM

— *Por favor, pelo amor de Deus,* PAREM COM ESSA LENGA-LENGA INFERNAL POR UM MINUTO QUE SEJA!! — O homem alto atrás do volante luta para manter o Escalade amassado na estrada, e na mesma velocidade, sem passar por outro ser recurvado, ou por um aglomerado de coisas mortas rondando as margens das duas pistas. Sua voz está rouca de toda a gritaria. Parece que cada músculo do corpo está em chamas. Há sangue de um ferimento do lado esquerdo do couro cabeludo escorrendo para seus olhos. — Já falei, vamos arrumar ajuda médica logo, logo... Assim que a gente se livrar dessa horda de malditos!

— É só que... Não tá nada bom, pastor... Acho que um de meus pulmões foi perfurado! — O jovem no banco de trás, um dos dois passageiros do SUV, vira a cabeça para o vidro traseiro quebrado enquanto o veículo passa fazendo barulho por outro grupo de figuras esfarrapadas e sombrias, que se arrastam pelo acostamento de cascalho da estrada, lutando por alguma coisa preta e molhada.

Stephen Pembry desvia os olhos da janela, piscando de dor, muito ofegante, enxugando as lágrimas. Uma pilha de panos ensanguentados, rasgados da barra da camisa, estão espalhados ao lado dele. Há um buraco escancarado e irregular no vidro, que sopra um turbilhão de vento pelo banco traseiro escuro, agitando os trapos e embaraçando o cabelo coberto de sangue do jovem.

— Não consigo respirar direito... Não consigo respirar bem, pastor... Quero dizer, a questão é que, se a gente não encontrar um médico logo, vou me ferrar.

— Acha que não sei disso?! — O reverendo grandalhão agarra o volante com mais força, as imensas mãos nodosas assumindo um branco cinzento. Os ombros largos, ainda vestidos no casaco preto da igreja, surrado da batalha, recurvam-se sobre o painel, e as luzes verdes dos instrumentos iluminam a face comprida, cinzelada, com rugas fundas. Ele tem o rosto de um pistoleiro envelhecido, marcado e vincado pelos tempos difíceis. — Tudo bem... Escute... Desculpe ter me zangado com você. Olhe aqui, irmão. Estamos quase na divisa do estado. O sol vai nascer logo, e vamos achar ajuda. Eu prometo. Aguente firme.

— Por favor, ande logo, pastor — resmunga Stephen Pembry, com uma tosse seca. Ele se segura, como se suas entranhas estivessem a ponto de se derramar, então observa as sombras em movimento atrás das árvores. O reverendo se distanciou pelo menos 300 quilômetros de Woodbury, mas os sinais da super-horda ainda infestam o interior.

Ao volante, o reverendo Jeremiah Garlitz olha pelo retrovisor cheio de pequenas fissuras.

— Irmão Reese? — Ele corre os olhos pelas sombras do banco traseiro, examinando outro jovem de 20 e poucos anos encostado nos cacos da janela oposta. — Como está se aguentando, filho? Tá tudo bem? Fale comigo. Ainda está conosco?

O rosto juvenil de Reese Lee Hawthorne fica visível só por um instante, quando passam pelo brilho laranja e distante de um incêndio vindo de uma fazenda, ou de uma floresta, ou de uma pequena comunidade de sobreviventes, tudo consumido em chamas; uma conflagração de 1 quilômetro e meio que cospe flocos de cinzas na atmosfera como uma nevasca. Por um momento, na luz bruxuleante, Reese parece estar inconsciente, dormindo ou desmaiado. De súbito, abre os olhos e se agita no banco, como se estivesse sendo eletrocutado.

— Ah... Eu só estava... Ah, meu Deus... Foi um sonho do caramba. — Ele tenta se orientar. — Estou bem, tô legal... O sangramento parou... Mas, Jesus, foi um sonho horrível.

— Continue falando, filho.

Nenhuma resposta.

— Conte o sonho para nós.

Ainda nenhuma resposta.

Por um tempo, seguem em silêncio no carro. Pelo para-brisa sujo de sangue, Jeremiah vê os faróis iluminando as linhas brancas e apressadas do asfalto leproso, quilômetro após quilômetro de estrada tomada de destroços agitando-se abaixo deles, uma paisagem interminável do Fim dos Tempos, uma desolação de decadência rural depois de quase dois anos da praga. As árvores esqueléticas dos dois lados da rodovia são um borrão nos marejados olhos ardidos do pastor. Suas próprias costelas doem vez por outra, a cada torção da cintura, tirando seu fôlego; talvez uma fratura, talvez coisa pior, ferimentos sofridos no confronto tumultuado entre seus subordinados e o povo de Woodbury.

Ele supõe que Lilly Caul e seguidores terão todos morrido na mesma turba enorme de errantes que provocou tamanha destruição na cidade, atropelando as barricadas, virando carros, invadindo casas e prédios, eviscerando igualmente inocentes e culpados, e estragando os planos de Jeremiah de encenar seu glorioso ritual. Será que o Bom Senhor tinha se ofendido com o esquema grandioso do pastor?

— Fale comigo, irmão Reese. — Jeremiah sorri para o reflexo do jovem, desfigurado no retrovisor. — Por que não nos conta o pesadelo? Afinal... tem uma plateia cativa por aqui, não é?

Por outro momento, persiste o silêncio canhestro, com o ruído branco do vento e do bater dos pneus proporcionando uma trilha sonora hipnótica à sua infelicidade. Depois de respirar longamente, o jovem no banco traseiro enfim começa a murmurar numa voz baixa e áspera.

— Não sei se vai fazer algum sentido... Mas a gente tava em Woodbury, e tava... A gente ia acabar com tudo e ia para o paraíso juntos, como planejamos.

Uma pausa.

— Sei... — Jeremiah faz um gesto encorajador de cabeça. Pelo retrovisor, vê Stephen tentando ignorar os ferimentos e ouvir. — Continue, Reese. Está tudo bem.

O jovem dá de ombros.

— Bem... Foi um daqueles sonhos que a gente tem de vez em quando, sabe como é... Tão nítido que parece que você pode estender a mão e tocar, sabe? A gente estava naquela arena de corrida... Pra falar a verdade, era *igualzinho* a ontem à noite, exatamente assim... E tava tudo pronto para o ritual. — Ele baixa os olhos e engole com dificuldade, talvez pela dor, pela reverência a um momento tão glorioso, ou pelas duas coisas.

— Eu e Anthony trazíamos a bebida sagrada, atravessando um daqueles túneis para o centro do campo, e víamos o arco de luz no fim do túnel, dava para ouvir sua voz cada vez mais alta, falando que essas oferendas eram a carne e o sangue de Seu único filho, sacrificado para que a gente possa viver na paz eterna... Depois... Depois... Chegamos à arena, e você estava parado ali no pódio, todos os nossos irmãos e irmãs faziam fila na sua frente, na frente das arquibancadas, se preparando para tomar a bebida sagrada que ia mandar todos nós para a Glória.

Ele se interrompe por um momento para se afastar do canto, os olhos brilhando de pavor e angústia. Em seguida, respira fundo outra vez.

Jeremiah o observa atentamente pelo retrovisor.

— Continue, filho.

— Mas, então, é aqui que tudo fica meio incerto. — Ele funga, estremecendo por uma pontada aguda na lateral do corpo. Em meio ao caos da ruína de Woodbury, o Escalade capotou, e os homens foram gravemente feridos. Várias vértebras na espinha de Reese se deslocaram. Agora ele força a dor goela abaixo. — Um por um, eles começaram a tomar uns goles do que estava nos copinhos...

— Sabe o que eu acho? — Jeremiah o interrompe, seu tom ficando amargurado e tristonho. — Aquele caipira velho do Bob substituiu o líquido por água. Mas tenho certeza de que a essa altura ele já bateu as botas. Ou talvez tenha sido transformado, com o resto do pessoal. Inclusive aquela mentirosa sem-vergonha da Lilly Caul. — O pastor bufa. — Sei que não é uma coisa muito cristã de se dizer, mas aquele pessoal teve o que merecia. Intrometidos... covardes. *Pagãos*, todos eles. Para mim, já vão tarde.

Estende-se outro instante de silêncio tenso, então Reese continua em sua monotonia débil.

— Aí... O que aconteceu depois, no sonho... Eu nem consigo... É tão horrível que nem consigo descrever.

— Então *não descreva* — intromete-se Stephen das sombras do outro lado do banco, o vento agitando o cabelo comprido. No escuro, as feições estreitas de furão, sujas de sangue coagulado e pedaços endurecidos, fazem dele praticamente uma figura de Dickens, como um limpador de chaminés que permaneceu ali dentro por tempo demais.

Jeremiah solta um suspiro.

— Deixe o jovem falar, Stephen.

— Sei que foi só um sonho, mas foi real demais — insiste Reese. — Todo o nosso pessoal, a maioria morta agora, cada um tomou um gole, e eu vi a cara deles escurecer, como se sombras descessem sobre vidraças. Seus olhos se fecharam. Eles baixaram a cabeça. Depois... Depois... — Ele mal consegue se obrigar a falar. — Cada um deles... *se transformou*. — O rapaz contém as lágrimas. — Um por um, toda aquela gente de bem que foi criada comigo... Wade, Colby, Emma, o irmão Joseph, a pequena Mary Jean... Seus olhos ficaram esbugalhados, e eles já não eram mais humanos... Eram errantes. Vi os olhos deles no sonho... Brancos, leitosos, brilhando... Pareciam olhos de peixe. Tentei gritar e fugir, mas aí vi... Eu vi...

Subitamente, Reese se cala de novo. Jeremiah lança outro olhar pelo retrovisor. Está escuro demais na traseira do carro para ver a expressão do jovem. O pastor olha por sobre o ombro.

— Você está bem?

Um gesto de cabeça nervoso, concordando.

— Sim, senhor.

Jeremiah se vira para a estrada.

— Continue. Pode nos contar o que viu.

— Acho que não quero chegar nessa parte.

O pastor suspira.

— Filho, às vezes as piores coisas simplesmente encolhem quando a gente as verbaliza.

— Não sei, não.

— Pare de agir como uma criança...

— Reverendo...

— APENAS CONTE LOGO O QUE VOCÊ VIU NO MALDITO SONHO!! — Jeremiah se encolhe devido à dor lancinante no peito, provocada pela potência de sua explosão. Ele umedece os lábios e respira fundo por um momento.

Na traseira, Reese Lee Hawthorne estremece, limpando nervosamente a boca. O rapaz troca um olhar com Stephen, que baixa os olhos sem falar nada. Reese olha a nuca do pastor.

— Desculpe, reverendo, desculpe. — Ele traga uma golfada de ar. — O que vi foi... Eu vi *você*... No sonho, vi *você*.

— Você me viu?

— Sim, senhor.

— E...?

— Você tava *diferente*.

— Diferente... Quer dizer *transformado*?

— Não, senhor, não tinha se transformado... Só estava... *diferente*.

Jeremiah morde o interior da bochecha, pensando, enquanto dirige.

— Como assim, Reese?

— É meio difícil de descrever, mas você não era mais humano, seu rosto... tinha mudado... tinha virado... nem mesmo sei como dizer.

— Desembuche, filho.

— Eu não...

— Foi uma porcaria de sonho, Reese. Não vou usar isso contra você.

Depois de uma longa pausa, o jovem fala:

— Você era um bode.

Jeremiah fica imóvel. Stephen Pembry senta-se reto, arregalando os olhos. O pastor solta uma pequena lufada de ar, parte riso e parte grunhido de incredulidade, mas não consegue formar resposta alguma.

— Você era um *homem*-bode — continua Reese. — Algo assim. Reverendo, foi só um sonho maluco e febril que não quer dizer nada!

Jeremiah fita mais uma vez o reflexo do banco traseiro pelo retrovisor, o olhar fixo na cara sombreada do jovem.

Reese dá de ombros, muito pouco à vontade.

— Pensando bem agora, nem acho que era você... Acho que era o demônio... Tenho certeza de que aquela merda não era humana... Era o diabo no sonho. Metade homem, metade bode... Com aqueles chifres grandes e curvos, olhos amarelos... E, quando olhei para ele no sonho, percebi...

Ele se interrompe.

Jeremiah olha pelo retrovisor.

— Percebeu o quê?

Então bem baixinho:

— Percebia que Satã controlava as coisas agora. — Sua voz rouca, áspera de medo, é tão baixa que mal passa de um sussurro. — E a gente tava no inferno. — Ele estremece um pouco. — Eu percebi que estávamos no além agora. — Reese fecha os olhos. — Este é o inferno, e ninguém nem notou a mudança.

Do outro lado do banco traseiro, Stephen Pembry se escora, esperando pela explosão inevitável do homem ao volante, mas só o que ouve do banco da frente é uma série de ruídos baixos e sussurrados. No início, o homem acha que Jeremiah está ofegante, talvez tendo um ataque cardíaco ou uma convulsão. Então um calafrio desce pelos braços e pernas de Stephen, e um terror gélido aperta sua garganta ao perceber, com grande consternação, que os ruídos abafados e arfantes são os primórdios de uma risada.

Jeremiah está rindo.

De uma hora para outra, o pastor joga a cabeça para trás, soltando uma gargalhada — com todo o corpo, deixando os dois jovens completamente perplexos —, e o riso cresce. Ele balança a cabeça, jocoso, bate a mão no volante, uiva, gargalha e bufa com vigorosa desinibição;

como se tivesse acabado de ouvir a piada mais engraçada que se pode imaginar. Tinha começado a se curvar numa histeria descontrolada quando ouve um barulho e levanta a cabeça.

Os dois homens na traseira gritam enquanto os faróis do Escalade iluminam um batalhão de figuras esfarrapadas arrastando-se diretamente para seu caminho.

Jeremiah tenta se desviar numa guinada, mas está acelerado demais e os mortos são muitos.

Qualquer um que tenha atingido um errante com um veículo em movimento contará que a pior parte é o barulho. Embora seja inegável que testemunhar uma visão tão horrível não é fácil, e que o fedor que engolfa o veículo é insuportável, é o *barulho* que persiste na memória; uma série de triturações sebentas, que trazem à mente o *baque* de um machado em toras de madeira apodrecida e infestada de cupins. A sinfonia horrível continua enquanto o morto é triturado, tornando-se uma pasta embaixo dos chassis e das rodas em movimento — uma sinfonia rápida de estalos e estouros surdos conforme órgãos e bexigas apodrecidos são esmagados, ossos transformados em gravetos e crânios arrebentados e achatados —, o que misericordiosamente provoca o término da jornada torturante de cada monstro.

Este barulho infernal é a primeira coisa a ser registrada pelos dois jovens no banco traseiro daquele Cadillac Escalade último modelo e todo amassado.

Stephen Pembry e Reese Lee Hawthorne soltam gritos de choque e repulsa, agarrando-se ao encosto do banco, as mãos feito tornos, enquanto o SUV dá um pinote, estremece e derrapa pelo detrito viscoso. A maioria dos cadáveres desatentos cai como dominó, pulverizados na estrada pelas três toneladas descontroladas do metal de Detroit. Parte da carne em excesso e dos apêndices arremessados cai no capô, deixando horripilantes rastros de sangue e fluidos repugnantes no para-brisa. Alguns pedaços de corpo rodopiam pelo ar, formando um arco no céu noturno.

O reverendo continua em silêncio e recurvado, o maxilar firme, os olhos fixos na rodovia. Seus braços musculosos lutam com o volante, que sacode conforme o enorme veículo desliza. O motor gira em falso e lamenta, reagindo à perda de tração, o guincho dos enormes pneus radiais de aço aumentando o barulho. Jeremiah gira o volante para o lado contrário, controlando a derrapagem o melhor que pode, a fim de evitar que saia de controle, quando nota que tem alguma coisa alojada no enorme buraco da janela lateral.

A cabeça sem corpo de um errante, o ricto de dentes batendo suavemente, ficou presa na borda irregular do vidro quebrado, a centímetros de sua orelha esquerda. No momento, a coisa chocalha e range os incisivos escurecidos para o pastor, fixando nele seus olhos de diodo prateado. A visão é tão apavorante, tão medonha e, entretanto, tão surreal — os maxilares rangendo e batendo para ele com a força oca e autônoma de um boneco de ventríloquo — que Jeremiah solta outra gargalhada involuntária, semelhante a um riso, porém mais sombria, mais furiosa, mais densa, maculada de insanidade.

Ele se afasta subitamente da janela, registrando no espaço de um único segundo o fato de que o crânio reanimado foi arrancado da parte superior do corpo no impacto com o SUV e agora, ainda intacto, continua sua vida de procurar carne fresca, sempre buscando, mastigando, engolindo e consumindo, sem jamais encontrar nutrição.

— CUIDADO!!

O grito vem da escuridão vacilante do banco traseiro, e, em toda a agitação, Jeremiah não consegue identificar a origem — se é de Stephen ou Reese —, mas a questão é irrelevante, porque, essencialmente, o berro é mal interpretado por ele. Na fração de segundo em que sua mão dispara e vasculha o banco do carona, procurando freneticamente — entre mapas, embalagens de chocolate, cordas e ferramentas — a Glock 9mm, ele supõe que o grito de alerta é um conselho para ter cuidado com os maxilares mordentes da cabeça decepada. Por fim, envolve a arma com a mão e não perde tempo ao apontá-la, num movimento fluido, para a janela, disparando um só tiro à queima-roupa na testa da cara grotesca espetada ali. A cabeça se parte em numa névoa cor-de-rosa, dividindo-se como um melão e espirrando no cabelo de Jeremiah antes de ser lançada ao vento. O vácuo que fica no vidro quebrado pulsa ruidosamente.

Menos de dez segundos se passaram desde o impacto inicial, mas agora o pastor vê o verdadeiro motivo para o grito de aviso de um dos homens na traseira. Não tinha relação nenhuma com a cabeça reanimada. A razão de berrarem ali atrás — o motivo para Jeremiah ficar atento — agora assoma do outro lado da estrada, aproximando-se rapidamente à direita, estreitando a distância enquanto eles derrapam descontrolados no rastro de coisas mortas.

O motorista sente a gravidade se alterar ao dar uma guinada para evitar os destroços amassados de um Fusca, disparando pelo acostamento e mergulhando em um barranco íngreme no desconhecido escuro de um bosque. Galhos de pinheiro e folhagem raspam e se chocam no para-brisa enquanto o veículo bate e protesta pelo declive rochoso. As vozes na traseira se elevam em uivos frenéticos.

Jeremiah sente a terra se nivelar, e consegue manter o controle do veículo por tempo suficiente para encontrar aderência na lama. Ao pisar no acelerador, o Escalade arremete para a frente com toda a potência.

Os gigantescos pneus trituram os arbustos, seguindo sobre árvores caídas, moendo o mato e rasgando capim, como se fosse fumaça. Por minutos aparentemente intermináveis, o percurso turbulento ameaça comprimir a coluna de Jeremiah e romper seu baço. Na imagem borrada do retrovisor, ele tem um breve vislumbre dos dois jovens feridos segurando-se no banco traseiro com medo de ser lançados para fora do carro. A frente do veículo atinge um tronco, e o impacto quase racha os molares traseiros do reverendo.

Por mais ou menos outro minuto, eles seguem vacilantes por entre as árvores.

Quando irrompem da mata numa explosão de terra, folhas e detritos, Jeremiah percebe que, sem querer, deram em outra estrada não identificada. Pisando no freio, faz com que os homens na traseira batam a cabeça no encosto.

* * *

Jeremiah fica parado por um segundo, respirando fundo e reabastecendo os pulmões. Ele olha em volta. Os homens na traseira soltam gemidos coletivos, voltando a se acomodar nos bancos, segurando-se. O motor roda ruidosamente, um matraquear acrescido ao ronco grave; provavelmente um mancal que se soltou na improvisada aventura fora da estrada.

— Bem — diz o pastor baixinho. — Isso, sim, é cortar caminho.

Silêncio no banco traseiro, a piada se perde entre os dois jovens discípulos.

Acima deles, o céu negro e opaco começa a clarear com o brilho que antecede o amanhecer. Na luz baixa e fosforescente, o reverendo enxerga detalhes suficientes para perceber que caíram numa estrada de acesso e que a mata deu lugar a um pântano. A leste, vê a rodovia correndo sinuosa por um remanso denso, coberto de neblina — provavelmente a beira do pântano Okefenokee — e, a oeste, uma placa pontilhada de ferrugem informa RODOVIA ESTADUAL 441 — 5 KM. Não há sinal de errantes em lado algum.

— A julgar pela placa ali — comenta Jeremiah —, acredito que acabamos de cruzar a divisa do estado da Flórida sem nem percebermos.

Ele engrena o veículo, faz um retorno cuidadoso e pega a estrada para o oeste. Seu plano original — tentar encontrar refúgio em uma das cidades maiores no cinturão da laranja, ao norte da Flórida, como Lake City ou Gainesville — ainda parece viável, apesar de o motor continuar sibilando e reclamando. Alguma coisa se soltou durante o mergulho na mata. Jeremiah não gosta do barulho. Eles precisam encontrar onde parar logo para examinar embaixo do capô, checar os ferimentos e fazer curativos, além de, talvez, encontrar provisões e combustível.

— Ei! *Olhe!* — exclama Reese, das sombras do banco traseiro, apontando o sudoeste. — No final daquele terreno.

Jeremiah dirige mais 100 metros e estaciona o Escalade no acostamento. Ao desligar o motor, o silêncio no interior do veículo é esmagador. No início, ninguém fala nada; simplesmente olham fixamente a placa de estrada a meia distância. É um daqueles trabalhos baratos, transparentes, de fibra de vidro branca, instalado sobre rodas, com grandes caracteres em plástico removível — comuns na América rural na frente de todo tipo de coisa, de brechós a tendas de renascimento —, que ainda trazem as letras:

I-G-R-E-J-A B-A- -I-S-T-A D-O C-A-L-V-Á-R-I-O
T-O-D-O-S S-Ã-O B-E- -V-I-N-D-O-S
D-O-M-I-N-G-O 9 - E - 11

Através dos finos ciprestes e das colunas de pinheiros que ladeiam a estrada, Jeremiah enxerga o cascalho branco e luminoso de um estacionamento deserto. O terreno comprido e estreito leva à frente de uma estrutura tombada, os vitrais quebrados parcialmente cobertos por tábuas de madeira, seu pináculo caído de lado e queimado, como se tivesse sido destruído por um bombardeio. O pastor olha fixamente a construção. A enorme cruz de aço no cume — coberta por uma pátina de ferrugem — soltou-se das amarras.

Agora está de cabeça para baixo, pendurada pelos cabos que restam da ferragem apodrecida.

Jeremiah observa, imóvel, focado naquela arruinada cruz de ponta-cabeça — o sinal da influência satânica —, mas o simbolismo de um crucifixo invertido é só o começo. Ele nota que pode muito bem ser um sinal de que foram abandonados e de que esse é o Arrebatamento, o mundo agora é seu purgatório. Eles devem lidar com o que resta, como cães de ferro-velho, como bichos explorando um navio afundado. Devem destruir ou ser destruídos.

— Lembrem-me — diz por fim Jeremiah, quase aos sussurros, sem tirar os olhos da construção ao longe. Uma das janelas dos fundos tem um brilho amarelo incandescente, a chaminé despejando um filete fino de fumaça para o céu, que agora clareia. — Quanta munição conseguiram recuperar ao deixarmos Woodbury?

No banco traseiro, os dois jovens trocam um rápido olhar.

Reese responde:

— Peguei aqueles pentes de trinta e três balas para a Glock e uma caixa de duas dúzias de munição .380 para a outra pistola, e só isso.

— É mais do que eu tenho — resmunga Stephen. — Só consegui pegar o que estava na Mossberg; acho que dá oito rodadas, talvez seis.

Jeremiah pega a Glock no banco, contando o número de vezes que disparou desde que saíram de Woodbury. Restam seis balas.

— Muito bem, cavalheiros... Quero que peguem tudo isso, todo o equipamento, carregado e destravado. — Ele abre a porta. — E fiquem espertos.

Os outros dois homens saem do veículo e se juntam ao pastor na luz dourada do amanhecer. Há algo errado. Reese nota suas mãos trêmulas ao encaixar o pente novo no cabo da pistola.

— Reverendo, não estou entendendo — comenta ele por fim. — Por que estamos nos preparando para combate? Duvido que tenha alguma coisa ali além do povo assustado da igreja. O que estamos fazendo?

O pastor já partira para a igreja abandonada, a Glock firme na mão imensa, como um cartão de visita.

— Isto aqui é o Arrebatamento, rapazes — resmunga ele, despreocupado, como se os informasse de um feriado nacional. — Não existe mais "igreja" alguma. Está tudo disponível.

Os dois jovens se olham por um momento, então se apressam para alcançar Jeremiah.

DOIS

Eles se aproximam da propriedade pela retaguarda, através de um bosque de eucaliptos enfermiços, que marca os limites mais externos do terreno da igreja. Jeremiah sente no ar o fedor nauseante de mentol e amônia ao se esgueirar pelo cascalho pontilhado de mato, tomando cuidado para não fazer barulho demais ao esmagar as pedrinhas com as grandes botas. A luz na janela dos fundos da capela diminuiu com o sol matinal, e o barulho dos grilos desapareceu. Agora o silêncio envolve a área, como uma mortalha, fazendo o coração do homem latejar nos ouvidos.

Ele para atrás de uma árvore a cerca de 8 metros da janela iluminada.

Com alguns gestos rápidos, o pastor chama a atenção da dupla mais jovem, que está escondida atrás de um carvalho próximo. Stephen manca ao sair de sua proteção, carregando a espingarda contra o plexo solar, como um apêndice vestigial. Reese segue atrás do amigo, nervoso, os olhos arregalados, encolhendo-se com as pontadas de dor. Esses dois não são exatamente a *crème de la crème* da nova classe de sobreviventes do mundo, percebe Jeremiah, nem são os maiores discípulos que se pode imaginar para um líder espiritual de seu calibre. Mas talvez o pastor deva vê-los como verdadeiramente são: argila a ser moldada neste novo mundo, este inferno na terra. Como costumava dizer seu velho pai, citando Tessalonicenses 5:2, *"O dia do Senhor virá como o ladrão de noite; pois que, quando disserem 'Há paz e segurança', então lhes sobrevirá repentina destruição, como as dores de parto àquela que está grávida, e de modo algum escaparão."*

Jeremiah faz outro sinal, apontando um dedo para os fundos do prédio.

Um por um, os três homens avançam para o pequeno anexo de madeira junto à parte de trás da capela — o pastor vai na frente, segurando a pistola com as duas mãos, o cano para baixo. Quanto mais se aproximam, mais o sol surge no horizonte, e mais eles percebem que há algo errado. As janelas da construção — o presbitério ou casa paroquial, talvez — estão forradas de papel alumínio. A porta de tela foi arrancada de seu eixo, e a interna está pregada com tábuas de madeira entrecruzadas. O fedor de errantes permeia o ar e fica mais forte à medida que eles se avizinham.

Jeremiah chega primeiro à construção e apoia delicadamente as costas na porta com tábuas, sinalizando aos outros com um dedo nos lábios.

Eles se aproximam no maior silêncio possível, pisando de leve no lixo e nas folhas mortas espalhados no terraço dos fundos pela brisa da manhã. Stephen coloca-se de um lado do reverendo, e Reese, do outro, ambos com as armas preparadas. O líder baixa a mão até a bota Wellington arranhada, então saca do forro interno uma faca Randall de 30 centímetros. Com cuidado, mete a ponta por baixo de uma das tábuas próximas do fecho da porta e puxa.

A porta oferece resistência. Jeremiah tenta usar a faca repetidas vezes como alavanca — fazendo mais barulho do que gostaria, mas não tem alternativa; faria um barulho ainda maior se tentasse arrombar uma das janelas. Os pregos cedem um pouco, o guincho enferrujado ampliado no ar silencioso do amanhecer. Ele não faz ideia do que está prestes a encontrar no interior do local, mas agora tem certeza absoluta de que humanos e errantes habitam esse lugar.

Os mortos-vivos não acendem fogo, e a média dos sobreviventes com acesso a sabão e água não costuma ter um fedor de morte requentada.

A porta enfim cede, e os dois mais jovens chegam mais perto, agora de armas erguidas.

Eles entram, um de cada vez.

Encontram-se em uma sala vazia, iluminada por uma lâmpada incandescente amarela e fraca, com um forte cheiro de fumaça e odor corporal. Jeremiah atravessa lentamente o espaço, as botas pesadas provocando rangidos nas tábuas do piso. Ele observa o pequeno fogão bojudo, ainda irradiando calor de brasas moribundas, o tapete trançado sujo de sangue velho, um catre solitário num canto, a escrivaninha de tampo corrediço tomada de saquinhos de chá, bandejas aquecidas, embalagens de chocolate, revistas de fofoca, garrafas vazias de bebida barata e maços de cigarro amassados.

Ao se aproximar da mesa, vê um baralho arrumado no padrão clássico de um jogo de paciência. Parece que alguém — muito provavelmente uma só pessoa — esteve ali um instante atrás e saiu às pressas. Um barulho por trás de uma porta interna de repente desperta a atenção de Jeremiah, que se vira. Reese e Stephen param no meio da sala, olhando timidamente para seu líder.

Mais uma vez, o pastor coloca um dedo nos lábios, fazendo-lhes o sinal de silêncio.

Os dois homens esperam perto da porta, os olhos brilhando de tensão nervosa. Do outro lado, o barulho aumenta — um arrastar lânguido e revelador de pés desajeitados. Há também o odor fétido de carne putrefata, azedo como metano, que fica mais forte. Jeremiah reconhece os barulhos, assim como os cheiros — vários mortos-vivos presos em um espaço fechado —, então se vira e aponta para a espingarda de Stephen.

Alguns gestos silenciosos depois, o rapaz compreende que deve estourar a tranca da porta e Reese deve dar-lhes cobertura. Nenhum dos dois jovens está muito satisfeito com o plano. Stephen está pálido, e Reese, ensopado de suor, ambos com ferimentos graves e talvez até hemorragia interna. Não parecem muito animados para combater um número indeterminado de Mordedores. Porém, Jeremiah é um líder irresistível, basta encará-lo nos olhos; é o suficiente para mitigar qualquer dissensão nas fileiras. Ele ergue três dedos e começa a contagem regressiva.

Três, dois...

Um punho azul-claro, coberto de mofo, explode por um ponto fraco na madeira.

A realidade nunca parece se desenrolar como na imaginação de Stephen Pembry. Um garoto magricela e adoentado, criado em Macon, na Geórgia, ele teve a vida de um mini-Walter Mitty: sempre ensaiando suas façanhas heroicas contra bullies, salvando lindas donzelas de malfeitores e sendo foda. Mas a vida no playground pode rapidamente provocar um curto-circuito nas fantasias, e, muitos olhos roxos depois, o rapaz voltou-se para Deus e para o levantamento de peso a fim de criar resistência ao mundo real. Jamais seria o Super-Homem, mas sempre poderia se defender.

Infelizmente, o diabo sabe driblar uma pessoa, e Stephen Pembry, desde que eclodiu a praga, tem ficado constantemente frustrado. Como na ocasião em que matou aquela mulher em Augusta, ou quando deixou cair a munição nova no bueiro e passou dias sendo atormentado pelo irmão Jeremiah. Mesmo agora, sente que o mundo à volta ganha uma vantagem rápida sobre ele.

Stephen tropeça nos próprios pés que se arrastavam para trás, e cai no chão. A dor nas costelas explode, o ferimento abalroado pelo impacto. Então a Mossberg sai rodando. Ao mesmo tempo, outro par de mãos conseguiu atravessar as frestas rompidas da porta e Jeremiah tirou alguma coisa da bota. O jovem observa o leve brilho de uma faca Buck riscando o ar. Nem um açougueiro cortando um pernil renitente teria amputado com mais rapidez ou decisão as carnudas extremidades cinzentas. O pastor atravessa tecido e cartilagem com a lâmina, serrando o osso.

Mãos caem no chão, como galhos nodosos sendo podados.

Stephen olha. Tenta se sentar. A garganta se fecha, arde e ameaça expelir o pouco conteúdo do estômago. Agora as coisas acontecem rapidamente. Mãos reanimadas se debatem em volta, como peixes no convés de um barco, aos poucos se imobilizando, à medida que os pulsos elétricos do sistema nervoso central reanimado se esgotam. A visão de Stephen fica borrada, a mente flutua, a vertigem toma posse enquanto os pulmões feridos lutam por ar.

Jeremiah já pegou a espingarda caída no chão, colocando balas na agulha com um único solavanco do braço, e virou-se para a porta. Stephen consegue se levantar novamente, chutando do caminho as mãos medonhas. Então o reverendo arremete a bota de trabalho contra a porta, e esta implode, revelando o interior da capela escura.

Stephen tem um vislumbre fugaz do santuário antes que a primeira rajada espatife o quadro vivo.

A capela, que antigamente era uma pequena nave singular com bancos de pinheiro polido, carpete marrom e vitrais retratando cenas da Ressurreição, agora se assemelha a um matadouro do nono círculo do inferno. Os mortos chegam às dezenas — talvez quarenta ou cinquenta; a maioria atada aos bancos com cordas e fios elétricos improvisados. Eles reagem à luz da sala externa, como se Jeremiah tivesse acabado de virar uma pedra e exposto uma colônia de vermes.

Rostos insensíveis giram repentinamente em direção ao barulho, os olhos metálicos refletindo o movimento. A maioria dos paroquianos exibe as roupas de domingo — ternos de lã de tamanho único e vestidos de verão de brechó, chapéus elegantes e arranjos de flores murchas —, e Stephen sente um aperto no coração ao ver os trajes formais. Grande parte dos mortos parece ter sido de afro-americanos, embora a lividez e o rigor cinzento da morte tenham homogeneizado e camuflado a etnia original. O que é ainda mais estranho nesse momento terrível antes do primeiro clarão do cano da espingarda de 12 gauges é que Stephen percebe que alguém aparentemente tentou fazer um sermão àqueles seres depois que se reanimaram.

Hinários, de encadernação rachada, jazem abertos na frente de cada cativo, como pássaros mortos. Pedaços de comida, partes de animais atropelados ou restos humanos não identificados, estão espalhados nos bancos ao lado de cada errante. Velas ainda ardem no santuário do Advento na frente da sala, no pequeno altar modesto. Em algum lugar, há o zumbido de um microfone ligado. O ar cheira a esgoto putrefato, perfumado com desinfetante acre.

Quase parece que alguém de fora tentou em vão manter a continuidade dos cultos diários.

Stephen dá uma última olhada em Jeremiah antes de o ar se iluminar; a expressão do pastor é apavorante: um misto de tristeza, fúria, perda, loucura e remorso — a expressão de um homem que enfrenta o abismo impiedoso. Então começa o tiroteio.

A primeira rajada lampeja, pegando o errante mais próximo em um bafo de tecido craniano; a bala atravessa a cabeça e tira um fino do lintel acima da porta. Três explosões subsequentes ecoam na luz bruxuleante, retinindo os ouvidos de Stephen e dando sumiço a outras três criaturas, que aparentemente tinham conseguido se soltar das amarras. Já coberto de resíduo de pólvora, a cara angustiada e salpicada, Jeremiah agora avança para o interior da capela e começa a atirar nos outros.

Leva apenas alguns minutos — o ar faiscando como um espetáculo de fogos de artifício — enquanto o pastor vai de um banco a outro, pulverizando crânios ou enfiando sua faca Randall por cavidades nasais putrefatas antes que os paroquianos sequer tenham a oportunidade de morder o ar. Stephen cambaleia para a porta aberta a fim de ter uma visão melhor, e nota Reese pouco além da entrada do santuário, agachado no chão, boquiaberto de pavor com os acontecimentos.

Ao dar cabo do último monstro com golpes rápidos e fortes da faca, Jeremiah exibe uma expressão muito estranha. A Mossberg foi esvaziada, oito cartuchos de tiro tático pontilhando as paredes atrás dos montes de carne estragada. Completamente coberto de sangue, os olhos ardendo de emoções inescrutáveis, o reverendo parece quase beatífico ao despachar o último cadáver reanimado.

Por um momento terrível, observando tudo da porta, Stephen Pembry pensa em um homem tendo um orgasmo. O pastor solta um suspiro voluptuoso de alívio enquanto empala o crânio de uma idosa usando um vestido com babados de chita. A velha desaba no encosto do banco. Antigamente ela era a mãe de alguém, a vizinha de alguém. Antigamente pode ter assado biscoitos para os netos, servido seu famoso pudim de pão em festinhas de sorvete, ou colocado para descansar o amado marido de 47 anos no cemitério ladeado de trepadeiras atrás do presbitério.

O líder para e recupera o fôlego. Olhando fixamente a mulher abaixo, reza em silêncio. Sua cabeça está baixa, os lábios se mexem, então, subitamente se interrompe, levantando e estreitando o olhar. A cabeça vira para o lado ao ouvir atentamente algo em outra parte da construção. Por fim, ele fixa o olhar em Reese e fala baixinho:

— Ouviu isso?

Reese consegue menear lentamente a cabeça.

Jeremiah olha o parapeito do coro, 6 metros acima, e alcança a faca, retirando do cinto o instrumento sujo de sangue. Depois sinaliza para que seus homens o sigam.

Eles encontram a mulher no banheiro do segundo andar, depois de descer um pouco uma passagem estreita a partir do mezanino do coro. Uma afro-americana corpulenta, com um vestido de luto de algodão sujo, tênis antigos e rede no cabelo, ela se encolhe dentro de uma cabine, tremendo de pavor enquanto os homens entram no banheiro feminino. Jeremiah abre com um chute a porta e vê o enorme traseiro da mulher projetando-se de trás da pia.

— Saia daí, dona — fala o pastor, baixo, mas com firmeza, como se estivesse se dirigindo ao animal de estimação de uma família.

A mulher se vira e enfia uma pequena calibre .38 especial da polícia na cara do reverendo.

— Para trás, filho da puta! Olhe que eu atiro, juro!

— Ei! EI! — Jeremiah levanta as duas mãos, erguendo as sobrancelhas, enquanto Reese e Stephen avançam atrás dele com os canos erguidos e preparados. — Vamos todos respirar fundo... Tudo bem... Não tem por que a gente se meter num tiroteio.

— Aquela gente lá embaixo — diz a mulher, depois se interrompe, sua expressão vacila. A arma baixa, e ela cai bruscamente, uma única lágrima escorrendo pelo rosto roliço, deixando um rastro na pálida bochecha castanha. — Aquelas pessoas... elas eram... eram minha família... eram todos do meu coro, e elas... precisavam... morrer... sei disso... só não tive coragem.

Jeremiah coloca a faca na bota, então se ajoelha ao lado dela.

— Respire fundo, irmã.

A mulher começa a soluçar e deixa cair a arma. Tombando a cabeça para a frente, as lágrimas e a saliva pingam na privada.

— Ah, meu Deus... Meu Deus... Que vida.

— Agora está tudo bem. — O pastor a envolve com o braço. Reese e Stephen recuam, baixando as armas. — Está tudo bem, irmã. — Ele a acaricia com ternura. — Pode desabafar.

— Não sei o que eu estava pensando. — Ela soluça, balançando a cabeça. — Deixando todos eles ali, daquele jeito. — Baba pende de seu queixo, e a mulher pega um lenço no decote úmido e o passa no rosto. — Às vezes eu tocava órgão para eles... Em outras, lia a Bíblia pelo sistema de som. — Ela funga e assoa o nariz. — Como se isso fizesse algum bem. Não tive coragem de dar um fim à infelicidade deles. — Depois de fungar novamente, a moça enxuga os olhos injetados. — Não sei mais o que o Bom Senhor quer.

Jeremiah sorri.

— Olhe para mim, irmã. Qual é seu nome, se me permite perguntar?

— Norma. — Ela engole com dificuldade e ergue os olhos lacrimosos para ele. — Norma Sutters, senhor.

— Sabe o que o Bom Senhor quer de você, Norma?

— Não, senhor.

— Ele quer que você sobreviva.

A mulher engole em seco e concorda com a cabeça, olhando-o de um jeito doloroso.

— Sim, senhor.

— Venha cá, irmã.

Jeremiah se curva e passa os braços grandes em torno dela, que o abraça de volta, então os dois ficam assim por algum tempo; a mulher agarrando-se ao pastor, como uma criança esperando o pesadelo desvanecer.

— Perdemos nosso pastor bem no começo — explica Norma, tomando outro gole de bebida barata de uma garrafa sem rótulo e estremecendo com o ardor. — O irmão Maywell atirou na cabeça dele e o enterrou perto da sacristia. — Ela se senta à mesa na sala de trás, com um cobertor de lã esfarrapado envolvendo a considerável circunferência. O rosto brilha de agonia. A luz clara da manhã penetra pelas frestas da janela coberta de tábuas. — Meu Deus, meu Deus, meu Deus... Que época vivemos.

— Como foi que o pessoal lá embaixo morreu? — Jeremiah senta-se pensativamente em uma cadeira cuja estrutura range com o peso. A cabeça lateja. O curativo, feito pela mulher no couro cabeludo alguns minutos antes, está apertado demais. Atrás dele, Stephen apoia-se no peitoril, ouvindo atentamente, com uma atadura envolvendo as costelas fraturadas. Ele ofega um pouco. Do outro lado da sala, Reese estremece em uma cadeira dobrável, a testa entrecruzada de Band-Aids. A mulher já se provou uma mina de ouro em recursos. Além de suprimentos médicos e kits de primeiros socorros, tem guardados comida enlatada, pilhas, velas, roupas secas, roupa de cama, bebida alcoólica, cigarros, ferramentas, material de leitura, uma caixa a mais de balas calibre .38 e três caixas lacradas de hinários recém-impressos, que jamais serão abertos ou cantados.

Ela baixa a cabeça.

— Basta um — comenta Norma em voz baixa.

— Como disse?

A mulher olha o pastor.

— Antes de começar todo esse tormento, eu era abstêmia séria. A bebida levava o melhor de mim, então parei. "Basta um gole", costumavam dizer naquelas reuniões. — Ela balança a cabeça lentamente e baixa os olhos, a imensidão da tristeza curvando seus ombros e provocando outro tremor no lábio inferior. — Mesmo depois do surto, continuamos a ministrar os cultos. Mesmo depois de o reverendo Helms falecer. Nós continuamos. Pois pensamos que... é o que se faz.

Norma se interrompe.

Jeremiah curva-se na cadeira giratória.

— Continue, irmã.

Ela puxa o ar em uma respiração sofrida.

— Um dia, um dos frequentadores, uma família, trouxe uma criança para nosso culto de domingo. O menino tinha sido mordido. — A mulher para, engolindo o impulso de chorar. — Eles devem ter pensado que Deus cuidaria das coisas. Basta um... Entende o que estou dizendo? Levou menos de uma semana para se espalhar. Os gritos... vocês deviam ter ouvido. Tranquei todos na capela; foi só o que consegui pensar em fazer. Logo eu era a última... Entocada neste escritório sujo, completamente sozinha, ouvindo os arranhões. — Uma pausa. — Acho que você cuidou para que não fossem mais ouvidos.

Do outro lado da sala, Reese fala:

— Por que simplesmente não deu o fora daqui, fez a trouxa e foi embora?

Norma ri com tristeza.

— Não sei se perceberam, mas as chances de uma pessoa sozinha não são muito boas lá fora.

Silêncio.

Jeremiah sorri para ela.

— Bem, agora você não está mais sozinha.

A mulher olha incisivamente para o pastor.

— Você é um dos grandes, né?

— Sim, senhora.

— Ouvi os dois te chamando de "irmão" e "reverendo"... É pastor também?

— Sim, senhora, culpado das acusações. — Ele funga, tentando colocar em palavras o tumulto dos últimos dias. — Tive uma visão grandiosa, e o Bom Senhor decidiu que eu não estava à altura, então nos deixou para trás.

Ela vira a cabeça de lado para ele.

— É um daqueles pastores do Arrebatamento?

— Neste exato momento, não sei exatamente *o que* eu sou.

Norma estremece.

— Você parecia saber muito bem o que fazia lá embaixo, naquela capela.

— Lamento que tenha visto aquilo.

Ela morde o interior da bochecha, pensando, refletindo. Então lança um olhar estranho a Jeremiah.

— Posso confiar em vocês?

O homem olha os outros, depois para a gorducha do coro.

— Sim, senhora, pode confiar em nós... Tem minha palavra.

A negra franze os lábios.

— Perguntei porque... Talvez eu saiba de um jeito de a gente melhorar um pouquinho nossa situação. — Ela olha cada homem na sala. — É um tiro no escuro, mas, se estiverem dispostos... a gente pode conseguir.

Norma toma o silêncio como sinal de leve interesse, então se explica melhor.

TRÊS

Eles gastam o resto do dia buscando combustível suficiente para os levar aonde precisam ir. Enchem um carrinho de mão e três grandes bolsas de viagem com suprimentos, inclusive um tonel de gasolina de 90 litros, retirado do quarto de ferramentas atrás da construção. Quando a luz no céu a sudoeste começa a se abrandar sobre os remansos litorâneos daquela estreita faixa de terra, desbotando do azul-claro ao cor-de-rosa, eles estão prontos.

O grupo sai pela porta lateral do presbitério e segue furtivamente em fila única pela margem do terreno.

Jeremiah vai na frente, periodicamente olhando por sobre o ombro em busca de qualquer sinal da horda com que cruzou na rodovia, perto da divisa do estado. Carrega a Glock com o pente completo. Os grilos cantam, e o ar carregado parece pegajoso e frio na nuca de Norma, que os segue até o Escalade abandonado.

Eles entram apressadamente no carro, guardando as provisões na mala traseira. Jeremiah liga o motor, e Norma se acomoda no banco do carona, a seu lado, abrindo um mapa surrado.

— Em geral eles ficam bem perto do mar — diz ela, quase falando sozinha, calculando a distância até o golfo. — Provavelmente devemos começar nossa busca por Perry ou Crawfordville.

Através do para-brisa, Norma nota um movimento à frente, na estrada, e levanta a cabeça a tempo de ver duas sombras andrajosas surgindo da mata a cerca de 100 metros, atraídas pelo barulho do motor. Os grunhidos deturpados podem ser ouvidos junto aos grilos, o cheiro flutua até eles como um leve vestígio de lixo na brisa.

Norma sente um pequeno arrepio no plexo solar. Apesar de o mundo estar infestado dessas coisas há quase dois anos, ela ainda não viu tantos ao ar livre desse jeito. A mulher se sente um Rip Van Winkle — como se tivesse dormido dentro daquela igreja por cem anos —, e agora a luz e o espaço do lado de fora a deixam tonta.

O pastor pisa no acelerador, e o Escalade arremete para a frente.

Norma afunda no banco enquanto eles rugem pela estrada, dando guinadas para evitar a cerca de meia dúzia de errantes, que agora escapam da mata e bloqueiam o caminho. O carro bate de lado em uma das criaturas, arrancando um naco do ombro e parte da face, espirrando sangue pelo vidro da janela da mulher.

— Vai se acostumar com isso, irmã — resmunga o reverendo, quando ela se encolhe.

Norma respira fundo algumas vezes, ajeita o vestido pela barriga larga e tenta não olhar os respingos do lado de fora da janela: fragmentos de osso, uma mancha comprida de bile negra.

— Não sei se alguém *um dia* pode se acostumar com essa merda louca — comenta.

A noite cai, e a escuridão se aprofunda atrás das árvores nos dois lados da estrada. A maior parte das luzes de rua nessa área do interior seguiu o caminho da Internet e das transmissões de televisão, assim a rodovia vai ficando cada vez mais escura à medida que seguem para o sul, rumo aos bosques enevoados e aos pântanos apodrecidos das planícies costeiras.

A viagem é lenta. Uma boa parte das duas pistas está tomada de destroços enferrujados e carcaças de carros e caminhões, já tão velhos que o mato e o capim começaram a crescer por entre os endoesqueletos de metal. Os dois jovens no banco traseiro respiram com dificuldade, pesadamente, meio adormecidos, conforme o pastor dirige e cantarola hinos gospel baixinho. Eles passaram de mão em mão a carne-seca e o refresco Kool-Aid de uva alguns minutos antes — o jantar padrão na estrada —, e agora as barrigas roncam, as pálpebras caem de cansaço.

Sentada no banco do carona, as mãos roliças e castanhas cruzadas com nervosismo no colo, Norma ainda tenta compreender esse bom homem e pastor que chama a si mesmo de irmão Jeremiah. Por um lado, parece bastante confiável — simpático, um bom ouvinte, cortês e capaz de lidar sozinho com uma capela cheia de cadáveres reanimados —, por outro lado, porém, parece uma bomba-relógio ambulante, um gatilho humano que pode disparar a qualquer momento.

A triste realidade é que Norma Sutters não tem muitas opções. Ficar entocada naquele presbitério claustrofóbico pelo resto da vida, ouvindo os gemidos babões dos mortos na sala ao lado enquanto esgotava o que restava da bebida vagabunda, rapidamente perdia o encanto. Ver o reverendo dar uma limpa na casa com aquela grande faca de caça deu a ela uma estranha energia — um alívio catártico —, mas agora isso começava a preocupá-la um pouco. Se o cara é capaz de tal violência, só Deus sabe o que pode fazer a uma irmãzinha gorducha de Macon, com pés chatos e sem parentes vivos. Mas Norma também sabe que jamais poderia encontrar a caravana sozinha. Então não tem alternativa senão acompanhar esses homens desgrenhados e torcer pelo melhor.

Felizmente, a mulher acostumara-se a assumir riscos. Nascida pobre e sem pai na região de Pleasant Hill, em South Macon, era a mais nova de seis crianças e abandonou a escola no primeiro ano para sustentar a família após a morte da mãe. Tocava órgão em bares e tabernas, cantava blues em lugares horríveis e aguentou muita merda de homens que se julgavam melhores que ela. Talvez por isso nunca tenha ficado com ninguém. Norma viu o pior dos homens — bêbados, abusivos, arrogantes, sendo expulsos de bares, querendo mandar em todos, agindo como crianças. Sua fé a sustentou por esses anos e a levou a um emprego de diretora-assistente do coro na Igreja Batista do Calvário, em Jasper, Flórida. Era onde esperava encontrar o melhor dos homens:

aqueles tementes a Deus, decentes, fiéis. Não teve tanta sorte. Ali eram igualmente maus, só que agora os embustes se escondiam sob um verniz lodoso de hipocrisia.

Miles Littleton era a exceção. Quem teria pensado que um ex-viciado em metanfetamina de 23 anos, natural de Atlanta — ladrão de carros condenado, que ficou limpo na reabilitação e se endireitou no caminho do Senhor na Igreja Batista do Calvário —, teria restaurado a fé de Norma nos homens? Miles era o irmão mais novo que Norma Sutters sempre quisera ter, e a relação dos dois floresceu naqueles meses tranquilos antes da Transformação, uma amizade ao mesmo tempo platônica e terapêutica.

Infelizmente, depois que o surto mandou tudo para o inferno, Miles começou a delirar com Norma sobre a caravana mágica de que ouvira falar por intermédio do pastor Helms. Ela não acreditou em uma só palavra — o reverendo Helms era famoso por tomar umas e outras, de vez em quando —, e, depois que os errantes pegaram o ministro religioso, não sobrou ninguém para confirmar essas histórias. Mas o jovem Miles tinha tal credulidade que enfim decidiu partir em seu potente carro amassado para encontrar os Viajantes. Norma sempre acreditou que um dia ele voltaria para salvá-la.

Mas esse dia jamais chegou.

Agora ela aposta todas as fichas na esperança que Miles não estivesse louco e que ainda esteja vivo, e a caravana de fato exista.

— Aquela placa ali atrás... dizia "Cross City 20 Km". — Norma ergue os olhos do mapa e vê pela janela lateral a escuridão opressiva do condado de Dixie, Flórida. — Tenho o pressentimento de que estamos chegando perto.

A vasta colcha de retalhos de pântanos passa em um borrão dos dois lados do carro, a terra vertendo um manto baixo de metano, cinza como mofo, agarrando-se tal renda suja às sombras das moitas de pinheiro e aos canais. O ar tem um cheiro salgado e apodrecido de peixes mortos. De tantos em tantos quilômetros, eles passam pelas ruínas de uma cidade pequena ou um camping de trailers tomado de destroços. Contudo, não há sinal de sobreviventes nessas paragens, apenas a silhueta ocasional de um cadáver ereto arrastando-se pelas árvores, os olhos parecendo dois refletores amarelos no escuro.

— Não podemos queimar gasolina a noite toda — diz Stephen do banco traseiro, a voz estridente de dor e pânico. — E não podemos simplesmente seguir pressentimentos.

— Estamos na área certa — insiste Norma. — Pode acreditar, vai ser difícil não os ver.

— Mas sabemos exatamente o que procuramos? — Jeremiah segura o volante com as mãos imensas, o maxilar fazendo hora extra com um chiclete, estalando e mascando compulsivamente enquanto ele dirige. — Por exemplo, quantos veículos colocaram nesse comboio?

— Não faço ideia... Mas não são poucos, isso posso dizer com certeza.

— Isso é muito genérico.

— Vai ser fácil localizar — reafirma Norma, olhando o escuro. — Nossa melhor aposta é seguir o litoral. Eles gostam de ficar perto da água.

— Por quê?

Ela dá de ombros.

— Pelo que disse Miles, não desgrudam os olhos dos barcos... Ou de algum jeito possível para sair dessa merda de lugar infernal. A maioria das embarcações grandes por aqui foi destruída no furacão de alguns anos antes, então é pouco provável que achem alguma coisa.

Do banco traseiro, Reese pergunta:

— Por que esse cara, Miles, não voltou para buscar você?

Norma olha o tapete do veículo.

— Tivemos um pequeno desentendimento. — Ela enxuga a boca. — A culpa foi minha, e não tenho orgulho disso.

Depois de uma pausa, Reese volta a falar:

— Mas por que não tentou encontrar essas pessoas sozinha?

Ela o olha por cima do ombro.

— Viajar sozinha nessa mata medonha, apinhada de mortos-vivos?

O silêncio volta ao interior escuro do Escalade enquanto todos ruminam as perspectivas de ficar sozinho e isolado em uma floresta de errantes.

Eles estão prestes a desistir da busca quando começam a subir um aclive suave — no início tão gradual que mal pode ser percebido — ao lado de um vasto aterro sanitário malcheiroso. O cerrado árido e tomado de lixo à esquerda atravessa quilômetros de morros arenosos, descendo aos calçadões desertos e espectrais que correm sinuosos pela praia. O céu já começou a se tingir de rosa com a luz que antecede o amanhecer, e o pastor ia dizer alguma coisa quando Norma vê os primeiros riscos fracos de pontos vermelhos na névoa distante.

— Espere! Espere! — Ela aponta o dedo roliço para as dunas de areia acinzentada longínquas que serpenteiam pelo litoral, a superfície tão esburacada e batida pelo vento que parece o lado oculto da Lua. — Ali! Tá vendo?!

— Onde? — O reverendo estica o pescoço, reduzindo o veículo a um arrastar. — Não estou vendo nada.

— Uns 600 metros adiante, viu? — A mulher positivamente vibra de empolgação. — Um bando deles! Tá vendo as lanternas traseiras?

Jeremiah Garlitz puxa o ar numa respiração profunda e purificadora quando enfim vê a caravana estrepitando pela estrada litorânea. Na luz pré-amanhecer, parece uma tira de brasas acesas, jogando lufadas de fumaça em sua esteira.

— Sim, senhora, estou vendo mesmo! — O peito grande de Jeremiah, que se parece com um barril, se enche de alívio. — Que tal essa, rapazes?

Os dois jovens no banco traseiro curvam-se para a frente, hipnotizados pela visão, cada um extasiado e em silêncio ao olhar o comboio.

— Dá uma buzinada pra eles! — Norma Sutters torce as mãos com ansiedade. — Não deixe que se afastem!

Jeremiah sorri consigo mesmo. Em sua vida anterior, era fascinado por programas de televisão sobre a vida selvagem. Gravava em videocassete, na traseira de seu trailer, para ver depois, e assistia a eles entre os cultos de renascimento, tarde da noite, por horas seguidas antes de dormir. Ele se lembra de um episódio específico, sobre o comportamento das ovelhas comparado ao dos lobos. Lembra-se da mentalidade de rebanho: as ovelhas andando quase como se fossem uma só, um cardume de peixes indefesos, facilmente controlado por um único cão pastor. Jeremiah se lembra do instinto do lobo — furtivo, solitário, paciente — ao se aproximar sorrateiramente do rebanho.

Ele lança um olhar para a mulher pequena e gorducha no interior escuro.

— Tenho uma ideia melhor.

O padre Patrick Liam Murphy, ordenado sacerdote católico e antigo chefe da paróquia do Sagrado Redentor de Jacksonville, só vê a inesperada obstrução no meio da estrada quando é quase tarde demais. O problema é que o homem magro, de cabelos prateados, tem diarreia verbal — talvez um risco ocupacional para alguém encarregado de dar sermões, aconselhar e aliviar testas febris.

Ele está sentado ao volante de seu barulhento trailer Winnebago, entupindo incansavelmente o ouvido de seu protegido, James Frazier, que está afundado no banco do carona, esforçando-se para prestar atenção.

— Posso lembrar a você, Jimmy, que existem duas versões diferentes de Cristo, e aquela de que você fala agora, em sua perspectiva estreita e insolente, é a que chamamos do Jesus "histórico", que viveu, respirou e andou pela terra há dois mil anos, mas também aquela que é apenas o receptáculo para a segunda versão, a que importa, aquele que é o verdadeiro filho absoluto de...

— CUIDADO!

James Frazier, um homem de 33 anos com feições angulosas, bigode louro e roupas de brim esfarrapadas, senta-se ereto e sobressaltado; os olhos estão arregalados e fixos em algo que vê pelo enorme para-brisa. O padre Murphy dá um golpe no volante e pisa no freio.

O conteúdo do trailer se mexe atrás, garrafas de água, enlatados, ferramentas e armas caindo das prateleiras e dos cubículos. Os dois homens são jogados para a frente enquanto o carro derrapa, parando de súbito.

O padre se joga no encosto do banco, piscando, sem fôlego. Pelo espelho lateral, vê a longa fila de veículos atrás deles — picapes, trailers, quadriciclos e alguns sedãs — formando uma reação em cadeia de derrapadas, os integrantes da caravana cantando pneu, um por um, em uma nuvem crescente de monóxido de carbono.

— Deus Todo-Poderoso, o que é isto? — O padre puxa o ar, ainda agarrado ao volante, enquanto tenta focalizar a figura displicentemente parada em seu caminho, menos de 20 metros à frente.

O homem é alto, caucasiano, trajando um terno preto puído; uma das grandes botas Wellington enlameadas se escora no para-choque frontal de um belo SUV Cadillac — daqueles pretos e grandes que costumam ser usados por figuras obscuras do governo —, agora parado no meio da estrada. O mais estranho nesse quadro vivo é que o sujeito sorri. Mesmo dessa distância, o sorriso grande e ultraluminoso está apontado para o primeiro veículo do comboio, como quem se prepara para soltar o slogan de uma propaganda de escovas.

James alcança a 38 metida dentro de sua bota de caubói.

— Calma, Jimmy. Calma, filho. — O padre respira fundo, dispensando a arma. Aproximando-se dos 60 anos, o padre Murphy ainda usa seu colarinho por baixo de uma camiseta surrada da universidade Notre Dame, a cara detonada por rugas fundas e tomada de uma barba ruiva. Os olhos empapuçados irradiam certa bondade, junto à palidez inchada de uma vida inteira de bebida. — Parece ser um grupo dos vivos, e não há motivo para acreditar que não sejam amistosos.

James coloca o revólver de cano curto dentro do cinto.

— Fique aqui, padre, eu vou...

O homem ergue a mão.

— Não, não... Jimmy, quem vai sou *eu*. Você diz a Leland para ficar frio, e ao resto do grupo que permaneça em seus veículos.

O mais novo pega o walkie-talkie enquanto o padre sai da cabine.

Nos trinta segundos seguintes — tempo que leva um padre mirrado e varapau para sair pela porta da cabine, lutar para descer do estribo e arrastar-se pelos 5 metros de pavimentação em seus antigos sapatos Florsheims —, acontece uma reação química. Invisível, sutil, indetectável a qualquer um além dos dois cavalheiros que se colocam frente a frente no meio da estrada de asfalto, ela borbulha dentro do padre inesperadamente, espontânea e potente como uma descarga elétrica passando por seu cérebro. Ele de imediato antipatiza com o camarada.

— Bom dia, padre. — O homem parado no meio da rodovia fala com um brilho de simpatia amigável nos olhos fundos. O padre vê que há outras pessoas atrás do vidro escurecido do Escalade — uma mulher e dois homens, com estados de espírito e maneiras desconhecidos. As mãos estão escondidas, as colunas, rígidas, os músculos, retesados.

— Olá. — O padre Murphy se obriga a sorrir. Posta-se rígido como uma vara, as articulações reumáticas doendo, as mãos cerradas em punhos ao lado do corpo. Ele sente os olhos e ouvidos de seu pessoal atrás de si. Eles precisam de novas almas e braços fortes para ajudar na manutenção, busca de combustível e o trabalho pesado envolvido no movimento da caravana. Ao mesmo tempo, devem ter cautela. Algumas maçãs podres passaram pelo grupo nos últimos meses e ameaçaram sua própria existência. — Há algo que possamos fazer pelo senhor? — pergunta o padre ao estranho.

O sorriso de mil kilowatts se ilumina. O homem puxa os punhos puídos como se começasse uma reunião de vendas.

— A gente não queria chegar de mansinho pelas suas costas. — Ele funga e cospe despreocupadamente. — Nunca se sabe com quem se vai esbarrar aqui fora, na mata da terra dos errantes. Seu pessoal parece ter feito disso uma ciência. Viajando nessa sua pequena procissão, sempre em movimento, com a segurança dos números, sem deixar o musgo crescer. É simplesmente genial, se quer minha opinião.

— Obrigado, filho. — O padre mantém o sorriso artificial colado na cara. — É uma beleza de veículo o que você tem aí.

— Agradeço por isso.

— É um Caddy?

— Sim, senhor. Um Escalade XL 2007, roda que é uma beleza.

— Parece que sofreu uns arranhões feios.

— Sim, senhor, com toda certeza.

O padre assente, pensativo.

— O que podemos fazer por você, filho? Parece ser um homem... que tem algo em mente.

— O nome é Garlitz. Jeremiah Garlitz. Companheiro xamã e soldado sagrado como você.

O padre sente uma onda de raiva.

— É sempre bom conhecer um companheiro religioso.

— Tinha uma igreja em Jacksonville, fugi depois da Transformação, tentei tocar a vida. — Ele aponta o SUV amassado com o polegar. — Agora só o que resta do Povo Pentecostal de Deus são aqueles dois bons rapazes ali... Junto de uma senhora muito gentil de uma igreja de Jasper.

— Sei. — O padre Murphy coça o queixo. Sabe o que vem por aí e não gosta nem um pouco. Não parece correto. — O que podemos fazer para ajudar? Temos algum biodiesel a mais se tiver interesse. Talvez água mineral?

O pastor grandalhão despeja seu charme.

— É muita gentileza sua. Estes são tempos difíceis. O bando de errantes por aí costuma ser o menor de nossos problemas. É preciso ter muito cuidado. Eu não esperaria que vocês simplesmente aceitassem qualquer velho desgarrado que encontrassem pela estrada. — Sua expressão expansiva se abranda, enchendo os olhos de tristeza e humildade. — Padre, somos pessoas boas, trabalhadoras e tementes a Deus que precisam de um refúgio... Precisam de tratamento médico, comida e a segurança do companheirismo. Nunca nos ocorreu que esse alívio poderia ser encontrado em um alvo móvel como o que você tem aqui.

A luz do dia já aumentou o bastante para que o padre Murphy veja com clareza os jovens e a mulher sentados no Escalade, esperando, nervosos. Ele engole em seco e umedece os lábios rachados.

— Vou pedir que as pessoas no Caddy saiam e mostrem as mãos.

O pastor se vira, então assente para eles. Um por um, quem está no SUV ergue as mãos, revelando estar desarmado.

O padre faz um gesto afirmativo com a cabeça.

— Agradeço por isso. Agora posso perguntar o número e tipo de armas que talvez vocês estejam portando?

O pastor sorri.

— Não é muita coisa. Só duas 9 milímetros e uma espingarda. A moça tem um 38. Infelizmente não sobrou muita coisa da munição.

O padre Murphy assente e começa a falar:

— Muito justo, e agora se eu puder pedir...

Do nada, vários barulhos inesperados e movimentos rápidos na visão periférica do padre interrompem seu longo discurso e o fazem se encolher, como se uma bomba tivesse acabado de explodir. Uma figura vindo de trás se aproxima correndo, agitando os braços animadamente, com a voz aguda dizendo:

— PELO AMOR DE JESUS CRISTO, É ELA, EU DISSE QUE ERA ELA... EU SABIA!!

O jovem afro-americano, com as tranças balançando e o capuz esfarrapado, investe para o Escalade de Jeremiah. O pastor dá um salto para trás, alcançando a faca, inteiramente pego de surpresa.

— Está tudo bem, ele é um dos nossos! — grita o padre Murphy, erguendo as mãos em um gesto de conciliação. — Está tudo bem, é inofensivo!

Atrás de Jeremiah, a porta do carona do SUV se abre num rompante, e Norma Sutters sai com dificuldade. Seu rosto brilha de emoção; com os olhos marejados ao ver o garoto, ela abre os braços roliços.

— Que o inferno se abra se não é você que vejo!

O jovem mergulha na maciez e nos odores almiscarados de Norma.

— Pensei que você tava morta, com certeza — murmura ele, a cara apertada na curva do pescoço da mulher. Ela o abraça também, acariciando sua cabeça com uma ternura maternal. O jovem chora baixinho.

Norma o acalma e acaricia enquanto murmura palavras tranquilizadoras.

— Ainda não morri, garoto... Ainda tô inteira, ainda a mesma velha chata e resmungona que você deixou em Jasper.

O jovem chora em seu pescoço.

— Senti tanto sua falta, pensei em voltar, mas não fui, mas eu devia, sou um covarde, é isso, tive medo demais, orgulho demais, e você disse que eu voltaria com o rabo entre as pernas, eu só... simplesmente não...

Norma faz com que ele se cale e afaga o cabelo trançado.

— Agora chega, vai ficar tudo bem, agora chega, garoto. — Ela olha para Jeremiah, lançando-lhe um olhar furtivo.

— Qual é, pastor? Vamos ficar com esse pessoal ou o quê?!

Ele olha o padre Murphy, e o velho irlandês dá de ombros, então sorri.

— Parece que já fazem parte da família.

A transação é tranquila. Em minutos, os dois grupos se unem, reunindo seus recursos enquanto Jeremiah e companhia começam a angariar boa vontade, dando-se a conhecer aos outros integrantes da caravana itinerante do padre Murphy. Ao meio-dia, a procissão já está de volta à estrada, continuando a interminável jornada sinuosa pela faixa de terra, como se o pastor e sua gente sempre tivessem feito parte do bando.

Passou-se quase uma semana sem incidentes. Eles viajavam principalmente de dia, descansando corpos e máquinas à noite, nos recessos de cavernas e clareiras. Jeremiah fez questão de se apresentar a cada membro da caravana. Eram trinta e três pessoas no total, dirigindo quinze veículos, inclusive seis trailers completos e três pesados caminhões. Havia quatro crianças com menos de 12 anos, cinco casais e alguns idosos. Tinham uma quantidade impressionante de armamento (grande parte recuperada de Camp Blanding, uma base militar abandonada nos arredores de Jacksonville), além de enlatados suficientes para durar mais seis meses se racionados com cuidado.

Os homens principais são, em grande parte, bons rapazes da Flórida central: trabalhadores braçais com sujeira embaixo das unhas e a pele avermelhada do sol; e Jeremiah de imediato se aproxima desses tipos caipiras. Fala a língua deles — Deus, armas e uísque — e sedimenta ainda mais seu lugar na hierarquia, ajudando com a manutenção de veículos; o pastor trabalhou como mecânico em uma oficina na adolescência, e as habilidades lhe servem bem ali. Reese e Stephen também mostram sua disposição em sujar as mãos, acompanhando as numerosas incursões e desvios a fim de obter matéria-prima para o preparo de mais combustível.

Até agora, os integrantes da caravana conseguiram manter os motores rodando com uma combinação de biodiesel cru (que produzem em uma destilaria modificada na traseira do único caminhão de carroceria aberta) e os últimos galões preciosos de gasolina dos tanques de depósito e dos reservatórios subterrâneos de postos abandonados e de marinas pelo norte da Flórida. Jeremiah admira-se da quantidade de óleo de cozinha que ainda existe nos restaurantes e lanchonetes de beira de estrada, lugares devorados pelos vermes e abandonados pelo caminho. Mas os ganhos vão rareando cada vez mais e uma realidade melancólica entra de mansinho no comportamento do grupo. Ninguém está produzindo óleo, enlatados, pneus, peças de reposição, gasolina ou qualquer outro bem durável em que se possa pensar, e esse é o elefante na sala. A areia escorre para o fundo da ampulheta. Todo mundo sente, percebe e rumina sobre isso sem de fato tocar no assunto.

Toda manhã, bem antes do amanhecer, enquanto a caravana volta a ligar a ignição e os veículos afastam-se aos roncos de seu bivaque noturno, Jeremiah reflete sobre essa realidade sombria. Dirigindo o Escalade no final do comboio, engolfado em nuvens de escapamento e poeira conforme a rota sinuosa é traçada pelas planícies costeiras pantanosas e pelos vilarejos de pesca infestados de errantes, Jeremiah reflete bastante. Este é *de fato* o fim dos tempos, os terrores gloriosos do Arrebatamento, e esses infelizes beduínos são as pobres almas que ficaram para trás. Se Deus quer que o pastor fique, que corra por paisagens infernais apodrecidas, levando uma existência miserável, passando fome e se desfazendo até que tudo se transforme em pó, que assim seja. Ele tirará proveito desses tempos turbulentos. Será o rei de um olho só na terra de cegos. Irá prosperar.

Então tudo muda numa noite, em um camping deserto, alguns quilômetros a leste de Panama City.

A oportunidade se apresenta pouco depois das oito horas daquela noite, na forma de um farfalhar na mata adjacente; no início muito fraco, mas ruidoso o bastante para ser registrado pelo ouvido de Jeremiah, em sua caminhada habitual pela periferia do acampamento. Ele adquiriu o hábito de fazer passeios solitários ao anoitecer pelos veículos em roda a fim de acompanhar o estado de espírito dos companheiros viajantes. Não faz mal trocar apertos de mão, dar um olá a seus novos camaradas e fazer um pouco de relações públicas.

Nessa noite, a floresta está separada do anel de carros, caminhões e trailers por uma antiga cerca de madeira, fortificada em algum momento do passado — talvez por obstinados clientes do camping, que se entocaram ali logo no começo da Transformação — com uma faixa espiralada de arame farpado, embolado e enferrujado, que corre por todo o perímetro do terreno de 4 hectares. Em algumas junções, podem ser vistos portões entre os postes maiores, a maioria fechada a cadeado. Jeremiah para no lusco-fusco, o pôr do sol agora quase se convertendo em escuridão, e a maior parte dos viajantes já tendo se retirado aos trailers e sacos de dormir.

O coração bate forte enquanto o arrastar de alguns errantes próximos dá à luz uma ideia, plenamente formada, projetada em seu cérebro.

QUATRO

Jeremiah estala os dedos no escuro, parado bem no canto noroeste do complexo, o zumbido de grilos tão alto que quase traga o pipocar. Ele sabe dos riscos que enfrenta. Sabe que está pisando numa corda bamba delicada. São muitas as variáveis que podem dar errado. Se for apanhado, será o fim de seu reinado nessa terra e, a essa altura, duvida muito que venha a ser recebido de braços abertos por São Pedro e sua turma nos portões perolados.

Ele estala os dedos sem parar e logo ouve o arrastar de passos pesados, cada vez mais próximos. Agora enxerga suas sombras. Três deles — dois homens e uma mulher de idade indeterminada — arrastando-se pelo mato. Cabeças meio tombadas, bocas trabalhando violentamente, eles fazem o barulho que é sua marca registrada à medida que se aproximam: uma espécie de zumbido de serra circular, que emana do poço mais fundo de suas gargantas insaciáveis.

O fedor aumenta, então Jeremiah pega uma bandana no bolso de trás, rapidamente a amarra na metade inferior do rosto — no estilo ladrão de banco — e continua estalando suavemente os dedos. Chamando-os. Acenando para eles. O cheiro agora é tão forte que parece que o pastor prendeu a cabeça num forno cheio de merda assada. Ele estende a mão e abre o portão.

O *timing* aqui é fundamental. Como babuínos numa jaula, as criaturas podem ficar barulhentas se forem agitadas. Mesmo que continuem dóceis e silenciosas, *basta* o odor para atrair facilmente alguém da caravana para fora do trailer. Estalando o polegar no indicador em um ritmo animado, Jeremiah começa a se afastar de costas da cerca, conduzindo discretamente os monstros pela abertura.

Eles permanecem agrupados — os três — ao entrar pelo canto noroeste do complexo. Um dos homens perdeu o olho esquerdo e tem um quisto esfarrapado de artérias e polpa pendurado na cara. A mulher parecia estar em seus 80 anos antes de transformada; a carne flácida e enrugada agora pende dos ossos, como papo de peru. Cada uma das bocas bate e rói o vento, os maxilares selvagens dando a impressão de que podem rasgar metal. Coletivamente, os três fedem a sepulturas debaixo de um monte de composto orgânico.

Rápida e silenciosamente, Jeremiah os leva para a porta traseira do trailer do padre Murphy.

A última parte da primeira fase se prova a mais complicada. Jeremiah chega ao trailer primeiro, com cerca de 15 metros separando-o dos errantes — o que não é grande coisa; no ritmo em que as criaturas andam até ele, a distância será atravessada em menos de um minuto. Com cuidado, silenciosa e furtivamente, o pastor tenta abrir a porta traseira sem fazer barulho nenhum.

— *Droga* — sussurra Jeremiah, quando percebe que a porta está trancada. O cretino católico deve estar ali se masturbando com pornografia infantil. Os errantes se aproximam, fedendo e gemendo baixinho; os passos arrastados são cada vez mais barulhentos. Jeremiah desce a mão à Wellington, saca a faca Randall e apressadamente a mete na fresta entre a tranca da porta de tela e o batente do trailer.

Os mortos já estão perto o bastante para eriçar os pelos da nuca de Jeremiah, mas um estalo suave indica que a porta foi destrancada. Ele se vira e a abre, deixando um arroxeado baço de luz incandescente escapar para o escuro. Roncos saem das sombras do trailer.

Os monstros investem para a entrada, refletindo a luz do lampião nos olhos niquelados.

Jeremiah coloca-se atrás da porta, a mão no cabo da 9 milímetros, caso algum deles parta para seu pescoço. Por sorte, parecem atraídos aos odores de carne viva e aos barulhos dentro do veículo e, um por um, lançam-se ao interior. Das sombras atrás da tela, o pastor vê cada criatura subir a escada de metal aos tropeços, cambalear feito um caranguejo a rampa suave e entrar no trailer. Quando o último deles desaparece na escuridão da toca do padre Murphy, Jeremiah rapidamente fecha a porta de alumínio com um estalo metálico fraco, porém satisfatório.

Agora começa a fase dois conforme ele se afasta às pressas do carro.

É a parte que mais saboreia: a atuação. Certa vez ouviu falar de um distúrbio psicológico verdadeiro, classificado e catalogado no Manual Diagnóstico e Estatístico com o nome de Síndrome de Munchausen por Procuração. A doença envolve padrões de comportamento em que cuidadores, em geral babás e enfermeiras, induzem problemas de saúde naqueles que estão sob seus cuidados, apenas para que o paciente possa ser resgatado. Este pensamento traz um sorriso irônico aos seus lábios enquanto o pastor se agacha nas sombras e espera a gritaria começar.

O padre Patrick Liam Murphy se agita devido a um estranho sonho recorrente, um pesadelo que vem tendo no último ano, envolvendo ser enterrado vivo.

Ele senta-se repentinamente na cama portátil molhada de suor, encostada na parede corta-fogo frontal do trailer. Com o coração martelando no peito, vê sombras se deslocando dos dois lados, sente o cheiro de podridão rançosa e ouve o zumbido de serra circular. O homem sai da cama bem a tempo de evitar a mão em garra prestes a segurá-lo pelo camisolão.

O padre solta um berro de choque e surpresa, então esbarra em um armário de alumínio, que vacila e cai com um estrondo ressonante, derramando tigelas, xícaras, utensílios e cilindros de butano pelo chão. Ele percebe tarde demais que está preso e sozinho com três monstros, que sua arma está do outro lado do trailer e que deixou um lampião aceso na mesa ao lado da cama quando cochilou depois da dose noturna de uísque barato.

O impacto do armário em queda vira o lampião, que cai em uma das criaturas, incendiando a perna de sua calça com querosene. O ar crepita e se enche de odores infernais conforme o padre age por instinto. Afastando-se da mão fria e morta de outra criatura que o golpeia, ele se arrasta para a cabine e, de repente, encontra um longo espeto de metal para churrasco que desabou de uma prateleira próxima.

Algo agarra sua perna, e um calafrio corre pela pele nua do tornozelo por um único segundo, antes de ele reagir. O padre Murphy recua a perna com força antes que a mulher consiga meter os incisivos viscosos em sua carne, grita mais uma vez, dizendo algo distorcido e desarticulado a seu Único Senhor e Salvador.

Em seguida, enterra o espeto no globo ocular da morta, afundando a ponta na carne flácida do occipital. Uma substância preta borbulha e vaza pelo cabo de metal enquanto a mulher imediatamente desaba no chão, o corpo ressecado agora imóvel como um saco de roupa suja. O padre se vira e rasteja loucamente para a cabine da frente, ainda incólume, ainda sem ter sido mordido.

Atrás dele, na luz bruxuleante do fogo, os dois homens ficam petrificados ao som de passos. Escuta-se uma figura do lado de fora da porta traseira.

— PADRE! — É uma voz familiar demais, uma voz semelhante a unhas raspando um quadro negro. — PADRE, ESTOU CHEGANDO!

A porta se abre explosivamente com a força do chute de uma imensa bota Wellington.

Um homem parrudo de terno preto enche a soleira. Os dois errantes cambaleiam, arranhando o ar, o fogo faiscando e subindo pela perna do mais velho. O reverendo Jeremiah Garlitz ergue a pistola 9 milímetros e dispara dois tiros rápidos à queima-roupa. Os disparos arrancam o alto do crânio das criaturas, espirrando uma névoa cor-de-rosa nas paredes internas do trailer.

Os monstros desabam, as chamas explodindo em uma nuvem de faíscas.

— Você está bem?! — Jeremiah olha o espaço escuro à procura do padre e vê as chamas esgueirando-se pelo chão. — Fale comigo, padre! — Ele tira o casaco para apagar o fogo. — Padre?!... ONDE VOCÊ ESTÁ?

De trás da cama caída, o irlandês solta uma risadinha mansa.

— Isto foi... interessante.

— Com a graça de Jesus! — O pastor grandalhão precipita-se para a cama virada, ajoelhando-se junto ao camarada caído. Seus olhos já brilham de emoção ao aninhar a cabeça do padre. — Foi mordido?

— Acho que não. — O padre Murphy tenta se mexer, mas as articulações artríticas estão paralisadas, presas devido à dor. Ele precisa de uma bebida. Apalpa os braços, a cintura, o pescoço. Olha a mão. Sem sangue algum. — Acho que tive sorte dessa vez, se podemos chamar isso de sorte.

Do lado de fora do trailer, o barulho de vozes e passos enche o ar.

— Não tente se mexer — diz Jeremiah. — Vamos conseguir ajuda, você vai ficar bem.

— Por que está me olhando desse jeito? — Um raio de pânico corre pela espinha do padre. — O que está fazendo? Por que você...?

— Você vai ficar bem. É um velho durão, vai sobreviver a tudo isso.

O padre Murphy sente o aço frio do cano de uma Glock abaixo da orelha.

— O que está fazendo? Por quê, em nome de Deus, está apontando sua...

A explosão repentina e inesperada é a última coisa que o padre Patrick Murphy ouve na vida.

O crânio do padre explode; a bala atravessa o cérebro e joga respingos na cara de Jeremiah. O grandalhão se retrai. A bala abre um buraco no teto do trailer, ejetando fibra de vidro e lascas de metal em um tufo de filamentos. A explosão provoca tinidos nos ouvidos do reverendo, quase tragando os passos que se aproximam de fora, vários passos, cada um correndo pelo pátio até o trailer. Alguém grita o nome do padre Murphy.

Jeremiah entra rapidamente em ação. Empurra o corpo do religioso para o chão, dispara pela cabine e agarra os restos encarquilhados da mulher. Ele arrasta o cadáver pela nuca por cima do padre.

Em segundos, o homem fecha os dentes da errante no tornozelo exposto do padre, perfurando sua pele com os incisivos irregulares. Fase três. Rápido. Agora. É fácil invocar as lágrimas. Com toda a adrenalina correndo pelo corpo — a emoção desse golpe de Estado improvisado —, ele espontaneamente cai num pranto artificial; com os pulmões convulsos, lágrimas verdadeiras se acumulam, o sal provocando ardor nos olhos.

Um rosto aparece na porta traseira, o jovem de cabelo louro chamado James.

— Padre?! PADRE MURPHY?!

Jeremiah levanta a cabeça, o sangue espirrado no rosto misturando-se feito aquarela com as lágrimas.

— James, lamento tanto, ele foi...

— Ah, meu Deus.

O pastor balança a cabeça e aninha o padre nos braços.

— Ele foi mordido.

— Porra, como...?!

— Ele me implorou para matá-lo, e eu não queria fazer isso, mas ele me implorou e nós rezamos juntos.

— Mas como foi...?!

— Eu recitei a extrema-unção para ele, o máximo que consegui me lembrar.

— Ah, meu Deus. — James Frazier entra na câmara de estar, asfixiado de choque e choro. — Como foi que eles conseguiram entrar?

Jeremiah solta um suspiro áspero de agonia, baixando a cabeça em um desempenho digno de um Oscar.

— Meu bom Deus, meu bom Deus... Simplesmente não sei.

— Ah, Jesus, Jesus, meu Senhor Jesus Cristo — balbucia James, ajoelhando-se e colocando a mão no homem morto. — Meu bom Senhor, nesta hora de... nesta hora de... de tristeza... por favor, receba sua alma no seio de... Seu reino... e... e... livre-o... AH, *JESUS!*

O jovem desaba no chão, num pranto convulsivo, enquanto Jeremiah acaricia ternamente seu ombro.

— Está tudo bem. Desabafe, meu filho.

O choro é transportado na noite, fazendo eco no céu negro.

Os outros integrantes da caravana — agora reunidos junto à porta aberta — estão petrificados.

Nenhum deles tem consciência de que testemunham uma mudança memorável no poder.

Pelo resto daquela noite e a maior parte do dia seguinte, Jeremiah ajuda os sobreviventes do comboio a lidar com a perda trágica de seu guia espiritual e bússola moral. Ninguém tem vontade de dirigir, então eles protegem a periferia, postando guardas em pontos estratégicos à volta do local, enquanto o pastor insiste que as pessoas desabafem, que se expressem, rezem e se lembrem de seu líder.

Eles enterram o homem no canto sudeste do camping, perto de um arbusto de nogueiras-pecã. James diz algumas palavras, depois alguns dos outros líderes falam também, cada um deles por fim desmoronando e chorando, incapaz de continuar. A morte do padre Murphy os atinge duramente. Jeremiah vê que precisam desabafar a tristeza.

Ao pôr do sol do dia seguinte, poucos integrantes da caravana afastaram-se do túmulo improvisado. A maioria se demora no monte de terra frouxa, como se fossem convidados que se recusam a deixar a residência de um parente querido, rezando, contando histórias do espírito generoso, dos atos de bondade e do legado de coragem do padre Murphy em face do Armagedon. Alguns dividem frascos de bebida barata e velha... Ou cigarros enrolados em palha de milho, feitos do tabaco local, que obstinadamente ainda cresce em profusão no sul da Geórgia e pela margem norte daquela faixa de terra... Ou a mesma carne-seca que vinham dividindo havia semanas, desde que deram com a parada de caminhões abandonada nos arredores de Jacksonville.

Jeremiah observa tudo isso até ter uma ideia, quando o sol se põe.

— Pessoal... posso dizer uma coisa? — Ele se ergue ao máximo, na beira da sepultura. Ainda trajando o terno preto de luto e a gravata puída, parece mais que nunca um estranho homem, do governo de outras épocas; um agente da receita federal, ou auditor que veio fiscalizar os livros contábeis da caravana. O pastor segura um odre feito de couro, cheio do mesmo uísque pavoroso que vem dividindo havia horas com James Frazier, Norma Sutters, Leland Burress e Miles Littleton. — Sei que não cabe a mim falar em uma ocasião tão solene e importante como esta. — Ele olha o grupo com uma expressão humilde e contrita. — Não conheci o padre nem remotamente tão bem como vocês. Não tenho o direito de dizer nada em nome dele. A única coisa que quero dizer é que um homem *não* é medido pelo que faz na vida, mas pelo seu legado. E vou dizer que o velho Patrick L. Murphy deixou um monte enorme de amor, assim como um sonho grandioso e bonito.

Há uma pausa, e este é o gênio de Jeremiah Garlitz: a capacidade de prender uma plateia com o silêncio bem escolhido. Ele deixa que o silêncio trabalhe como um rio cortando montanhas, como uma muda minúscula criando raízes e crescendo em uma enorme sequoia. Ele faz amor com o silêncio.

— O padre Murphy deixou um sonho de consolo e auxílio em face dos Últimos Dias... Um sonho lindo em meio às feras do inferno... Um sonho de algo mais que a sobrevivência. Ele deixa um sonho de vida. Ele queria que todos vocês prosperassem. *Juntos*. Em movimento, sempre em movimento. Como um regato que se transforma num rio, e um rio que se transforma no mar.

Mais silêncio. Alguns ouvintes começam a pigarrear, reprimem o choro e baixam a cabeça. Eles precisam disso. Precisam liberar alguma coisa, e o silêncio lhes dá a permissão. O grupo escuta com tal atenção o silêncio que é como se Jeremiah pudesse ouvir o coração de todos.

— Não sei quanto a vocês, mas em meu curto e doce tempo com o padre, percebi que ele sabia algo de que eu não tinha conhecimento. Ele conhecia a chave para o paraíso... E não, não estou falando do céu nesse momento. Estou falando do paraíso na terra. Mesmo em meio a esses tempos profanados, essas ruínas horríveis, ele tinha a chave para o paraíso, e sabem o que era? No fim das contas, sabem o que é o paraíso?

Outro segundo de mudez teatral enquanto Jeremiah encara os olhos de cada ouvinte — rostos sujos, desgastados da praga, apavorados, voltados fixamente para ele, famintos por salvação e respostas, olhos marejados de tristeza.

— Somos nós. *Nós!* Com uma boa rodagem em nossos pneus e alguns galões de gasolina nos tanques. — Ele eleva a voz. — É isso que o padre Patrick Murphy sempre quis. Que ficássemos juntos e continuássemos em movimento. É tão simples. Isto é o paraíso do padre... O *comboio*. Em movimento. Como os israelitas antigos escaparam do Egito! O comboio! Como os hebreus andaram por Canaã! — O pastor solta um grito triunfante: — O COMBOIO!

Leland Burress, um ex-encanador corpulento de Tallahassee, famoso por regularmente soltar que os judeus controlam o sistema bancário, coloca-se de pé rapidamente, fecha o punho do tamanho de um presunto e exclama:

— É isso mesmo!

Jeremiah abre um sorriso beatífico, cheio de humildade e seriedade.

Do outro lado do túmulo improvisado, uma mulher corpulenta com um vestido de estampa floral afasta-se, torcendo os lábios com desdém e incredulidade.

Norma Sutters coloca-se na margem distante da pequena mata de nogueiras-pecã, ouvindo com uma expressão azeda o pastor finalmente chegar à parte principal do pequeno sermão improvisado. Todo o discurso parece não só inadequado, mas um tanto perturbador — o jeito do grandalhão de terno preto quase tomar posse tranquilamente da cerimônia e o tom sutil de condescendência em sua voz enquanto descaradamente apela às mais profundas emoções das pessoas. Norma Sutters conhece todos os sinais. Lidou durante a vida toda com uma galeria de patifes hipócritas. Este sujeito ultrapassa todos os limites.

— Você está bem? — pergunta Miles a ela. O jovem a seu lado, de moletom com capuz e joias já sem brilho de tempos mais felizes, franze a testa. Por sua expressão, é evidente que também sente alguma coisa, mas pelo visto não consegue articular muito bem.

Ela o faz se calar, colocando um dedo gordo na boca, indicando que devem prestar atenção ao que diz o pastor.

— Amigos, venho a vocês humildemente com uma proposta. — Agora Jeremiah anuncia ao grupo, recorrendo a seu grande barítono, elevando a voz aos céus, projetando-a com a habilidade de um Laurence Olivier falsificado, para que aqueles mais distantes na multidão consigam ouvir cada respiração, cada pausa dramática. A maioria dos pastores é naturalmente teatral e clamorosa, mas há algo nesse sujeito que Norma não consegue situar muito bem. Algo manipulador. E assustador. — Não tenho o direito de me colocar no lugar de nosso querido padre falecido... Ninguém tem... Mas, em tributo a seu legado, fico feliz em me apresentar voluntariamente para a liderança. Com a bênção de vocês, com sua aprovação, com sua ajuda, tomarei de boa vontade as rédeas desta grande comunidade... Esta fraternidade móvel de cristãos tementes a Deus... Se me aceitarem, se me derem a honra.

Rumores de aprovação percorrem as aproximadamente duas dezenas de enlutados que ainda permanecem no crepúsculo arroxeado e nas sombras densas dos galhos tortos de nogueira, que se curvam sobre a sepultura. Naquele mesmo dia, Miles já confidenciara a Norma sua crença de que Leland Burress assumiria a liderança. Leland era um candidato muito mais provável para substituir o padre Murphy que um intruso qualquer com uma Bíblia e uma cruz. O homem dera início ao comboio nos primeiros tempos do surto. Vendedor de armas independente de Jacksonville, Leland e a falecida esposa moravam em um acampamento de trailers perto do rio St. Johns, e, quando as pessoas começaram a morrer e voltar famintas por carne humana, ele seguiu seus instintos para se colocar em movimento e assim continuar.

Uma brisa sopra o fraco odor de carne podre através do almíscar das cascas de nozes-pecã no chão. Norma sente uma náusea no estômago ao partilhar um olhar carregado com o jovem parado a seu lado.

— Hmm-mm... Que surpresa — resmunga ela, com um nojo amargo.

Do outro lado do terreno desfolhado da sepultura recém-cavada, o pastor grandalhão faz o que todo vendedor faz com naturalidade: o fechamento da venda.

— Não espero que me aceitem assim, do nada, que confiem em mim como vieram a confiar neste homem muito querido que acabamos de enterrar. Não espero que tomem uma decisão tão importante sem pensar bastante, sem fazer uma votação, sem ter *certeza absoluta*.

Uma última pausa teatral. Um último momento de contato visual com praticamente cada ouvinte, então:

— Mas uma coisa prometo a vocês e garanto que esta é a verdade do Evangelho de Deus: se me aceitarem como líder, eu *vou* liderar. Já estou nesta selva há quase um ano, e sobrevivi, e farei o que estiver em meu poder para garantir que *todos* vocês sobrevivam, cada um de vocês, e rezarei ao Todo-Poderoso para que Ele me ajude a garantir que todos prosperem. Porque vocês são os filhos de Deus e nós vamos vencer! — Alguns gritos de aprovação se misturam com suas palavras. — NÓS! VAMOS! VENCER! JUNTOS! COMO UM SÓ!!

Agora os berros tragam as palavras e deixam os dentes de Norma tensos.

A multidão se reúne em torno do grandalhão e irrompe em uma comemoração de vitória, lembrando Norma o comitê de campanha de algum político barato. Ela faz um gesto para Miles, então os dois ouvintes descontentes escapolem discretamente nas sombras atrás das nogueiras.

O reverendo Jeremiah Garlitz, ruborizado pela aceitação exultada, não percebe a partida apressada de seus únicos dois céticos.

CINCO

Na manhã seguinte, pouco antes do dia clarear, enquanto a caravana liga os motores em uma série de estampidos e explosões expectorantes de monóxido de carbono, Jeremiah assume o trono recém-conquistado ao volante do trailer amassado do padre, na mesma cadeira de piloto surrada em que o líder anterior plantou seu traseiro ossudo por tantos meses. No início havia rejeitado a oferta de dirigir o amado Winnebago do padre Murphy, com os retratos estrepitosos do Papa e dos times da Liga Juvenil patrocinados pela igreja, mas por fim reconsidera, chegando à conclusão de que poderia dar uma elegante forma de simetria.

Agora o pastor pega orgulhosamente a estrada principal com o peso de todo o comboio atrás de si, uma névoa de início de manhã baixando, como uma cortina de aço no amanhecer cinzento. O ar tem um travo azedo, como de circuitos queimados, e o céu é tão baixo e opaco que parece carvão antigo, como algo retirado do chão. Esta parte da Flórida tem uma aparência primitiva, toda musgosa e mofada, com uma pátina de antiguidade peluda em cada superfície, cada poste de cerca, caixa de correio, placa de estrada e cabo de eletricidade.

Reese e Stephen seguem imediatamente atrás do trailer no Escalade amassado, cada jovem cicatrizando bem com o benefício das provisões médicas e de primeiros socorros da caravana. Atrás do SUV, vêm outros catorze veículos, todos tomados de antigos acólitos do padre morto, chocados e cansados da praga. A votação para fazer de Jeremiah o novo líder — simples declarações "Sim" ou "Não" em tiras de papel reunidas no chapéu do pastor — foi quase unânime, sendo a identidade dos dois únicos integrantes dissidentes ainda desconhecida.

Ficaria de olho no grupo e talvez um dia conseguisse descobrir a dupla de filisteus que teve o colhão de votar contra ele.

Na noite anterior, Jeremiah explicou aos discípulos recém-adquiridos que parte de sua nova plataforma de liderança seria explorar estados vizinhos em vez de se prender ao litoral. Ele lhes garantiu que há mais oportunidades de encontrar recursos inexplorados na Geórgia, no Alabama e na Carolina do Sul. O que *não* disse aos seguidores é que a semente de uma ideia criou raízes em seu cérebro. Foi incitada pela eliminação secreta do padre Murphy e desde então vem crescendo. Pode ser a maior inspiração a arder em Jeremiah Garlitz desde a concepção de sua igreja apocalíptica.

Eles atravessam a divisa do estado da Geórgia por volta das cinco da tarde, chegando aos arredores de Atlanta perto da meia-noite. Com pouco combustível, famintos, doloridos e exaustos da longa viagem, armam acampamento na clareira de uma colina arborizada não muito longe da mesma paisagem que Jeremiah e seus seguidores atravessaram na jornada fatídica a Woodbury. Haverá uma trombeta silenciosa chamando-o de volta a este lugar desolado? Será isto seu Getsêmani pessoal, a misteriosa colina arborizada em que Cristo fez sua última ceia e mais tarde foi encurralado e preso pelos centuriões?

Nessa noite, o reverendo grandalhão chama Stephen, Reese, Leland e James à fogueira.

— Rapazes, está na hora de fazermos outra busca por combustível — anuncia ele na luz bruxuleante do fogo. — Quero vocês quatro saindo pelo amanhecer com dois veículos para que cubram mais terreno. — Jeremiah dá a ordem com confiança, o manto de liderança já faz parte de sua natureza. — Procurem gasolina, diesel, e vasculhem até espeluncas de beira de estrada que ainda possam ter fritadeiras com óleo nas instalações.

Os homens se dispersam a fim de se preparar para a missão, e o pastor passa o resto da noite acordado no trailer, bebendo muito café instantâneo frio, desenhando esboços, tomando notas e, de modo geral, bolando estratégias de como dar vida a sua ideia grandiosa... Ou dar *morte*, pensa ele com ironia. O conceito o tornará poderoso como nenhum homem pós-praga jamais foi; o verdadeiro rei de um olho só. Ele trabalha quase até o nascer do sol, caindo por fim em sono profundo no sofá-cama do trailer, sem saber que um integrante da nova tribo o esteve espionando a noite toda.

Do lado de fora, a sombra de uma afro-americana roliça espreita atrás de uma moita de capim, a menos de 10 metros do para-choque traseiro do trailer. Ouviu atentamente tudo, inclusive os leves resmungos ocasionais que o pastor soltou sozinho, às vezes na algaravia de "línguas" antigas, e grande parte fez pouco sentido para ela. Nessa altura inicial, Norma apenas sabe que esse pastor, apesar do carisma natural e da habilidade para a oratória, claramente é um doido de pedra e talvez seja perigoso como uma cobra peçonhenta.

Naquele mesmo dia, Jeremiah é o centro das atenções na frente do trailer: está empoleirado em uma antiga cadeira de jardim, com uma criança pequena de nome Melissa Thorndyke enroscada no colo feito um animal de estimação, o polegar metido na boca, dormindo profundamente. Inteiramente relaxado atrás do círculo de veículos e barricadas temporárias, fumando um charuto dominicano velho, bebendo chá instantâneo, com o colarinho aberto revelando o peito hirsuto, ele conversa com os patriarcas de duas famílias distintas — Chester Gleason e Rory Thorndyke, ambos ex-trabalhadores, do tipo feijão-com-arroz, espécimes perfeitos para o novo exército do pastor. Na realidade, Jeremiah está prestes a dar início a um discurso motivacional sobre a horda de errantes e seu propósito no Arrebatamento quando é interrompido pela voz de Stephen Pembry.

— Irmão Jeremiah!

O líder vira-se sobressaltado, silenciado antes de soltar uma só palavra de sua litania, e olha por sobre o ombro os quatro homens que saem da mata adjacente. Respirando com dificuldade, os olhos injetados e arregalados de urgência, eles vêm do norte. Stephen é o primeiro, com o blusão fechado até o pescoço e o gorro puxado por cima da testa coberta de curativos. Ofegando profusamente em seu estado agitado, a respiração sai entrecortada por grasnados ásperos.

Atrás dele, os outros apressam-se para alcançá-lo, carregando imensos recipientes plásticos de combustível, o rosto brilhando de suor e empolgação.

— Calma, irmão — adverte o grande pastor ao se levantar da cadeira e gentilmente entregar ao pai a criança adormecida. Ele lança um olhar enviesado a Chester e Rory. — Por que não levam a garotinha de volta à mãe e me dão um segundo para falar com esses rapazes?

Os patriarcas concordam com a cabeça e partem apressados para o outro lado do acampamento enquanto Stephen Pembry aproxima-se sem fôlego.

— Não vai acreditar... no que vimos agora... a uns 15 quilômetros daqui... Eles estavam... estavam... procurando alguma coisa...

O jovem sente uma forte pontada e coloca a mão na caixa torácica sensível, esforçando-se para jogar ar nos pulmões. O restante dos homens se reúne em volta do pastor, que ergue as mãos imensas enquanto fala:

— Tudo bem, se acalme, não consigo entender nada do que está dizendo. Respire!

Stephen Pembry olha para Reese Lee Hawthorne, que baixa seu recipiente de combustível com um grunhido, engole em seco e passa a língua pelos lábios, como se medisse as palavras.

— Eles ainda estão vivos, irmão.

Arrepios explodem no pescoço grosso do pastor ao se preparar para lhes perguntar de quem estão falando, mas ele já sabe.

Por acaso é uma história surpreendente, e Jeremiah ouve tudo atentamente na privacidade do trailer enquanto os dois integrantes originais do Povo Pentecostal andam de um lado a outro e ofegam durante o relato detalhado, desde a partida ao amanhecer daquele dia, perambulando em zigue-zague pelos campos de tabaco do centro-sul da Geórgia, procurando postos de gasolina inexplorados, verificando casas de fazenda e celeiros e, de modo geral, passando um pente fino pelo interior em busca de qualquer gota de combustível que pudessem encontrar.

Durante horas, procuraram em vão. Cada parada de caminhões, posto de gasolina, loja de implementos agrícolas e celeiros estava vazia, já fora explorada ou estava tomada de errantes. Por fim, tiveram sorte um pouco ao sul de Carlinville, não muito longe daquele mesmo lugar em que ficaram aprisionados muitos meses atrás — aquela capela maldita, um inferno podre que Stephen e Reese não vão esquecer tão cedo.

Foi lá, cerca de 8 quilômetros ao sul dos limites da cidade, que deram com uma fazenda de gado leiteiro com uma cerca alta de arame farpado, que alguém erigiu nos últimos meses para impedir a entrada de mortos-vivos. As construções na parte interna pareciam desertas; dizimadas por incêndios, muitas eram ruínas queimadas. Porém, atrás de um dos celeiros vazios, havia filas de tanques de combustível que, aparentemente, não foram tocados pelas chamas.

Na hora seguinte, eles foram de um tanque a outro, despejando gasolina em seus recipientes. Chegaram à conclusão de que devia haver milhares, talvez dezenas de milhares de galões de combustível puro e sem chumbo naqueles tanques; seria gasolina suficiente para mover o comboio por meses. Era uma daquelas descobertas raras e magníficas; um verdadeiro mistério, que pede a pergunta: *Como é que todo mundo deixou isso passar?*

Na verdade, ficaram tão animados com a sorte inesperada que quase deixaram passar as duas figuras um tanto distantes, andando por um cume de pinheiros acima de um rio vizinho.

— No início, achei que estava vendo coisas — comentou Stephen Pembry por fim, andando de um lado a outro da curta extensão da cozinha do trailer. Aparentando serenidade, Jeremiah está sentado no pequeno sofá no interior, as pernas compridas cruzadas recatadamente, ouvindo. Ele segura sua xícara de chá, mas não tomou nem um gole desde que os jovens começaram. Está extasiado, hipnotizado, eletrizado... não pela história em si, mas pela providência inerente sob sua superfície. O destino quis que eles esbarrassem com essas figuras naquele morro qualquer. A emoção cresce à medida que ouve, uma combinação de fúria, empolgação e algo inominável; algo quase erótico.

— Lá estavam eles, claros como a luz do dia — admira-se Stephen. — Achei que via fantasmas. Mas, no fundo, sabia que não. Olhei melhor pelo binóculo só para confirmar o que já sabia.

Reese fala do outro lado da cozinha, onde esteve nervosamente batendo uma espátula na beira do fogão mínimo.

— Era *Lilly Caul*, irmão... Lilly Caul e aquele garoto com quem ela sempre anda.

Há um sorriso agradável pintado na cara de Jeremiah, como de um palhaço, ao falar em voz baixa:

— Tommy Dupree.

— Isso mesmo! Dupree... É esse... Tommy Dupree. Ele era filho daquele camarada que nos ajudou.

— Calvin. — A voz do pastor é tranquila, estudada, quase terna. — Calvin Dupree.

— Calvin, isso mesmo! — Reese levanta a cabeça. — O garoto não estourou o cara?

Stephen Pembry intromete-se.

— É isso mesmo, o merdinha matou o próprio pai.

Reese se admira.

— Se *eles* conseguiram sair vivos daquele lugar... Quantos outros será que também conseguiram?

— Posso fazer uma pergunta boba? — O pastor coloca cuidadosamente a bebida na mesa lateral. — Por acaso os tolos aí pensaram em seguir esses dois?

A dupla troca um olhar nervoso. Reese responde, gaguejando:

— O negócio é que... a gente pensou... O combustível era mais importante... naquele momento... considerando a situação... E a gente podia... A gente pensou...

— Vocês *pensaram*?! — Jeremiah se levanta do sofá, erguendo-se em toda sua altura, formidável em qualquer contexto, mas particularmente na casa de bonecas que é a área de estar do trailer, seu enorme topete raspando o teto com a postura imponente de um golem. O pastor cerra os punhos enormes. — Quem disse a vocês para *pensar*? Não percebem o que deixaram escapar por entre os dedos?! *SERÁ QUE NÃO PERCEBEM O QUE ISSO SIGNIFICA?!* — A dupla de jovens se assusta, estremecendo com a voz de trovão do orador-mestre. — Quero que os dois tontos arrastem o traseiro de volta a tal fazenda abandonada agora mesmo, e quero que se espalhem, dando uma busca na área. Peguem os óculos de visão noturna de Leland e provisões suficientes para mantê-los por algum tempo, porque pode levar dias, talvez semanas, para encontrar essa gente. Mas vocês os *encontrarão*, ou nem precisam voltar. Entenderam? E, quando os encontrarem, quero que guardem distância, que os sigam, fiquem de olho neles e descubram o que puderem sobre como sobreviveram àquela horda que virou nosso Caddy e quase nos matou. Entenderam? Me digam que entenderam. Cada um de vocês! Quero ouvir dizerem, "Entendi". AGORA! FALEM!

Quase em uníssono, as vozes vacilantes e sufocadas anunciam que compreenderam.

— Muito bem. — O reverendo Jeremiah Garlitz solta um suspiro sofrido, ajeita o cabelo para trás, estica o pescoço e assente. — Agora saiam da minha frente.

Os dois quase tropeçam um no outro ao saírem.

O pastor afasta-se da porta e escuta a batida da tela de alumínio barato indicando a saída dos homens. Ele respira fundo, então solta o ar lentamente, sentindo a pulsação se acelerar. Não esperava por essa pequena guinada nos acontecimentos, e no início isso apenas estimulou sua sede de sangue, a necessidade de vingança. Essas são as pessoas que o derrotaram no Reino dos Céus. Esse pessoal dilacerou seus sonhos, cuspiu em seu destino, expulsou-o do Éden. Porém, quanto mais pensa no assunto, mais percebe que esse acontecimento fortuito faz parte do grande esquema das coisas. As forças das trevas estão se alinhando contra ele. Jeremiah é o anjo de luz, o último guerreiro cristão do Arrebatamento. Fará muito mais que apenas vingar os erros infligidos a ele por essa gente. Com sua obra-prima quase em andamento, suas teorias tornando-se realidade, o líder transformará a mente deles em pó. Triturará suas almas na terra e fará de seu mundo um inferno em vida.

Ele irá os desmantelar e enterrar vivos, salgando a terra pela eternidade.

— Muito bem, então — resmunga o pastor sozinho, com um leve sorriso animado. — Vamos nessa!

Reese e Stephen passam a primeira parte da busca nos campos atrás da fazenda, sendo obrigados a repelir, naqueles dois dias, várias ondas de errantes vagando da mata ao longo do rio. À noite, acampam no terreno elevado e usam os óculos infravermelhos. Mas não detectam sinais de Lilly Caul ou de seu pessoal.

No terceiro dia, ficam sem munição, então voltam ao caminhão, estacionado na autoestrada 19. Eles têm comida e água suficientes para talvez uma semana, mas a escassez da munição pode tranquilamente levar a busca a um final ignominioso. Portanto, os dois investigam a cidade seguinte a leste — um vilarejo fantasma antigamente conhecido como McCallister — e, em uma tabacaria coberta de tábuas, encontram uma gaveta cheia de caixas de munição de ruptura Glaser 9 milímetros, que se adapta à Glock de Stephen.

No dia seguinte, decidem contornar Woodbury em um diâmetro cada vez maior — segundo o mapa em papel —, mantendo-se atentos aos campos de tabaco adjacentes, onde muitas sedes de fazenda e estábulos ainda estão intactos, vazios e apodrecendo de dentro para fora, engolidos por trepadeiras, mas ainda cheios de tesouros e refúgios para sobreviventes. Reese acha que Lilly e o garoto podem estar entocados em um dos anexos.

Só no quinto dia, quando Stephen vê algo fora do comum junto da linha das árvores, a cerca de 800 metros a oeste da cidade, é que ambos pensam no labirinto subterrâneo... descoberto durante a breve estada em Woodbury.

— Ei! EI! — Stephen endireita-se no banco do carona, apontando pela janela a mancha vermelha que acaba de passar por eles, como um borrão, à direita. O dia está nublado, porém luminoso, e a monótona luz cinzenta penetra a mata por pelo menos 50 metros dos dois lados antes de as sombras de bétulas e pinheiros engolirem tudo. O ar tem cheiro de bolor e terra fétida. A chuva é iminente. — Reduza! VOLTE!

Ao volante do Escalade, Reese dá uma guinada nervosa antes de frear.

— O que foi? Viu alguma coisa? O que foi, irmão?

— Dê ré!

Ele pisa no freio, jogando-os para a frente e provocando a ascensão de uma nuvem molhada de partículas na parte traseira do SUV, que derrapa e para, a marcha guinchando enquanto Reese coloca a alavanca em ré. O veículo grita ao mover-se para trás e para, cantando pneu, na frente de um marco de estrada quebrado.

— O que você viu? — Reese exige saber ao olhar pela janela.

— Ali! — Stephen aponta. — 30 ou 40 metros por ali, bem ao lado daquele carvalho enorme... Tá vendo? Parece uma bandeira vermelha ou um marcador... Uns 6 metros mais para cima! Viu? Que merda, cara, abre os olhos!

Reese enfim vê a bandeira. Mal é visível nas sombras das árvores e fios de eletricidade; parece uma bandana ou tecido vermelho que alguém veria amarrado na ponta de uma madeira especialmente longa, presa à traseira de um caminhão.

— Ah, meu Deus... Os túneis. — A voz de Reese fica baixa e sem fôlego. — É um marcador. Tem uma abertura bem ali.

Stephen o olha.

— Não acredito que esquecemos os túneis.

— Foi assim que eles sobreviveram à horda.

Aturdido, Stephen concorda com a cabeça.

— E é assim que entram e saem da cidade.

— Puta merda.

— É... — Outra troca de olhares febris. — *Exatamente.*

* * *

Eles estacionam o Escalade sob a cobertura de folhagem e esperam por três dias. Perto do final de suas rações, sem água nenhuma, agacham-se no mato a 100 metros rio acima do bueiro improvisado e aguardam incessantemente. À noite, ficam de olho com os óculos de visão noturna e, durante o dia, observam por horas sem fim — através da chuva, dos ventos fortes, do sol escaldante e de nuvens de mosquitos —, mas nada se mexe abaixo da bandeira vermelha. Os jovens têm de se livrar de alguns errantes de vez em quando; poupando a munição, abrem as cabeças rapidamente com uma pequena picareta e um martelo. Na maior parte do tempo, porém, a mata permanece sem Mordedores. Na manhã do quarto dia de espera, Stephen conclui que talvez esteja na hora de pedir ajuda. Seu pulmão perfurado arde, com pontadas de dor, fazendo-o ofegar intensamente. Reese não está nada melhor: sente-se febril com o estresse, a temperatura aumentando; está desidratado.

Por fim, justo quando se preparam para ir embora, detectam movimento pelas árvores perto da beira do buraco: *um braço é lançado para cima, agarrando-se ao mato, procurando apoio.*

Reese fica imóvel. Então leva o binóculo aos olhos. Sua respiração está presa na garganta, e arrepios correm pelos braços, assim como pelas costas. Mesmo com toda essa distância, pelas lentes telescópicas ele consegue identificar a dona do braço magro, sardento e musculoso: a mulher atlética, inigualável e de olhos castanhos que mudou o rumo de sua vida.

SEIS

Lilly Caul sai resmungando do buraco. Está com sua camiseta da Geórgia Tech e jeans rasgados, o cabelo castanho-avermelhado e fino amarrado com um elástico, a Ruger calibre .22 no quadril bem formado, os Doc Martens firmemente plantados no terreno enlameado enquanto ela se vira e ajuda uma segunda pessoa a sair do portal subterrâneo.

David Stern, grisalho e artrítico apesar de seu vigor natural, luta para sair da abertura. Lilly estende a mão, mas ele teimosamente a afasta e consegue passar pela aba do buraco e chegar ao chão. O homem coloca-se de pé e espana a terra da jaqueta de seda, a voz grave, curada por cigarros, misturando-se com a brisa inconstante.

— Vamos rápido com isso... Por algum motivo, tenho um mau pressentimento.

Lilly fecha o alçapão, camuflado com gravetos e folhas, aos resmungos.

— Você sempre tem maus pressentimentos. É seu estado padrão.

— Devia ficar agradecida por isso. — Ele aperta o cinturão da arma com uma careta azeda. — É o que mantém você de pé.

— Prefiro meus pés chatos, muito obrigada.

— Está começando a parecer minha mulher.

— Vou tomar isto como um elogio — replica Lilly, e gesticula para o leste, para uma clareira. — É entrar e sair, rápido e rasteiro. Certo?

— Certo.

David Stern segue Lilly, que anda pela trilha para a estrada de acesso mais próxima.

Ao caminhar, ela mantém uma das mãos na mochila e a outra na coronha da Ruger, metida em um coldre caseiro amarrado ao cinto. Barbara Stern fez a costura de couro e até gravou as iniciais "LC" a ferro quente; sendo o monograma mais uma medida prática que um luxo frívolo: as pessoas nos túneis constantemente pegavam as armas erradas na estante perto da escada de saída. Depois dos acontecimentos violentos e surreais dos últimos dois meses, Lilly passou a sentir que os túneis são uma prisão, ou, na melhor das hipóteses, uma espécie de limbo entre dois mundos. Ela saboreia o tempo que passa acima do solo, embora seja perigoso ou breve. Sua claustrofobia é uma batida de tensão constante e dissonante sob a superfície da vida subterrânea, e hoje nem a ameaça de chuva consegue estragar seu prazer com a pequena viagem de campo.

— Espere, Lilly! — David Stern trota atrás dela, respirando com dificuldade. — Isso não é uma corrida.

— Só quero voltar antes do anoitecer.

— Aonde vamos primeiro? Farmácia?

Ela despreza a ideia com um gesto, como se fedesse.

— Aquele lugar está limpo, até o porão... Além disso, sempre podemos chegar lá pelos túneis laterais.

— Vai me fazer adivinhar?

Lilly sorri consigo mesma enquanto anda.

— Pensei em passar na guarita do reservatório e no depósito do supermercado no caminho para o salto dos amantes.

— O salto dos amantes? Quer andar tudo isso?

— Isso mesmo.

— Lilly, não tem combustível lá; não tem nada além de cocô de passarinho e errantes.

A mulher dá de ombros e anda a passos largos por uma estreita trilha de terra, os órgãos sensoriais agora sintonizados no máximo, absorvendo cada ruído da floresta isolada.

— Não vai demorar muito.

David Stern revira os olhos.

— Você não engana ninguém, Lilly.

— O que quer dizer?

— Só quer meter a butuca de novo, não é?

— Meter o quê?

— Dar uma olhada, uma espiada.

— David...

— Só está se torturando, Lilly.

— Só estou tentando...

— Não há nada que ninguém possa fazer a respeito de Woodbury. Já discutimos isso umas mil vezes.

— Espere! — Lilly para subitamente, e David quase se choca com ela. — Espere um segundo.

— O que é? — David olha por sobre o ombro, agora aos cochichos. — Ele estende a mão ao machado, pendurado em um grampo na lateral da mochila. — Errantes?

Ela meneia a cabeça, olhando a área imediata, percorrendo as sombras, ouvindo a brisa farfalhar as folhas. Pensou ter ouvido o estalo de um galho, ou talvez uma série de passos arrastados atrás deles, a meia distância, mas não tem certeza.

— Humanos? — David passa a língua nos lábios e olha novamente por sobre o ombro.

— Não sei. Acho que estou ouvindo coisas. — Ela continua a andar.

David a acompanha, agora com a mão no machado. Caminham por mais 1 quilômetro e meio sem falar muito. Quando chegam ao cruzamento da Country Club com a Rosewood, viram para o norte.

A sensação de ser seguida jamais desaparece completamente do fundo da mente de Lilly.

Ao chegarem à estrada sinuosa, que sobe pela encosta de Emory Hill junto à margem leste de Carrol Woods, um manto baixo de nuvens escuras e vespertinas se aproxima, e Lilly e David estão cansados e irritadiços. Até agora, encontraram muito pouco combustível — alguns litros de um gerador na guarita do reservatório e outro litro no tanque de uma minivan quebrada na autoestrada 18. Além disso, alguns restos de comida de máquina automática e medicamentos de balcão recuperados das ruínas de uma parada para caminhoneiros na interestadual 85, e só isso. Basicamente estão de mãos abanando.

Tudo isso torna a subida dessa estrada estreita de duas pistas mais árdua que de costume.

— Me deixe fazer isso e pare de me aporrinhar — resmunga Lilly, quando finalmente chegam ao mirante que marca o cume do Emory Hill.

— Eu disse que você não podia? — David Stern a acompanha, exausto e esgotado. Transpirou pela jaqueta de seda e agora a traz amarrada na cintura enquanto segue, arrastando-se. Os pelos grisalhos do peito e os peitorais caídos estão visíveis através da regata suja. Eles encontraram alguns errantes desgarrados cerca de 1 quilômetro e meio morro abaixo, e David rachou seus crânios com o machado com a despreocupação de quem corta algumas achas a mais de lenha. Agora acompanha Lilly, que passa por cima de um parapeito baixo e anda por uma clareira de terra, até a margem de um precipício de cascalho.

— É um país livre — reclama ele, tirando a mochila e a pousando no chão.

— Me vê o binóculo?

David procura na mochila, entrega o binóculo e fica ali, esperando.

Ela leva a lente aos olhos e observa os quilômetros de terra agrícola.

Woodbury pode ser vista no panorama leitoso e nebuloso do binóculo, tão distante que, mesmo com uma ampliação de dez vezes, parece uma pequena aldeia de casas de boneca, uma cidade de LEGO, linda, porém manchada de preto e apodrecida por uma enchente oleosa, que alaga e escorre pela via principal, ramificando-se por cada transversal, viela e beco sem saída. Lilly ajusta o foco. A enchente se revela um número imensurável de mortos, gingando sem rumo, ombro a ombro, com espaço apenas para ficar em pé, pipocando por ali com a loucura aleatória de elétrons. Woodbury está literalmente mergulhada num mar de cadáveres. Os incontáveis corpos esfarrapados atulham cada centímetro quadrado de calçada, cada porta, nicho, pátio, cada estacionamento, cada morro; e, mesmo dessa distância, sua impermeabilidade — o mero caráter definitivo irradiado da visão — esfria os capilares de Lilly, que contrai subitamente o plexo solar com uma onda imensa de tristeza e desespero, tão sombria e tóxica que ela deixa cair o binóculo.

— Tudo bem? — David ergue os olhos das unhas que rói, distraidamente. — Qual é o problema?

Lilly já recomeçou a descida da ladeira.

David pega o binóculo e se precipita atrás dela, gritando na quietude:

— Calma aí!

O chocalhar de uma latinha — um sino de entrada improvisado — enche o ar úmido da passagem subterrânea apinhada.

— Ora, se não parecem nossos intrépidos batedores voltando ao rebanho. — Bob Stookey, com as mechas escuras e gordurosas afastadas da testa corrugada por gel, e vestindo a camisa de cambraia azul, molhada nas axilas, ergue a cabeça de sua xícara de café e vê o raio fino de luz brilhando do teto do túnel a 15 metros dali. Está quase amanhecendo. — Estava mais que na hora.

— Graças a Deus — diz Gloria Pyne do outro lado da mesa de madeira bamba, que antigamente era uma bobina de cabos, e agora se tornara um dos muitos objetos reciclados para o trecho estreito de túnel forrado de tijolos. Ela usa uma viseira que é sua marca registrada, decorada com as palavras desbotadas ESTOU COM O IDIOTA e virada para um lado da cabeça grisalha, e estala um chiclete velho nervosamente em um canto da boca.

O túnel apinhado tem aproximadamente o tamanho de meio quarteirão, talvez um pouco menos, com outros túneis se cruzando em cada ponta, fortificado com barreiras de arame farpado pintadas em cores vivas, instaladas para impedir a invasão dos errantes subterrâneos — apelidados de "toupeiras" por Gloria. Antigamente o túnel fazia parte da velha ferrovia subterrânea pré-guerra, então foi transformado por Bob Stookey, praticamente sozinho, em um quartel-general e espaço de habitação para os moradores sobreviventes de Woodbury, Geórgia. Agora o ar tem um cheiro ao mesmo tempo de decadência e desinfetante, mofo e café recém-preparado em uma chapa quente. Na extremidade da passagem, há lâmpadas penduradas com cabos de alimentação, descendo sinuosos como tentáculos de polvo do teto forrado de estalactites, que são alimentadas pela energia fornecida por dois geradores a propano situados na superfície.

Bob e Gloria afastam-se da mesa e andam no maior silêncio possível — para não acordar as crianças — em direção ao principal portal de entrada. No espelho apontado para a abertura, Bob vê a perna de Lilly apoiando-se nos degraus internos, e ouve sua voz áspera dizer:

— Nunca pensei que diria isso, mas é bom estar de volta.

Ela desce a escada embutida na parede do túnel e revestida de argamassa.

— Qual foi a merda que fez vocês demorarem tanto? — Bob olha Lilly de cima a baixo, examinando sua mochila, o cinto de munição, as botas enlameadas.

Ela lhe lança um olhar feio.

— Nem pergunte.

— Lilly acha que agora os errantes são stalkers. — A voz de David Stern se infiltra enquanto ele desce para o chão do túnel, cautelosamente manobrando os membros doloridos e reumáticos. Com um grunhido, e chocalhando o conteúdo da mochila pesada, acrescenta: — Ela está convencida de que fomos seguidos pelos mortos.

— Que gentileza de vocês nos fazer uma visita! — A voz de Barbara Stern ecoa. Uma mãe-terra de meia-idade num traje havaiano de estampa floral e com cabelos grisalhos revoltos se aproxima, os olhos brilhando com amor e alívio. — A propósito, nos deixaram doentes de preocupação.

— Nem comece, Babs — diz David, os próprios olhos se enchendo de emoção enquanto lhe estende a mão. Ela a pega e puxa o homem para um abraço desesperado, que ele corresponde, acariciando suas curvas macias e murmurando: — Estou irritado e cansado, e sem saco para levar bronca.

— Mal voltou para casa e já está choramingando. — Barbara se agarra a ele. — Olhe para você. Tem uma mancha de suor por cima da outra.

— Também te amo, amor.

— Errantes stalkers? — pergunta Bob Stookey a Lilly, abrindo um sorriso afetado e incrédulo.

Lilly dá de ombros, tirando a mochila e a deixando cair no chão do túnel, fazendo o conteúdo tilintar.

— Tinha *alguma coisa* nos seguindo. Se não eram errantes... Não sei que droga eram, ou por que eram tão... como se diz mesmo?

David intromete-se do outro lado do túnel.

— Dissimulados?

Lilly concorda com a cabeça.

— Isso, exatamente.

Bob a examina, seu sorriso desaparece.

— Você está bem, menina Lilly?

— Tô ótima... Por quê?

Agora é Bob quem dá de ombros para *ela*.

— Só queria saber.

— Sim, estou bem.

Ele olha os outros.

— Tudo bem, gente, vamos dar algum espaço a eles. Gloria, pode colocar outra panela de água no fogo? Esses dois estão com cara de que precisam de um café.

Eles se sentam na área de estar, bebem café instantâneo e conversam por quase uma hora sobre a possibilidade de um errante realmente seguir alguém. Bob garante a Lilly que os mortos não têm nenhuma habilidade tática.

— Os Mordedores têm o intelecto de uma lesma — proclama ele a certa altura, então David Stern replica, mordaz:

— Isso é uma ofensa para as lesmas. — Todos dão uma gargalhada, menos Lilly. Bob percebe que há algo errado e acha que sabe o que é.

Durante a conversa, Tommy Dupree, a mais velha das crianças, se agita no saco de dormir do outro lado do túnel. Em meio a tanques de propano, engradados de comida, cadeiras dobráveis e rolos de fios elétricos correndo pelas paredes como trepadeiras, a área bem acima do saco de dormir do garoto tem recortes e páginas de várias revistas recuperadas da biblioteca de Woodbury, dando ao espaço a aparência do quarto de um adolescente em um submarino.

Despertado pela voz de Lilly, o menino desengonçado de 12 anos acorda assustado e vem descalço a sua mesa, abraçando-a ao ponto de fazer David Stern perguntar-se em voz alta se ele não estaria sendo esquecido. Nas últimas semanas, Tommy tem se agarrado a ela — sua mentora, mestra, irmã mais velha e talvez, apenas talvez, para grande consternação de Lilly, mãe adotiva —, em grande parte em compensação pelo tumulto que levou a vida de seus pais.

Enfim os adultos terminam o debate sobre o comportamento dos errantes, e as outras crianças começam a acordar, então Gloria e Barbara dão início a seu dia de conduzir meia dúzia de crianças com menos de 11 anos pelos rituais matinais de banhar-se com a esponja, comer aveia instantânea, brincar com jogos de cartas e reclamar do cheiro dos túneis. David vai ajudar Harold Staubach a religar um dos geradores, e Lilly fica sozinha com Bob.

Bob a olha fixamente.

— Tem algo errado... Estou vendo em seus olhos.

Ela bebe o café.

— Nós saímos, não achamos grande coisa, depois fomos seguidos por alguém... Fim da história.

— Tem certeza de que é só isso?

Lilly olha para ele.

— O que quer que eu diga? Onde quer chegar com isso, Bob?

— Você viu alguma coisa lá fora.

Ela solta um suspiro sofrido.

— Bob, não insista nesse assunto.

— Basta ser sincera comigo.

— Sempre.

Por um momento, seu olhar se concentra no dela, as rugas de preocupação formando profundas rugas na testa, logo abaixo do cabelo escuro com gel, os olhos tristes e gentis afundados em pés-de-galinha. Por baixo da aparência rude e rústica, o ex-médico do Exército e alcoólatra reformado é uma mãezona coruja e carinhosa.

— Você olhou, não foi? Foi lá e olhou a cidade de novo.

— Bob...

— O que foi que eu falei?

— Eu só...

— Que bem isso vai fazer agora? — Ele cruza os braços e solta um bufo exasperado. — Menina Lilly... Venha aqui um minuto. — O homem gesticula para um canto escuro do túnel. — Venha aqui, quero falar com você.

Bob a leva pelas mesas dobráveis da área de jantar, por pilhas de engradados contendo os suprimentos de enlatados e cereais secos, por suportes de armas, por ganchos nos quais estão pendurados casacos e roupas de brechó, pelas instalações sanitárias acortinadas (as pessoas fazem suas necessidades em um balde, depois esvaziam em uma vala que desce para o esgoto), até finalmente saírem em um nicho de engradados empilhados na frente da barricada de tela, pintada com tinta spray. As sombras se aprofundam em volta deles enquanto o cheiro fraco e bafejado de sepultura se infiltra pela barreira de arame farpado. Bob fala num sussurro urgente.

— Você está confundindo essas pessoas, Lilly.

— Bob...

— Não podemos ficar falando nisso. Você mesma pode ver. É uma conclusão necessária.

— Bob, essas crianças merecem ter a vida mais normal possível, e isso significa resgatar Woodbury. Podemos fazer isso se todos nós ajudarmos.

— É cedo demais.

Lilly sente uma onda de raiva.

— A hora é *agora*, Bob. A horda se estabilizou; não vai aumentar.

— É, e também não vai diminuir.

— Bob...

— Coloque em votação se não acredita em mim. Deixe todos votarem, as crianças também.

Ela suspira e, por sobre os ombros, olha os outros. A 15 metros dali, as crianças mais novas estão espirrando água e rindo nos recessos de uma imensa tina galvanizada. Gloria está agachada ao lado deles com calças capri puídas e tênis de cano longo, ajudando as gêmeas Slocum e Lucas Dupree a tomar banho de esponja com o que resta do líquido da lavagem dos pratos.

Gloria tomou para si a tarefa de decoradora de interiores do grupo, sua última criação visível na luz fraca pouco além da tina. A pequena área de estar improvisada tem peças recuperadas do bar Dew Drop Inn em Woodbury — banquetas, mesas altas, flores de plástico em latas, um jogo de dardos e até um pôster que diz, "A RESPOSTA É CERVEJA... MAS QUAL ERA A PERGUNTA MESMO?"

Nesse momento, Harold Staubach e os Stern estão sentados em uma dessas mesas de bar, bebendo café instantâneo e mexendo com fios expostos e circuitos de uma das caixas de disjuntores do gerador. Nenhuma dessas pessoas parece tão indócil ou deslocada quanto Lilly, que agora fala baixinho, quase consigo mesma:

— Bob, não é uma legislação... Não é uma lei do Congresso.

— Qual é o problema de fazer uma votação? Não foi assim que você sempre quis administrar a cidade?

Ela o encara e solta outro suspiro amargurado.

— Não quero entrar nesse assunto agora.

— Está dizendo que não quer entrar numa discussão sobre resgatar Woodbury, ou não quer entrar numa votação?

— Quero dizer que não quero passar por isso de novo.

— Por que não?

— Bob, essas pessoas não fazem ideia das implicações de ficar aqui embaixo.

— É o menor de dois males, Lilly.

— Não vejo dessa maneira. Tínhamos algo bom lá em cima, ou pelo menos tivemos vislumbres disso.

— Não estou dizendo que não. Só estou dizendo que, por enquanto, este lugar é nossa melhor aposta. Não vai ser para sempre. Mas, por ora, temos tudo de que precisamos aqui embaixo.

Ela solta um leve bufo de desdém.

— Temos comida e água, energia elétrica, a porra do feijão com arroz, mas na verdade não temos nada.

— Lilly, sem essa.

— Nada que *importe*. — Ela fixa os olhos nele. — Não temos luz, ar... a terra, o céu... Liberdade.

Bob meneia a cabeça, fingindo consternação, um leve sorriso torto vincando as feições muito enrugadas.

— Como pode dizer isso? Temos muita terra... olhe só em volta.

— Muito engraçado, Bob. Talvez você deva fazer uma *stand-up comedy* por aqui para a turma às sextas e sábados. Terá uma plateia cativa.

Ele vira a cabeça de lado para ela, o sorriso desaparecendo.

— É a claustrofobia atacando de novo?

Lilly dá outro suspiro angustiado. Ela levaria uma bala pelo velho médico rabugento, morreria por ele, mas, às vezes, ele a deixava completamente maluca.

— O que está me perguntando? Quer saber se estou disposta a colocar a vida de todos os outros em risco porque tenho tremores e algumas dores de cabeça de vez em quando?

— Eu não disse...

— Não podemos ficar aqui embaixo indefinidamente, Bob. Sabe disso tão bem quanto eu.

Ele coloca a mão grande e suja no ombro de Lilly, um toque ao mesmo tempo carinhoso e respeitoso.

— Olhe, não estou dizendo que vamos ficar aqui até o dia de São Nunca. Só estou dizendo para ficarmos até que esteja um pouco menos complicado na superfície. Neste momento, está como a estação Grand Central por lá, e não quero perder mais ninguém se puder evitar.

Ela o olha duramente.

— Como sabe que um dia vai ficar melhor?

Bob retira a mão de seu ombro e não diz nada.

Lilly olha a barricada. Nas sombras junto à cerca, um único cabo grosso de força desce sinuoso do teto e entra por uma luminária retangular apontada para uma fila de vasos de flores em uma prateleira. No brilho arroxeado, suas amadas petúnias projetam-se da terra envasada, delgadas, enfermiças, parecendo papel higiênico amassado. Ela desistiu das flores. Agora, todo dia, Lilly as vê morrer.

— Como vamos saber que não ficarão lá por mil anos? — resmunga ela, encarando Bob. — Talvez esta seja a nova normalidade.

Ele mantém os olhos fixos no chão, dá de ombros, sem dizer nada.

Lilly o encara.

— Além de tudo... Estamos vulneráveis aqui, Bob. E não é só o risco da entrada de errantes. Estamos vulneráveis a ataques humanos.

Bob enfim olha para ela e abre seu sorriso torto característico. Sua voz baixa uma oitava, saindo com uma certeza presunçosa.

— Mas quem, em seu juízo perfeito, viria nos incomodar *aqui*?

SETE

Duas figuras atravessam a grossa cortina de folhagem na mata, os raios de luz do dia nublado piscando em seus olhos à medida que investigam as árvores distantes, à procura de algum sinal do acampamento.

Eles andam em silêncio, furtivamente, as pistolas bem firmes nas mãos. Atarraxaram silenciadores ao cano das armas, mas, como há pouca munição, conservam os projéteis. A dupla carrega armas secundárias — o mais novo, um facão metido no cinto; o mais velho, uma faca de caça de 30 centímetros numa bainha no quadril —, usadas por cada um deles para cortar folhagens ou empalar os crânios de errantes desgarrados. Nas últimas horas, tiveram sorte, pois encontraram apenas um número pequeno de mortos. A horda parece ter se aglutinado ao norte dali, com apenas alguns poucos extraviados arrastando-se por estradas secundárias, no sul do condado de Meriwether.

— Olhe! — exclama Reese Lee Hawthorne, a cara brilhando de suor, as roupas completamente ensopadas, num sussurro intenso, com receio de chamar atenção demais. — Bem à frente... Do outro lado da clareira... Está vendo?!

Os dois jovens param sob o dossel de uma densa mata de pinheiros. A luz do fim de tarde ondula acima deles cheia de insetos, o ar tem cheiro de madeira podre e almíscar da floresta. Stephen Pembry prende a respiração, concordando lentamente com a cabeça.

— Graças ao Senhor, graças ao bom Senhor.

Através dos espinheiros, ele vê a barricada temporária de troncos e tela de galinheiro, além do brilho prateado e fraco do trailer Airstream de Chester Gleason. O círculo de veículos se estende por pelo menos 100 metros dos dois lados — picapes, SUVs, caminhões e toda sorte de trailers —, com os exteriores amassados camuflados pelas sombras da floresta. Os dois batedores trocam um último gesto de cabeça, animados, e se lançam em fila única pelo restante das árvores que os separam da caravana.

Saem de rompante da mata e praticamente pulam a cerca.

Reese corre mancando, sentindo pontadas de agonia no quadril que machucou ao cair naquela manhã conforme tentava atravessar um leito de rio seco e rochoso. Stephen ofega violentamente ao correr, a caixa torácica ferida e o pulmão perfurado em chamas. As mochilas parecem pesar mil toneladas, e os olhos se esbugalham de sede e fome enquanto avançam aos tropeções para o imenso tonel plástico de água na traseira do trailer da família Thorndyke. O barulho da chegada traz dezenas de sobreviventes para fora dos veículos ou de trás de latrinas temporárias, a fim de ver do que se trata todo o tumulto.

Stephen chega primeiro ao tonel de água e cai de joelhos, colocando a boca ressecada abaixo da torneira.

— Cuidado, irmão — diz Reese, ajoelhando-se ao lado dele, as mãos em concha para pegar a água que escorre da torneira e do queixo de Stephen. — Não vai vomitar tudo isso antes que chegue em sua barriga!

Stephen Pembry engole o líquido e tem uma crise de tosse, caindo de quatro, emborcando, tossindo e ofegando na relva.

— Meu bom Jesus. — Ele arqueja entre os acessos de tosse, o rosto lívido do esforço. — A água nunca teve um gosto tão bom!

Os dois homens ficaram sem nenhuma água potável 12 horas antes e deduziram que não seria grande coisa. Tinham todas as provas de que precisavam para voltar ao acampamento, e a caravana não estava distante, além de tudo dirigiam o Escalade e podiam voltar para casa antes da hora do jantar, desde que a estrada principal estivesse transitável. Mas, como costumava dizer o pai de Stephen, o pastor

Evan Pembry da Primeira Igreja Batista de Murfreesboro, no Kentucky, quando tomava uns goles ou tentava explicar os caprichos da vida, "O *homem planeja, e Deus dá uma boa gargalhada"*.

— Vocês estão bem? — Entoa uma voz cautelosa atrás de Reese.

Stephen levanta a cabeça, limpa a boca, pisca e vê Rory Thorndyke parado atrás dele. O ex-pedreiro de Augusta, vestindo uma camiseta regata suja, os braços de tora decorados com tatuagens navais e músculos duros e robustos, segura no colo a filha angelical de 3 anos enquanto masca tabaco Copenhagen.

— Parece que foram atropelados por um caminhão.

— Vamos sobreviver — resmunga Stephen ao se sentar na relva e tentar recuperar o fôlego.

— Viram a horda lá fora... A grande? — pergunta Rory, balançando a garotinha no colo. Há semanas as hordas de errantes reunidas pelos pântanos do sul da Geórgia têm sido a novidade nas conversas entre os integrantes do comboio. As coisas infernais terem conseguido entrar no trailer do amado padre Murphy já era bem ruim, mas o fato de que pareciam estar se aglutinando como amebas, transformando-se em um organismo cada vez maior, assombrava todo mundo.

Stephen balança a cabeça.

— Não... Além dos enxames que ficaram em algumas cidades do sul de Atlanta, não vimos horda alguma.

— Bem, é melhor os dois se arrumarem, o pastor disse que queria ver vocês assim que voltassem.

Reese e Stephen trocam outro olhar tenso, então espanam as roupas e passam os dedos pelo cabelo, como quem se prepara para uma audiência na corte.

— Mas que porcaria aconteceu com seu maldito veículo? — O pastor está sentado à mesa de jantar do trailer, sem chapéu, a cabeleira afastada da testa com gel. Ele veste uma camiseta de mangas, calças, além das grandes botas Wellington, e recosta-se no anteparo, um pé apoiado alegremente na almofada conforme mexe num brinquedo de criança. Suas mãos enormes e nodosas seguram uma hélice minúscula, virando-a, como se nunca na vida tivesse visto um helicóptero de controle remoto. Esse fascínio mórbido por brinquedos — na verdade, o simples *conceito* de brinquedos e o *absurdo* existencial deles nesses tempos, como se a própria *ideia* de alguém brincando fosse uma ofensa a Deus — praticamente crepita em seu cérebro com uma estranha efervescência. Seu pai não gostava muito do conceito de *brincar*.

— Ficamos sem gasolina a 15 ou 20 quilômetros daqui — relata Stephen, do outro lado do trailer, andando de um canto a outro, nervoso, e ofegando entre as frases que profere. — A gente não planejou bem essa história de ficar dirigindo em círculos.

— Vamos pegá-lo de volta. Vou mandar Chester e Harlan para isso.

Stephen assente.

— Agradeço por isso, irmão. Desculpe por deixá-lo para trás.

— E você disse que aquela Caul e seu bando agora moram no túnel, como um bando de ratos de esgoto?

— Não sei quantos estão lá embaixo... Pelo menos meia dúzia de adultos. Aquele Bob, Harold e umas mulheres, talvez algumas crianças.

— O irmão Staubach está com eles?

Um consentimento nervoso de cabeça.

— Isso me faz questionar que poder de fogo estão guardando lá embaixo.

Reese olha para Stephen e dá de ombros.

— Principalmente armas pequenas, pelo visto, e não parece que eles têm muita munição. Acho que estão operando com muito pouco lá embaixo, embora tenham geradores para energia e tal.

O pastor rumina isso por um momento.

— Eu tinha certeza de que o velho Harold tinha encontrado seu criador durante todo o tumulto em Woodbury. — Ele roda a pequena hélice de plástico. — O homem é um traidor de sua igreja.

— O que pretende fazer, irmão? — Reese torce as mãos ao se sentar no sofá dobrável de dois lugares no fundo do trailer.

Jeremiah respira fundo ao ser dominado pela fúria, preparando algo novo, algo engenhoso, grandioso e de natureza quase bíblica. Sua magnífica ideia, sua ideia brilhante, arde como carvão em brasa no fundo do cérebro.

— Encontrei esta engenhoca no fundo no trailer de Thorndyke, estava numa caixa de brinquedos, pertencia aos donos anteriores... Algumas pilhas que não viraram pó, umas outras coisas, uns dispositivos pequenos.

Fica evidente que os outros dois não fazem ideia do que Jeremiah está falando.

O reverendo estende o pequeno helicóptero plástico pintado de verde oliva, como que para ilustrar o argumento.

— "E vi o céu aberto, e eis um cavalo branco; e o que estava assentado sobre ele chama-se Fiel e Verdadeiro."

Os jovens trocam um rápido olhar nervoso. Reese reconhece a citação do Apocalipse, mas não sabe o que significa nesse contexto. O pastor olha amorosamente o helicóptero de controle remoto.

— "Ele julga e peleja com justiça" — murmura ele, os olhos desfocados. — "Pois ele é a vingança".

— Irmão Jeremiah, você está...?

— "Quanto aos covardes e aos incrédulos e aos abomináveis... sua parte será no lago que arde com fogo e enxofre."

— Irmão...?

— "E de dia e de noite serão atormentados" — recita Jeremiah num tom sonhador, perdido em seu grandioso plano, sua ideia brilhante. Ele não consegue ouvir a voz do mais jovem. Ouve gritos imaginários, templos ruindo. Inclina-se para a frente e sopra cuidadosamente a hélice minúscula.

— "Viverão em agonia... dia e noite... para todo o sempre."

A pequena hélice gira sem parar.

Miles Littleton já ouviu o suficiente. De quatro abaixo da janela do trailer do pastor, com o corpo magricela protegido dos olhares de outros acampados por uma cortina de folhagem e álamos, o jovem ladrão de carros esteve escutando a conversa que acontecia dentro do veículo havia quase uma hora e meia, e, a cada minuto que passava, seu nojo crescia.

Considerando que entrou e saiu da cadeia por crimes menores a maior parte da vida, Miles conhece um vigarista quando ouve um.

O problema é que esse pastor de merda parece ter conquistado a maioria dos integrantes da caravana. Na realidade, talvez exista apenas uma pessoa por ali além de Miles que ligou o detector de papo-furado, e já está mais que na hora de Miles conversar com ela sobre isso.

O rapaz se afasta do trailer e anda em silêncio pelas árvores. Saindo do outro lado da clareira, Miles vai procurar por Norma.

Ela saberá o que fazer.

PARTE 2

O Fim da Confusão

"Pois haverá então grande tribulação, como nunca houve desde o princípio do mundo... Nem jamais haverá."

— Mateus 24:21

OITO

Dias depois, na principal tubulação de esgoto abaixo dos arredores de Woodbury, Geórgia, duas figuras chapinhavam pelos 15 centímetros de sujeira enegrecida, andando lado ao lado no escuro. A mais velha dos dois, uma mulher magra, de tez descorada e cabelo castanho-avermelhado, usa um capacete de mineiro que encontrou em um dos escritórios de manutenção, numa instalação de tratamento de água vizinha. A lâmpada operada a pilha, presa ao capacete, lança um facho fino e amarelo pela via à frente, cintilando fracamente nos antigos ladrilhos de terracota da parede do túnel.

O mais jovem entre os dois — um menino desengonçado de 12 anos, com uma camisa de flanela de tamanho duas vezes maior que o dele — anda ao lado da mulher, tagarelando animadamente.

— Ouvi o que você disse a Bob outro dia e concordo totalmente, Lilly. Tipo, acho que a gente pode e *deve* resgatar Woodbury das lesmas, e sei que não depende de mim, mas estou totalmente com você nessa e vou fazer o que puder para ajudar, você sabe o que eu quero dizer?

Lilly lança um olhar de esguelha ao garoto, mas não interrompe seu andar.

— Você esteve nos espionando?

Ele dá de ombros enquanto caminha.

— Eu não chamaria de espionar, só estava meio que...

— Fingindo que dormia.

— Tipo isso.

— Você estava ouvindo a conversa dos outros.

— Tá legal, é, eu confesso, mas a questão é que concordo totalmente com você.

Ela balança a cabeça.

— Você ouviu tudo que foi dito sobre minha claustrofobia?

Ele assente.

— Não sei bem o que isso quer dizer.

Lilly suspira.

— Quer dizer... literalmente... medo de espaços fechados.

O menino anda e pensa por um momento.

— Isso é meio ruim, né, considerando onde estamos vivendo agora?

— Você acha?

— Lilly, pode guardar um segredo?

— Como assim?

— Tem uma coisa que quero te mostrar.

— Agora? Aqui embaixo?

— É.

— Não temos muito tempo, Tommy, a gente precisa verificar a abertura da galeria.

— Só vai levar um...

— Espere, aguente aí. — Lilly reduz o passo, detectando um odor perturbador na atmosfera bolorenta e sem ar do esgoto. Por baixo do fedor de dejetos humanos, vaga um cheiro secundário, mais gorduroso, mais acre. — Só um minuto — pede ela, e para.

O menino estaca e espera, olhando-a fixamente.

— O que foi? Uma lesma?

A mulher vira a cabeça de lado para escutar.

"Lesma" é a mais nova gíria do menino para os mortos reanimados. Há semanas vem usando um número aparentemente infinito de apelidos para as criaturas: fedidos, ocos, geeks, podres, cascas, duros, carcaças, mastiguinhas, pirocas, fedorentos, moscas da carne, comedores, putos; tantos que Lilly já perdeu a conta. Ela acredita que é um mecanismo de defesa, o jeito de um menino de 12 anos objetificar os monstros para atenuar os horrores de ver seres humanos reduzidos a essas *coisas* parasitárias e repulsivas; portanto, vai na onda, tentando em vão acompanhar a terminologia mais recente. Nesse momento, na realidade, enquanto escuta atentamente o bater na água que vem das sombras à frente, Lilly pensa que "lesma" é uma denominação muito precisa para os cadáveres de esgoto que vem encontrando nos subterrâneos ultimamente.

— Ouviu isso? — pergunta ela por fim.

— Ouvi. — O menino fica petrificado conforme os ruídos aquosos aumentam a um barulho torturado, irritante e lamentativo. — Parece que vem daquele lado ali do túnel. — Ele aponta o cruzamento escuro de túneis a cerca de 15 metros, onde uma pá de trabalho está encostada à parede. Eles percorreram quase 1 quilômetro e meio a oeste do quartel-general, sua posição em algum lugar abaixo do Gable's Pond. No facho fino de luz do capacete de mineiro, uma série de ondas agita a água estagnada.

Lilly saca a Ruger calibre .22 e começa a atarraxar o silenciador.

— Fique aqui, eu vou até lá e...

— Não. — O menino põe a mão em seu braço. — Deixe que eu cuido disso.

— Tommy...

— Eu dou conta. — Ele empina o queixo, determinado, os olhos em brasa. A expressão quase parte o coração de Lilly. Órfão recentemente, imerso em morte e perda, o menino é um guerreiro nato. — Vou ficar bem — avisa Tommy. — Deixe que eu faço isso.

Lilly concorda com a cabeça.

— Vou seguir bem atrás de você. Tenha cuidado. Não hesite.

— Vou ficar bem.

Ela segue o menino pelo lodo, a arma ao lado, o dedo posicionado no gatilho. Tommy se aproxima lentamente do cruzamento de túneis. Com cuidado, pega a pá.

Algo se mexe pelo canto, criando pequenas ondulações irradiadas no chão inundado. O menino puxa o ar silenciosamente e levanta a pá. Lilly segue atrás enquanto ele dobra a esquina.

Algo dispara até a perna dele, e dedos frios agarram seu tornozelo.

Tommy grita e recua, assim Lilly consegue ter um vislumbre fugaz da coisa antes que a pá desça — o clarão do capacete iluminando uma cara pastosa, inchada e branca, batendo os dentes viscosos de piranha. Com a base do tronco faltando, um nó de entranhas em espaguete pende da criatura. A podridão e os meses de imersão na imundície pantanosa incharam a metade superior a duas vezes o tamanho normal, conferindo-lhe a aparência de um ser artificial de borracha, como uma boneca que alguém jogou fora.

Tommy Dupree desce a pá no crânio encharcado da coisa, o barulho semelhante ao estalo de aipo molhado. A criatura desaba imediatamente, a mão cadavérica soltando o tornozelo do menino. Ele bate mais uma vez. A coisa já expirou, a cabeça achatada agora afunda na água, mas o garoto continua golpeando os restos com a pá. Sem parar... até que Lilly pega a ferramenta e o obriga a inspirar o ar, ofegante, como se despertasse de um sonho.

— Bom trabalho, bom trabalho... Você conseguiu. — Lilly o tranquiliza, fazendo-lhe um carinho nas costas e mexendo em seu cabelo. — Você matou pra valer essa coisa.

— É... OK. — O menino respira com tanta dificuldade que praticamente arqueja. — Legal... hmm... tá.

— Tá tudo bem? — Lilly guarda a arma, pega a pá e leva Tommy para o canto oposto do cruzamento dos túneis. — Olhe para mim.

O garoto obedece. Seus olhos estão vermelhos, e ele ainda respira com dificuldade.

— Estou bem, Lilly.

— Tem certeza?

O menino assente.

— Tenho. — Tommy respira fundo, limpa a boca e parece ter acabado de acordar. — Agora posso te mostrar uma coisa?

Lilly sorri para ele.

— Por que não?

* * *

Mais ou menos uma hora depois, após levar Lilly por 1 quilômetro e meio de passagem estreita, o menino lança a luz no teto do túnel.

— Lá está! — Ele se admira, parando subitamente.

Lilly olha para cima, a lanterna de mineiro virada para o teto escamoso, do qual filetes de raízes e pingentes cinzentos e contorcidos de cálcio se penduram, próximos à borda de uma grande tampa de bueiro. Uma pátina de sujeira e tempo recobre a face interna enferrujada da tampa, mas é evidente, por uma série de arranhões e sulcos novos, que alguém forçou a abertura nos últimos dias. O coração de Lilly bate um pouco mais acelerado.

— Tudo bem, segure a luz só um minuto — diz Tommy. Ela faz o que ele pede conforme o menino sobe a antiga escada embutida na alvenaria, abre a tampa de bueiro com um grunhido e passa pela abertura.

— Pode ajudar uma velha a subir?! — pede Lilly, sem ver nada além de escuridão do outro lado enquanto o rosto branco de Tommy Dupree a encara.

— Aqui, pegue minha mão.

Ele a ajuda a entrar na atmosfera fétida de uma enorme sala de caldeira.

Lilly se coloca de pé e espana as roupas, olhando dutos contorcidos, caldeiras, aquecedores de água e encanamentos antigos como os tentáculos de feras pré-históricas. O ar tem o cheiro dos séculos, um leve sopro de borracha velha e o calor do trabalho excessivo dos elementos. Tommy a leva a uma escada com frágeis degraus de metal, que sobem à altura de um andar.

Ela aponta a luz para o alto da escada e vê a palavra SHOWROOM em estêncil pelo verso de uma porta de metal com ferrolho. O menino chega primeiro à porta e para, sorrindo para Lilly.

— Dê uma boa olhada nisso. — Ele abre a porta, como se conduzisse uma convidada a um clube exclusivo, e Lilly dá um passo para dentro do ambiente.

* * *

No início, ela fica imóvel, como que espantada pela mera escala do lugar. É preciso um bom tempo para que o espaço vasto e amplo, cheio de enormes objetos escuros, seja registrado em seu cérebro.

Lentamente, Lilly olha o showroom, onde há uma gama de implementos agrícolas novos e reluzentes, percorrendo com o facho da lanterna do capacete o para-choque verde e brilhante de tratores John Deere, as presas vermelhas e reluzentes como maçãs do amor de colheitadeiras Case, as gigantescas pás de retroescavadeiras, as lâminas enormes de segadoras e as incontáveis filas de aparadores de grama, escavadeiras, transportadoras, carroças e acessórios assentados no escuro, como cadáveres em um necrotério acarpetado. O teto elevado, a pelo menos 15 metros do chão, abriga armações imensas, e, com a iluminação indireta há muito tempo apagada, ouve-se o farfalhar de aves no ferro, como cupins devorando o lugar.

— Isto é ou não o máximo? — O menino se entusiasma, andando pelo showroom, os passos silenciosos no carpete grosso. Lilly vê uma enorme placa da empresa de vendas em uma faixa aberta na parede do fundo: VENDA DE MÁQUINAS.

— Meu Deus — murmura ela, dando mais alguns passos até o meio do salão. Lilly sente o cheiro do perfume acolhedor de estofamento novo, lubrificante fresco, pneus imaculados e conexões de aço cintilantes como joias em um cenário elaborado. — Como foi que você descobriu isso?

— Achei a abertura do porão meio por acaso — explica ele, abrindo os braços magrelos em um gesto abrangente e indicando a totalidade do showroom escuro, com um tico de orgulho na voz, como se explicasse a gênese de um projeto vencedor da feira de ciências. — Eu só estava zanzando e notei umas partes do teto que estavam, tipo, pingando, como se escorresse água ou coisa assim. Aí percebi que o bueiro ficava no chão de um porão. Vem.

Tommy a pega pela mão e a leva pelo showroom a uma porta lateral atrás de uma caixa registradora. Lilly saca a pistola. Os dois saem dali cautelosamente, passando por um vestíbulo malcheiroso e entrando na tarde nublada. O lixo é soprado em seus pés enquanto avaliam o terreno da loja: o estacionamento deserto, a cerca de segurança, os postes de luz e linhas de força.

— Nossa, aquilo é o que estou pensando? — Lilly faz um gesto de cabeça para um tanque. Do tamanho de um Fusca, o tanque horizontal está pontilhado de ferrugem e desbotado pelo sol, mas a legenda estampada na lateral ainda é meio visível: COMBUSTÍVEL.

— Está cheio? — pergunta a mulher.

— Acho que sim. Vem. — O menino atravessa o estacionamento de cascalho até a beira do tanque de combustível, fecha o punho e esmurra a lateral. O tinido é baixo, acompanhado da agitação de fluido dentro do reservatório. — Parece que está pela metade.

Lilly olha ao redor.

— Parece que a cerca ainda está intacta. E não tem nenhum errante por aqui?

— Pois é.

— Ah, meu Deus. — Ela olha o menino. — Ah... Meu... Deus.

— Eu sei. — Tommy sorri. — Que tal?

— Ah. Meu. Deus.

— Legal, né?

Lilly o olha fixamente.

— Ainda não tenho certeza, mas este lugar simplesmente pode mudar tudo.

— Reverendo, com todo respeito... está nos levando diretamente pro território dos índios.

A voz vem da traseira do Winnebago, seu som gorjeado, como se passasse por um manto de líquido. James Frazier está atrás do banco do motorista, escorando-se no armário mais próximo, enquanto o veículo ruge pela estrada acidentada, chocalhando e batendo furiosamente, espalhando pratos e derrubando os livros das prateleiras. Alguns brinquedos de controle remoto caem, e aviões de plástico, modelos de carro, transmissores e pilhas deslizam pelo piso. James se encolhe a cada lombada, a camisa de flanela molhada de suor nas axilas. Ele olha pela janela do carona enquanto o trailer passa roncando por um poste de cerca, no qual uma cabeça de errante foi empalada numa espécie de alerta, a face cadavérica e pastosa ainda de boca aberta, ainda parecendo faminta, ainda cheia de agonia pela eternidade.

— Confie, James! Confie no Senhor e confie em seu humilde clérigo! — Jeremiah vibra com energia, apesar da rosácea ter voltado com intensidade essa manhã. Trajado no casaco preto que é sua marca registrada, agora preso no meio por um pesado cinturão de munição, ele olha pelo retrovisor e vê o próprio reflexo de queixo quadrado: os trechos rosados pelas bochechas e o queixo, a umidade dos olhos, o nariz proeminente já com uma erupção de capilares escurecidos, como se o pastor fosse um moribundo bebum vadio. O problema de pele tem o hábito de aparecer quando menos se espera, em geral em épocas de grande revolta ou estresse. Também parece estar avançando. Durante anos, provocou apenas um leve inchaço nos olhos e um rubor nas bochechas, como se estivesse corado. Ultimamente, porém, o problema traz um eritema severo, ardência nos olhos e vasos sanguíneos visíveis. E nesse dia está se formando a pior crise que ele já teve. Esteve fermentando desde que saíram do acampamento.

A caravana já está na estrada há horas, seguindo o pastor para oeste, na direção da divisa do estado, onde os batedores viram sinais da formação de outra super-horda. O propósito oficial da jornada — o motivo aparente dado por Jeremiah a seus companheiros — é reconhecimento: o líder quer avaliar o nível de ameaça do dito enxame profano de monstros. Mas o que muito pouca gente no comboio sabe é que Jeremiah está voltando à cena de devastação que reclamou a vida de seus companheiros paroquianos quase um ano antes. Irá retornar ao rio de sangue, ao marco zero, onde dezenas de seu rebanho foram devoradas. E o verdadeiro motivo para voltar a esse território amaldiçoado é dar as primeiras pinceladas de sua obra-prima.

Uma terceira voz atrás de James comenta:

— Relaxe, Jimmy, o bom reverendo sabe o que faz!

Na traseira da cabine, em volta da mesa de jantar em L, Reese Lee Hawthorne e Stephen Pembry estão vestidos em couro pesado para a batalha, carregando as armas com sorrisos maliciosos, aqueles de discípulos que embarcam em uma grande missão. Reese encaixa um pente em sua Mossberg de 12 gauge, depois puxa o slide, injetando uma bala.

— Vamos entrar e sair — declara Reese. — Rápido e rasteiro, antes que alguém tome conhecimento.

Nervoso, James passa os dedos pela moita densa de cabelo ruivo.

— Você não entende... Aonde estamos indo, junto da divisa, onde o rio encontra terreno arenoso... É território dos Scorpions.

Stephen Pembry ergue os olhos da arma.

— A gangue de motociclistas, é disso que está falando?

— Exatamente.

— Que gangue? — Reese estala o slide e lança um olhar a Stephen. — Do que está falando?

Stephen suspira.

— Uma gentalha de nojentos de Birmingham, que se reuniu depois do surto e formou uma espécie de tribo... estimulada por metanfetamina e medo... perto do rio Chattahoochee.

— São uns animais! — James olha de um homem a outro com uma expressão preocupada. — Acreditem em mim! Se você chegar a 1 quilômetro do território deles, eles o matam e cozinham em uma fogueira para churrasco!

— Isso é ridículo — replica Stephen Pembry, com um gesto de desdém. — Lenda urbana.

— Algum dia você topou com um desses caras?

— Não.

— Então não sabe do que está falando.

— Por que fala com tanta autoridade? Por acaso *você* já encontrou um deles?

Depois de uma breve pausa, James solta um suspiro.

— Não importa se encontrei ou não... Estou dizendo que esses sujeitos são uns merdas do mal.

Stephen balança a cabeça e encaixa na Glock um pente cheio, as últimas oito balas de seu arsenal.

— Se quer minha opinião, aposto que esses motoqueiros ladram, mas não mordem.

James ia dizer alguma outra coisa quando a voz grave de barítono na frente o interrompe.

— *Por que não perguntam vocês mesmos a um desses sujeitos Scorpions?!*

Todas as cabeças se viram, os olhos se fixando no banco do piloto.

O pastor curva-se para a frente no seu banco, pisando no acelerador. O trailer ruge cada vez mais rápido, os ruídos distantes de serra das motos elevando-se no vento. Reese, Stephen e James agora passam rapidamente à frente do trailer para ver do que Jeremiah está falando.

Pelo enorme para-brisa, as planícies junto do Chattahoochee se abrem por todos os lados sob um céu melancólico, prateado e macilento — um descampado árido e sépia de terrenos baldios, casas de fazenda imoladas e destroços vagantes, espalhados por estradas de terra desertas. Nos flancos do comboio, levantando nuvens de poeira e lixo no vento, meia dúzia de motocicletas turbinadas converge para o primeiro veículo. Quanto mais se aproximam, mais claramente os detalhes dos pilotos entram em foco.

O motoqueiro mais próximo parece imenso, tem cabelo comprido, grisalho e oleoso, que ondula abaixo do capacete Kaiser da Primeira Guerra Mundial; os braços são como troncos de árvore cobertos de tatuagens. Ele carrega uma espingarda serrada às costas e usa um colete de couro puído, além de um colar de objetos carnudos batendo no peito de barril. Os objetos pendurados podem ou não ser orelhas ou dedos humanos, ou pedaços de um rosto, ou todas as anteriores. Seus óculos de aviador espelhados refletem o trailer de forma ameaçadora conforme a enorme Harley se aproxima.

— "Será rompido o círculo!" — canta Jeremiah alegremente, atento ao progresso desse primeiro motoqueiro. Os outros cinco aproximam-se rapidamente atrás; a maioria é de brutamontes esfarrapados e tatuados, usando óculos escuros e parafernálias de guerra. As nuvens individuais de poeira girando para o céu oleoso. Alguns homens pegam as armas, retirando-as de alforjes e mochilas. O pastor mantém cuidadosamente o trailer no curso, zunindo em alta velocidade pela estrada abandonada do rio, o olhar fixo no retrovisor lateral e no reflexo do líder grandalhão de cabelo grisalho. — "Em pouco tempo, oh, Senhor, em pouco tempo!"

Soa o primeiro tiro, um estampido alto e um tinido faiscando no painel frontal do trailer.

— Meu bom Jesus! — grita Reese. — Irmão J... Qual é o plano?!

James grita a plenos pulmões.

— Eu avisei! EU AVISEI!

— Pegue o transmissor — pede o pastor, com uma calma surpreendente. — Diga a Leland para trazer o caminhão para a frente quando pararmos.

Reese se atrapalha para encontrar o walkie-talkie, que caiu de uma prateleira com o resto dos livros, quinquilharias e louça.

— "Será rompido o círculo!" — Jeremiah canta desafinado com os olhos fixos no retrovisor lateral. Ele consegue ver o grandalhão na moto mais próxima preparando-se para atirar de novo, e alguns dos outros motociclistas quase prontos para lançar uma saraivada de chumbo grosso nos pneus do trailer. Mas continua exultante: — "No céu, Senhor, no céu!"

O pastor gira o volante no momento exato, e o canto da frente do enorme trailer bate no motoqueiro mais próximo, criando um barulho surdo que reverbera pela estrutura do veículo e lança no ar o homenzarrão grisalho. O impacto atira a enorme Harley no vácuo, fazendo-a capotar até parar na frente de outros dois motoqueiros, que se aproximam acelerados demais.

Pelo retrovisor lateral, Jeremiah vê os dois motoqueiros, incapazes de se desviar inteiramente do caminho, chocando-se com a moto em disparada; a colisão é uma reação em cadeia de metais rodopiando, lascas de fibra de vidro explodindo, gritos, jatos de sangue e corpos catapultados pelo ar. O coro de gritos histéricos do lado de fora chega abafado, indistinto, como o assovio do vento.

Os outros três motoqueiros arrancam para o leste enquanto o resto do comboio vira à direita, um por um, cada veículo parando abruptamente em uma nuvem de poeira. Jeremiah registra tudo isso numa fração de segundo, seu foco de laser no retrovisor. Então ergue a bota do acelerador.

No reflexo oblongo, enxerga as três motos restantes dando a volta, derrapando e parando conforme os motoqueiros trocam gritos. Um deles saca uma espingarda. O reverendo pisa no freio, levando o enorme veículo a uma parada turbulenta num redemoinho de poeira. Mais brinquedos caem da prateleira, as baterias rolando pelo chão. Sem hesitar, sem uma chispa de energia desperdiçada, Jeremiah engrena a ré e desce o pé no acelerador.

O trailer arremete.

A força gravitacional lança os jovens para a frente; Reese bate na pia, enquanto Stephen e James seguram-se com toda força. O trailer ruge para trás, o motor aos gritos, a estrutura chocalhando e ameaçando rachar. Pelo espelho do motorista, os três motoqueiros sobreviventes assomam cada vez mais, olhando com uma expressão de choque, lutando para mirar as armas, tentando disparar alguns tiros. Ao ver o trailer enorme vindo em sua direção, eles tentam se dispersar. Habilidosamente, Jeremiah conduz a traseira, com seu imenso engate de reboque e escada de aço, diretamente para cima dos três motoqueiros em fuga. Soam gritos apavorados.

O impacto lança dois dos três motoqueiros para o alto e pulveriza as Harleys abandonadas.

O trailer dá uma pancada, então cai uma chuva de poeira, destroços e fibra de vidro quebrada. Jeremiah pisa no freio. Um cano cromado e torto bate no chão ao lado da cabine, e o veículo para numa derrapada, fazendo cair outros estilhaços por alguns segundos, até que por fim, misericordiosamente, o silêncio desce na paisagem desolada.

Por um momento, os três homens na traseira do carro ficam pasmos, petrificados, enquanto o barulho de fluidos pingando e gritos minguando do lado de fora somem sob o vento. Jeremiah se espreguiça como um gato velho que acaba de tomar banho de sol e agora quer investigar a tigela de comida.

— Está todo mundo bem? — pergunta ele, virando-se no banco para examinar seus soldados.

No início, nenhum deles consegue pronunciar uma palavra que seja. Por fim, Reese consegue responder:

— Sim, senhor, tudo OK.

— O que acaba de acontecer? — James Frazier fita os outros, os olhos em brasa. — O que foi...?

— Progresso, filho. — O pastor sai do banco giratório, respira fundo e se espreme pela cabine traseira do trailer. — E sabe o que dizem sobre o progresso.

James ainda se segura na pia, como se pudesse cair a qualquer momento.

— Eu... não tenho certeza... do que quer dizer. O que dizem sobre o progresso?

Jeremiah pausa, sorri para o homem mais novo e dá uma piscadela.

— Que não pode ser detido.

Depois se vira e procura pelo facão na mochila de náilon.

NOVE

— Por Deus, o que ele está fazendo agora? — Norma está com a mão roliça nos quadris e as pontas dos dedos tremem conforme se senta no banco do carona do carro de Miles Littleton, olhando as consequências do bizarro ataque do pastor à gangue de motociclistas.

Na tarde nublada e cinzenta, a cerca de 100 metros, vários integrantes da caravana são visíveis pela janela, parados numa atitude reverente em torno de Jeremiah, como se esperassem que fosse pregar, enquanto ele enterra um facão no crânio dos integrantes caídos da gangue. O homem o faz com muita rapidez e violência. O vento sopra e traz lixo para perto de seus pés, abanando a fralda do casaco.

— Mas qual é a desse cara, porra? — pergunta-se Miles em voz alta. — E por que ainda estamos aqui?

Miles Littleton ainda segura o volante com uma intensidade de deixar os nós dos dedos brancos, embora a máquina antiga esteja estacionada e em ponto morto no acostamento a cerca de 60 ou 70 metros da cena do acidente. O motor ronca suavemente, produzindo um som tão reconfortante para Miles como o batimento cardíaco de uma mãe. O carro é seu cobertor de segurança. O jovem foi criado em Detroit — antes de se mudar para Atlanta aos 11 anos com a mãe divorciada e viciada em heroína —, e os anos na Motor City fizeram-no acreditar na boa e velha linha de produção americana de carros potentes. Em seu tempo, roubou muitos clássicos, mas o que Miles sempre *dirigia*

— aquele em que morava, que mimava e adorava como a primeira mulher que beijou na vida — era de 1972, um Dodge Challenger Hemi V8 de sete litros e quatro marchas.

Na realidade, ele e Norma agora estavam sentados na mais recente encarnação de seu primeiro amor, um sedã de duas portas, devorador de gasolina, numa cor roxa metalizada, escapamento Magnum modificado de quatro canos e abafadores traseiros, que Miles tinha conseguido manter mesmo em meio a essa impossível crise energética pós-praga.

— Me dê um minuto — diz Norma. — Só quero ver o que ele vai fazer agora.

Ao longe, Jeremiah vira-se para os poucos motoqueiros sobreviventes prostrados aqui e ali, agarrando-se à vida, espancados e ensanguentados na terra. Parecem soldados caídos em alguma brutal guerra no deserto. Ele gesticula para um grande caminhão baú estacionado por perto. Leland Burress põe a cabeça para fora da janela do motorista, acena e dá a ré no imenso veículo até a cena de morte. O pastor e seus três jovens associados colocam as vítimas em padiolas improvisadas. Um por um, os três sobreviventes são embarcados na área de carga do caminhão.

— Uma coisa eu garanto — comenta Miles, com amargura, enquanto olha. — Ele não vai levar esses caras pra emergência do hospital.

Norma balança a cabeça.

— Mas, pelo amor de Deus, o isso tem a ver com aquela pobre gente do túnel?

— Nada... O cara obviamente é biruta.

— Não sei, não. — Norma rói uma unha. — Acho que é biruta como uma raposa. Acho que ele tem um plano mestre.

— Que bom pra ele. Ainda digo que a gente deve dar o fora deste lugar, sair dessa porra. Isso não tem nada a ver com a gente; não é problema nosso. Sabe?

— Eu sei, Junior, é só que... eu queria saber exatamente o que esse pastor esquisito tá preparando.

— E por quê? Que diferença faz?

A mulher vê o último dos motoqueiros feridos ser colocado na traseira do Mack.

— Não sei... Talvez a gente possa fazer alguma coisa a respeito.

— Vai acabar sendo assassinada, isso sim.

Norma suspira.

— Talvez. — Ela o olha. — Escute. Vou fazer um acordo com você.

Miles balança a cabeça.

— Ah, não. Não me vem com essa merda.

— Ah, vai, prometo que vamos deixar essa gente muito em breve.

O rapaz limpa a boca, nervoso.

— Norma, vai acabar matando *nós dois*.

— Só ficamos por aqui mais um ou dois dias, só até entendermos o que ele está fazendo.

— Norma...

— Eu prometo, vamos dar o fora assim que descobrirmos.

Na distância nebulosa, atrás de um redemoinho diabólico de lixo, o pastor marcha de volta ao trailer, todo orgulhoso, satisfeito e imperioso. Para Miles, parece um ditador do terceiro mundo — uma versão caipira de Fidel Castro — e isso o deixa ainda mais nervoso. Enfim ele olha para Norma.

— Tudo bem, só mais um dia, depois vamos botar o pé na estrada.

A mulher baixinha e gorducha se inclina para dar um beijo no rosto do jovem.

Miles revira os olhos e liga o Challenger, os abafadores no escapamento grunhindo com a aceleração do motor enorme. Ele vê o pastor voltando ao trailer e o escapamento do veículo cuspindo vapor.

O comboio recomeça a andar, e Miles solta um forte suspiro, seguindo de longe.

Jeremiah leva o comboio para oeste. Horas depois, eles se veem descendo uma estrada de acesso íngreme na direção de uma praia pública, tomada de lixo, junto ao Chattahoochee.

Agora o pastor segura o volante com mais força, as lembranças de seu batismo de morte infiltrando-se pelo sistema nervoso central, como um caldeirão das bruxas de pavor, pesar e tristeza. Ele sente o peso da caravana às costas — os sedãs, os SUVs, os caminhões socando o calçamento maltratado, provocando tremores pela terra arenosa —, cingindo-o, servindo-lhe de esteio, dando-lhe energia. Vê a superfície prateada do rio no horizonte, materializando-se em contas espectrais diante de seus olhos.

O líder leva o trailer por uma curva fechada e desce uma estrada estreita do rio até o parque estadual cujo nome bloqueou de sua mente. Perdeu metade do rebanho ali, dezoito meses atrás. Ele viu a cria do demônio surgir das águas para devorar seus paroquianos inocentes enquanto renasciam na correnteza ensanguentada do rio.

Jeremiah dirige o veículo até o final da estrada, chegando a um píer abandonado com antigas estacas cinzentas e madeira embranquecida pelo sol. Um corvo enorme e preto explode de um dos pilares na extremidade das docas e rompe num voo, o grito ecoando pelo céu baixo, escuro e ameaçador, chegando aos ouvidos do pastor, provocando arrepios entre as omoplatas e eriçando os pelos da nuca.

Ele estaciona, desliga o motor e ouve o resto do comboio parando atrás; um por um, motores morrendo, seguidos pelo silêncio.

Dentro do trailer, ninguém diz uma palavra que seja. Dois dos três jovens em seu interior estavam presentes naquele dia um ano e meio antes, quando as mulheres do grupo da igreja foram devoradas no rio, minutos depois de receberem os ritos de comunhão de Jeremiah. Dois dos três viram as matronas do rebanho vestidas de branco aos gritos, debatendo-se, espirrando fluidos arteriais no ar, tingindo o rio de um vermelho escuro. O silêncio no carro é repleto de um tributo reverente àquele dia.

— Irmão Stephen, fale com Earl — diz Jeremiah enfim, soltando o cinto de segurança. — Diga a ele para ir de ré com o Kenworth até a margem do rio.

— O que você vai...? — Stephen Pembry quase faz a pergunta que está na cabeça de todos, mas ninguém fará. Obtiveram fragmentos do quadro geral, porém ainda não ouviram o que vai acontecer. Por Deus, o que o pastor está aprontando?

Ao sair da cabine, Jeremiah pega o facão embaixo do banco e resmunga enigmaticamente:

— Tudo será revelado em sua hora, irmão.

Ele anda pela estrada, atravessa o cascalho e segue pelas docas.

O vento cheirando a peixe balança seu topete preto e oleoso. Barcos em destroços jazem na lama aqui e ali. Jeremiah olha pela superfície do rio, e seu estômago se aperta. A água ainda parece gordurosa, de um laranja avermelhado escuro, nítido como sangue arterial; embora em algum lugar no fundo de sua mente racional, ele saiba que o tom âmbar-escuro se deve à argila no leito muito lodoso do rio.

O pastor pula no final das docas, caindo no mato pantanoso.

As botas Wellington afundam 15 centímetros no lodo, e o frio sobe pelas pernas, provocando-lhe tremores. Segurando firme o facão, ele arrasta-se para a parte mais funda da água. Algo se agita em volta, então Jeremiah vê objetos se deslocando sob a superfície do rio, como o dorso bulboso de tartarugas elevando-se pela névoa.

Ele bate a ponta do facão na superfície da água, que agora chegou a sua cintura.

— "Trazendo seus feixes, trazendo seus feixes" — cantarola o homem no baixo profundo, uma mistura de um Caruso desafinado com um Elvis sonolento. O hino é do Salmo 126: "Voltará com cantos de alegria, trazendo seus feixes."

A quase 8 metros dali, o primeiro crânio viscoso surge da água com a ameaça indolente de um crocodilo vindo à tona. Antigamente a coisa era uma mulher — de idade desconhecida, o cabelo comprido em mechas finas como barba-de-velho, pendurada da superfície lisa de um rochedo. Seus olhos são crateras de uma polpa branca de larvas, a carne inchada como um suflê malcozido.

— Irmã! — O pastor levanta as mãos em um gesto de boas-vindas. — Louvado seja o Senhor, você chegou bem na hora!

A coisa na água range os dentes viscosos enquanto outros crânios vêm à tona ao redor, agitados pelo canto do pastor, cuja voz chama os filhos para casa. São dezenas; de ambos os sexos, em todos os estados imagináveis de decomposição, os rostos monstruosos fixos na voz cantada de Jeremiah, a carne inchada como vagens prestes a explodir.

— "Voltará com cantos de alegria" — canta o pastor — "trazendo seus feixes!"

O grandalhão começa a recuar até a margem do rio, provocando uma ondulação suave na água ensanguentada cor de ferrugem ao conduzir os errantes, uma massa embolada de algas fluviais grudada à cintura, arrastada pela correnteza. O fedor de peixe se mistura com o odor de órgãos putrefatos. O pastor bate as mãos como quem aplaude, seduzindo os monstros para o caminhão à espera.

Jeremiah alcança a margem lamacenta, sai e, ao se virar, grita:

— Earl, abra a porta traseira e baixe a rampa!

O careca musculoso e atarracado, vestido com casaco de brim e calça de moletom, sai da cabine, corre à traseira do veículo e escancara a porta sanfonada no estilo garagem. Jeremiah tira de seu bolso lateral um pequeno brinquedo novo que encontrou na caixa de quinquilharias no trailer dos Thorndyke. Feito de plástico duro e pintado, a pequena dentadura movida a corda o faz lembrar de sua infância, mil anos antes. Certa vez ganhou uma dessas no Dia das Bruxas e recorda-se do som que produzia quando batia no fundo do saco de guloseimas. Ao chegar em casa naquela noite, levou uma sova do pai por ter saído na noite de Satã, mas guardou a dentadura na gaveta. Agora ele torce a corda do brinquedo dos Thorndyke e aperta o botão. A dentadura começa a estalar alto enquanto dois minúsculos pés de desenho animado se agitam.

A essa altura, os monstros já chegaram à margem do rio e começaram a se arrastar aclive acima, os braços esqueléticos e musgosos estendidos, as bocas soltando uma baba suja. Earl espera ao lado e vê, com um pasmo nauseado, Jeremiah jogar o brinquedo pequeno na área de carga vazia do caminhão. O brinquedo sobe, chocalha e zumbe ruidosamente dentro do espaço fechado, um farol, o barulho ampliado pelo aço corrugado das paredes.

Os errantes viram a cabeça para o ruído e se arrastam estupidamente para a cabine. Quando chegam lá, alguns conseguem, quase por acidente, subir a rampa, outros caem pelas laterais. Jeremiah observa, com o orgulho de um pai vendo o filho bebê dar os primeiros passos, as várias criaturas desaparecerem no interior do carro, atraídas pelos estalos. A pele do pastor se arrepia e coça, os olhos ardem, mas agora ele mal se dá conta disso.

Está absorto na visão da armadilha intrincada, que funciona tão bem.

— Por enquanto chega! — grita ele por fim, quando consegue cinco deles.

Earl sobe no para-choque, então segura o alto da porta, baixando-a rápida e decisivamente.

Soa um baque metálico e surdo, trazendo um sorriso aos lábios de Jeremiah.

— Devemos tudo ao jovem Thomas aqui — anuncia Lilly Caul aos outros habitantes do túnel depois de terminar a história da descoberta dos tesouros no showroom da venda de máquinas, em Connersville, Geórgia. Tommy está a seu lado, tentando reprimir o sorrisinho sem graça, com as mãos nos bolsos do macacão OshKosh desbotado. O menino bate nervosamente o calcanhar da bota de caminhada na parede do túnel ao escutar Lilly. — Ele descobriu o lugar por iniciativa própria. — Ela o olha com apreciação. — Merece todo o crédito.

Os outros cinco adultos sorriem, assentindo, e Barbara Stern estala a língua em aprovação.

Sentados em cadeiras improvisadas em torno da mesa improvisada na sala de estar improvisada, os mais velhos permanecem em silêncio durante a maior parte da narrativa de Lilly. O ar cheira a café e terra preta. O suave zumbido dos geradores na superfície faz o teto vibrar. Do outro lado do túnel, as crianças brincam em silêncio, lendo livros ou mexendo com bonecas. Barbara pediu a Bethany Dupree para cuidar dos menores enquanto os adultos conversam, e agora a pré-adolescente paira sobre o grupo de pirralhos com o olhar atento de uma supermãe.

Enfim, Bob Stookey dá uma piscadela para Tommy.

— Esse rapaz é um perfeito Cristóvão Colombo.

Lilly sorri para Bob.

— E naquele dia você achou que ele estava de vadiagem. — Ela se senta à mesa, e Bob lhe serve um pouco do café instantâneo e fresco, do qual Lilly toma um gole. — Segundo meus cálculos, há pelo menos 4 mil litros de gasolina naquele tanque.

David Stern se manifesta.

— E qual é o próximo passo? Entendo o valor de todo esse combustível, mas como você vê o equipamento entrando na equação? Quero dizer, não estamos exatamente cultivando legumes por aqui.

Lilly encara Bob, e eles trocam um olhar carregado de emoção.

— Bob e eu discordamos sobre qual deve ser nosso foco no momento.

O homem dá de ombros para ela.

— Acho que todos estamos concentrados na mesma coisa, menina Lilly... A *sobrevivência*.

— É claro, Bob. — Ela respira fundo. — Acho que podemos colocar a ideia na mesa. Talvez fazer uma votação.

Gloria Pyne olha ao redor. Por baixo da aba de sua viseira atlética, a expressão é franzida de confusão. Os anos roubaram parte de sua beleza natural, mas, atrás das rugas fundas, os olhos azuis ainda brilham de vigor.

— Perdi alguma coisa? Vamos votar pelo quê?

Barbara Stern suspira, então tira um fio de cabelo grisalho e crespo do rosto.

— Vou chutar: Lilly quer tomar Woodbury de volta, e Bob quer ficar quieto por aqui, indefinidamente, nas catacumbas.

Por um momento, Lilly e Bob se olham, perplexos.

Harold Staubach sorri, as feições ossudas de ébano enchendo-se de diversão, os olhos escuros faiscando. Está vestindo a camisa de golfe Banlon, abotoada até o pescoço; ainda elegante, obstinadamente cavalheiresco.

— Mas ela tem razão, não tem?

David Stern dá um pigarro.

— Convivo com isso há quase trinta anos... As mulheres sempre têm razão.

— David, cale a boca.

Risos esparsos esmorecem rapidamente sob o peso da questão. Por fim, Gloria Pyne olha para Lilly.

— Mas ela *tem* razão, não tem?

Lilly solta um suspiro angustiado.

— Olhe, sei que é basicamente um segredo aberto que quero retomar a cidade. Entendo os prós e os contras, acreditem em mim. É mais seguro aqui embaixo. Entendo isso. Mas acho que não pensamos bem nos efeitos a longo prazo de morarmos aqui.

— Lilly, já discutimos isso... — Bob começa a protestar, mas vê a mão erguida de Barbara Stern.

— Deixe a moça defender seu argumento, Bob.

— Obrigada, Barbara. — Lilly respira fundo. — Tá legal, antes de tudo, vocês não podem viver aqui embaixo indefinidamente, por melhor que seja a ventilação, ou por mais limpa que seja a água desses mananciais subterrâneos. Uma hora os músculos vão atrofiar. Além disso, pode parecer que estamos imunes a ataques de errantes, e talvez estejamos mesmo, mas... e quanto a ataques de sobreviventes? Aqueles dois geradores lá em cima parecem bandeiras vermelhas, como placas de néon dizendo "Ataquem *a gente*".

Bob gesticula para Harold.

— Lilly, já falei, Harold e eu estamos trabalhando em coberturas para os geradores e também planejando uma área de exercício. E há quilômetros de túneis aqui embaixo que ainda não mapeamos. Temos muito espaço... As crianças podem jogar *futebol* em algumas passagens. E estamos trabalhando numa ventilação melhor a cada dia. Além disso, se passar mal por causa do túnel, sempre pode ir à superfície.

Lilly o olha.

— Bob, não faz ideia do efeito que isto tem nas crianças.

— Do que está falando? Elas estão ótimas.

— Ótimas? — Ela olha para Barbara. — Diga a ele como a pele delas está ótima.

Barbara Stern vira-se para Bob.

— Bem, é difícil saber se está melhorando ou piorando. Mostrei a você a assadura nos tornozelos de Melissa, Bob, e Lucas tem o que parece ser o início de urticária no pescoço e nas costas, e a maioria das crianças agora está tossindo e congestionada, gripando-se mais, ao que parece. Acho que é a umidade, mas o especialista *é você*.

Ele respira fundo.

— Tá legal. Escutem. Vamos sair novamente esta tarde, ver aquela farmácia pela qual passamos ao norte, na última incursão que fizemos. Acho que uma pomada de cortisona e um descongestionante nasal podem ajudar.

— A questão não é essa, Bob. — Lilly encara fixamente os olhos fundos do homem mais velho, enterrados em rugas e pele coriácea. O rosto de Bob é um mapa rodoviário de seus dias e noites pesados: bebedeira pesada, vida pesada. Contudo, por trás do olhar, há uma sabedoria conquistada à custa de muito esforço. Lilly sente isso, assim como os outros. — Não é só uma questão de assaduras e nariz escorrendo. É a qualidade de vida. É ter as opções que só temos na superfície. Você sabe exatamente do que estou falando.

— Espere um pouco — intromete-se Gloria de novo, com a paixão cintilando nos olhos. — "Qualidade de vida" hoje em dia... me perdoem pela boca suja... significa não ter a bunda devorada. Ponto final. É como você mesma disse, Lilly... Estamos em segurança aqui embaixo. E me desculpe, mas alguém deve reconhecer outra coisa. — Ela olha para Bob. — Estamos em segurança graças a este homem aqui.

Ele abre um sorriso cansado.

— Disso eu não sei, Glo... Só tive sorte enquanto xeretava um dia.

Ela lhe dá uma piscadela.

— Ora, quem diria... Também é modesto. — Gloria encara os outros. — Mas... é sério. — A mulher volta-se para Lilly. — Estou com Bob nisso. A ventilação está funcionando melhor a cada dia. É fresco no verão aqui embaixo, aquecido no inverno. Podemos chegar às fontes de comida quando necessário, e estamos quase ao ponto de filtrar a água do manancial.

Bob concorda com a cabeça.

— É tudo verdade. Além disso, pense no seguinte: agora temos um jeito de viajar que não envolve atravessar hordas de errantes. Podemos chegar à maioria dos lugares num raio de 15 quilômetros sem ter de colocar o pé lá em cima.

Lilly solta um suspiro exasperado, pois sente que não está articulando muito bem sua argumentação, portanto não está conseguindo convencê-los. Recorda-se das aulas de debate na escola, em que sempre ficava emotiva demais, tentando arregimentar as pessoas para seu lado, mas as emoções sempre lhe roubavam a eloquência; e agora reconhece consigo que essas mesmas emoções quase a mataram nos últimos meses.

Harold Staubach se pronuncia:

— Não faz muita diferença, mas preciso falar... Estou tendendo mais para o lado de Bob e Gloria. — Ele baixa os olhos, como se fosse constrangedor fazer contato visual com Lilly. — Acho que simplesmente não vejo a vantagem em... voltar... bem... voltar para *cima*.

Lilly meneia a cabeça, afasta-se da mesa e anda de um lado a outro.

— Vocês não estão pensando a longo prazo.

Ninguém responde a isso. Bob baixa os olhos. O silêncio pesa neles, como uma mortalha. Ela percebe que a questão que colocou — a questão imponderável sobre se *terão* um longo prazo — atormenta seus pensamentos particulares e seus pesadelos. Lilly joga para trás uma mecha do cabelo que caiu no rosto, morde o lábio, pensa melhor. Pode ouvir o bater nervoso do calcanhar da bota de Tommy na parede atrás dela. Enfim, fala:

— Tudo bem... Tá legal. Vamos colocar em votação. Quem estiver a favor de ficar aqui nos túneis por... digamos pelo futuro *previsível* — ela olha pela mesa — levante a mão.

Lentamente, hesitante, Gloria ergue a mão. Bob levanta a dele. Harold Staubach lança um olhar nervoso aos Stern e ergue sua própria mão, inseguro. Três votos pela permanência nos túneis.

— Tudo bem... Legal. — Lilly olha o grupo. — Quem for a favor de trabalhar para que um dia resgatemos a cidade, levante a mão.

Barbara e David Stern, sem hesitação alguma, disparam a mão para cima.

Ela assente e ergue a própria mão.

— Quem diria... Temos um empate.

— Ei! — Barbara Stern aponta para Tommy Dupree, encostado à parede. O jovem tem a mão erguida bem alto, a cara vermelha e sardenta franzida de indignação. Barbara reclama: — E ele, o que é... Não é ninguém?

Duas incursões de suprimentos separadas são lançadas naquela tarde, uma subterrânea, outra na superfície.

A primeira, composta por Bob Stockey e Gloria Pyne, desembarca logo depois do meio-dia. Seguem um mapa copiado a mão por ele de um levantamento de 140 anos; começam pelo duto principal, espremendo-se pela barricada leste, depois virando para o sul e seguindo um túnel lateral, que até agora estava inexplorado. O alvo é o extinto equipamento da mineradora que, segundo os levantamentos do condado, está pouco depois do rio, a leste. Eles acreditam que toda sorte de suprimentos — inclusive remédios — pode muito bem ainda estar armazenada ali.

Enquanto isso, Lilly e Tommy Dupree andam os cerca de 5 quilômetros pelo túnel principal até o desmoronamento do Elkins Creek, abrindo caminho pelos depósitos de terra e saindo dos subterrâneos perto da ponte de Pilson, onde muitos cadáveres arruinados de errantes estão espalhados pelas margens do riacho, como baixas da Guerra Civil, descorando-se até a pulverização no sol inclemente. O vento, a luz e os odores de carne podre em meio ao carpete de pinhas e cascas de noz-pecã são tão dominadores que Lilly e Tommy ficam tontos ao andar pelas sombras da floresta à beira da água. Caminham outro quilômetro e meio até dar na frota secreta de veículos de Bob, estacionada sob a copa de grandiosos carvalhos, camuflados por redes de folhagens jogadas cuidadosamente sobre picapes e veículos 4X4. Bob e David Stern arriscaram a vida na semana anterior, em meio à formação de hordas, resgatando esses veículos de Woodbury e Carlinville.

Agora Lilly e Tommy rápida e silenciosamente assumem um dos SUVs: tirando o manto de folhas, encontrando a chave no para-sol onde Bob a deixou, ligando o motor e, cuidadosamente, atravessando a soleira para pegar a estrada de acesso que corre sinuosa junto ao Elkins Creek.

Quinze minutos depois, Lilly desce a rampa de acesso para as pistas tomadas de destroços da autoestrada 19, e segue para o sul. Seu plano é tentar chegar a Tifton ou até mesmo Valdosta antes do anoitecer — muito mais além do que já viajaram em uma busca de suprimentos —, a fim de procurar uma nova fonte não saqueada de propano, baterias, lâmpadas e combustível. Ela sabe de uma Home Depot perto de Cordele. Lilly observa que o medidor de combustível do RAV4, já muito rodado, está com três quartos da capacidade, e explica a Tommy que precisam ter cuidado para não ir além do "ponto irreversível". O menino nunca ouvira essa expressão, que lhe parece ameaçadora, mas ela explica que significa apenas que eles têm de cuidar para sempre ter gasolina suficiente no tanque para a viagem de volta.

Durante algum tempo, o percurso é lento, devido ao cemitério de carros destroçados e caminhões agora petrificados pela mudança das estações, tomados por montes de folhas, com carcaças cobertas de vegetação, coladas ao asfalto em poças pastosas e emulsificadas. Costurando por entre os destroços, Lilly e Tommy falam tranquilamente sobre o futuro, na esperança de que de fato *venha a existir* um futuro. O menino começa a se recordar de seus falecidos pais, ambos mortos no tumulto que destruiu Woodbury um mês antes. Ele fala deles como heróis, perdoando-os pelo fanatismo. Lilly fica perplexa com a maturidade do garoto. Talvez esteja vendo um efeito colateral da praga. Talvez a praga afaste uma criança da infância. Talvez prepare uma pessoa para a perda inevitável que mais cedo ou mais tarde tocará cada ser humano vivo. Os acontecimentos trágicos dos últimos meses parecem ter tornado Tommy Dupree mais seguro de si, o que é completa e incessantemente fascinante para Lilly.

Eles dirigem e conversam; seguem um pouco mais, falando do além, de Deus, do Apocalipse e das possíveis causas da praga, além de tudo o mais sob o sol em que Tommy consegue pensar. Passam por pelo menos meia dúzia de postos de gasolina em ruínas, as bombas viradas, os escritórios saqueados, os tanques de armazenamento secos como caixões. Conversam um pouco mais.

Eles falam por tanto tempo, e a conversa é tão interessante para Lilly, que ela faz uma coisa que jamais teria pensado que faria em um milhão de anos.

Esquece o medidor de combustível.

DEZ

O RAV4 para numa derrapada, levantando um turbilhão de poeira; a força centrípeta joga Tommy no painel, e o cinto de segurança evita que ele quebre o nariz. O menino se posiciona de volta ao banco, piscando convulsivamente. O silêncio guincha. Lilly segura o volante com um aperto mortal e mantém olhos fixos na frente, respirando fundo várias vezes.

— Que foi? O que aconteceu? — Tommy olha para ela. — O que é?

— Não acredito nisso.

— No quê?

— Não acredito no que fiz.

— O quê...? Me fala! *O que foi?!*

— O ponto irrev... — Lilly começa a explicar, mas de súbito se distrai com os arredores: a mata densa dos dois lados da rodovia e o ônibus virado no canal centenas de metros à frente. Todas as coisas no entorno reagem à introdução de um carro estranho no ecossistema venenoso — árvores estremecem na floresta, ruídos flutuam na brisa, cheiros vagam. Ela não acredita no que fez.

Tommy estica o pescoço para ver o medidor de combustível. O ponteiro está por um fio acima da reserva.

— Ah, merda... *Merda*.

Ele olha pelo para-brisa. Na meia distância cinzenta, atrás de colunas de pinheiros mortos, sombras se mexem. Na outra pista, algo se esgueira de sob um destroço, um morto-vivo branco e pastoso, sem metade da cara. Cem metros mais além, dois cadáveres reanimados e maltrapilhos, com jalecos de hospital sujos de sangue, arrastam-se lentamente de trás de um cartaz rasgado e desbotado da Comissão de Turismo da Flórida, que mostra uma sereia de biquíni em uma praia banhada de sol e as palavras "Quando você se dá mal, a gente dá um jeito."

Furiosa, Lilly esmurra o volante.

— Porra! Porra! PORRA!

— Tudo bem, ainda tem um pouquinho de gasolina, né? Não temos?!

Lilly para de bater no volante e olha o próprio colo sentindo desespero, cólera, vergonha e pavor, todos igualmente.

— No que eu estava pensando? Como pude ser tão imbecil?! Imbecil! IMBECIL!!

— Mas ainda temos um pouquinho, né?

Ela limpa a boca, tentando controlar os pensamentos. Na visão periférica, consegue detectar figuras escuras arrastando-se para fora da floresta, lenta mas firmemente na direção deles. O céu se enche de nuvens escuras, ameaçando uma tempestade. O cheiro de decomposição negra se infiltra pela ventilação do carro.

— Não temos o bastante para voltar, Tommy. O problema principal é este. Não temos o bastante para voltar porque fomos muito além do...

— Mas talvez a gente deva manobrar e voltar assim mesmo, para ver até onde chegamos.

Lilly vê três errantes pelo retrovisor, encurtando a distância. Eles se arrastam de forma robótica para o RAV4, braços estendidos — dois homens e uma mulher, cada um deles muito velho, tanto em idade como em estado de decomposição, talvez antigos moradores de um asilo —, batendo os dentes pretos com o fervor de piranhas, mastigando o ar com uma fome animal. Os mortos-vivos provocam um calafrio pela nuca de Lilly.

— Não sei se vamos conseguir chegar a algum lugar.

— Não podemos ficar parados aqui.

— Espere aí. — Ela abre o compartimento a seu lado, rapidamente vasculhando as embalagens soltas de chocolates e controles remotos de garagem. Então pega um isqueiro, um canivete, uma lanterna e uma caixa de balas calibre .22 para a Ruger. — Pegue as mochilas!

— A gente vai sair?!

— Pegue as mochilas, Tommy! Não faça nenhuma pergunta, só obedeça!

Ele se vira e pega as mochilas no banco traseiro, entregando uma para Lilly, que coloca os objetos do compartimento ali. Em seguida, verifica a caixa de munição, saca a pistola Ruger e checa o pente.

— Veja debaixo de seu banco, deve ter um pé de cabra em algum lugar por aí... Pegue!

O menino encontra o pé de cabra.

— E abra o porta-luvas! — ordena Lilly.

Tommy abre o painel.

— O que devo procurar?

— Mapas... Pegue qualquer mapa que encontrar aí dentro!

O garoto obedece enquanto ela olha pelo retrovisor e vê os três idosos mortos se aproximando. As criaturas se dirigem ao SUV de cabeça virada de lado, a boca babando uma bile negra, os olhos arregalados como refletores prateados. Lilly engata a ré.

— Segure-se, Tommy! — grita ela.

A mulher pisa no acelerador, e o motor uiva. Os pneus radiais de aço giram loucamente por um momento no calçamento arenoso, depois conseguem tração, e o veículo arremete para trás. Os errantes assomam no retrovisor por um instante, seus olhos aumentando pouco antes do impacto.

O SUV estremece com os ruídos abafados de ossos molhados e cartilagem esmagados abaixo deles, fazendo-o momentaneamente perder contato na gordura dos restos mortais. O carro rabeia furiosamente, mas continua de ré no calçamento ensopado de sangue.

Um instante depois, Lilly pisa no freio e leva o RAV4 a parar ruidosamente.

— SEGURE-SE!

Ela engrena a primeira, então dispara para a frente. A essa altura, a dupla de espreitadores atravessou o acostamento, arrastando-se para a rodovia, e agora vem diretamente para eles — bem no meio da pista —, sem tomar conhecimento da tonelada e meia de aço japonês disparando em sua direção.

O impacto lança uma das criaturas no ar com a força de uma catapulta e rasga a outra em duas; metade do tronco indo parar na mata com uma cauda de cometa de entranhas vermelhas cintilantes, e a outra metade batendo debaixo do chassi do veículo acelerado, que a tritura em carne moída. Lilly mantém o pé fundo no pedal, o volante firme. O RAV4 se afasta da cena.

— E agora?! E agora, Lilly?! — O menino vira-se no banco, olhando a carnificina que se distancia pelo vidro traseiro.

— Pegue tudo que trouxe! Mochila, facão, água, a outra pistola!

Tommy mexe-se para reunir as coisas e prendê-las na trouxa do cinto. O SUV faz barulho por uma série de buracos enquanto Lilly o leva a uma cobertura adequada.

— Vamos largar o carro em um lugar seguro, escondendo-o, e tentar encontrar algum combustível!

Ela segue a rodovia por uma curva, passa por um parque industrial deserto e desce uma colina íngreme, entrando em um vale de plantações há muito abandonadas — agora completamente tomadas de mato, já produzindo sementes —, antes de perceber que o RAV4 queimou as últimas gotas de combustível no tanque.

Eles rolam para uma área de descanso soltando fumaça, depois precisam sair e empurrar o veículo para trás de um dos prédios.

Quando partem a pé, indo para o sul, a tarde já começou a dar lugar ao anoitecer.

— Calminha aí, apressadinho! — Norma Sutters escora-se na porta do carona do carro enquanto Miles Littleton corre pela rodovia estadual 520 da Geórgia, a oeste de Albany. Ele costura o carro potente pelo lodaçal de veículos abandonados, como se esquiasse pela pista de slalom dos jogos olímpicos, por muito pouco evitando os cantos, quase batendo de lado em um ou outro destroço. Dirige com a tranquilidade experiente de um motorista veterano, um garoto de rua, cujo DNA foi recombinado com graxa e monóxido de carbono. Miles veste uma boina tricolor de Bob Marley sobre os cachos escuros e firmes, e os olhos de cílios compridos se fixam nas linhas brancas que piscam sob o carro, feito o clarão do relógio de um hipnotista. Seu dente de ouro cintila, e ele tem pressa.

— Você disse para pisar fundo — resmunga o rapaz quase consigo mesmo. — Estou pisando fundo.

— Eu não disse para matar a gente. — Norma olha pelo para-brisa por um momento, notando um grupo de errantes mais à frente, zanzando pelo acostamento de cascalho. Parecem trabalhadores à espera de um trem que jamais chegará. Miles leva o carro diretamente a eles enquanto Norma fecha os olhos.

— Meu Deus, Junior, não faça isso comigo de novo!

Ela sente um baque, como se o carro tivesse acabado de passar por uma lombada, e abre os olhos.

A janela do carona ficou vermelho-escura por fora, devido ao sangue jogado pelo impacto. Partes coladas de massa encefálica, cabelo e tecido escorrem horizontalmente pelo vidro, voando da lateral do carro na corrente de vento. Miles ri. Norma olha o retrovisor lateral e vê os restos humanos afastando-se a distância, os errantes atingidos de lado pelo Challenger agora reduzidos a partes corporais horrendas e troncos sem cabeça caídos pelo acostamento.

Ela o olha feio.

— Podemos apenas nos concentrar em encontrar aquela gente?

— Por mim, eles que se fodam. Acho que a gente deve dar o fora dessa parte do mundo!

— Miles, a gente já falou nisso mil vezes...

— Não quero participar dessa merda maluca — resmunga ele. — Pastores de merda travando guerras santas e essas porras... Foda-se! Isso não tem nada a ver comigo. Nem com você! O que o filho da puta está planejando com os brinquedos e essas merdas... Não é só loucura, é *do mal*. Acho que a gente tem de encontrar uma ilha em algum lugar, enrolar uns baseados e ficar doidão pelo resto da vida natural.

— Pensei que você fosse cristão! — Ela encara seu filho substituto com um olhar desdenhoso. — Não podemos fechar os olhos pra essa merda, Miles.

— E como é que a gente vai encontrar essas pessoas, pra começo de conversa?

— A gente vai achar... Pode deixar. — Norma bate o dedo no mapa rodoviário amassado que tem no colo. — É só ficar nessa estrada até chegarmos à 29, depois seguir para o sul. Devem estar em algum lugar perto daquela Woodbury.

— Eles estão numa porra de túnel, amiga, estão embaixo da terra... lembra? Como espera encontrar esse pessoal numa porra de túnel?! É você que vai acabar matando a gente.

— Vamos encontrá-los. Eles têm de subir para tomar ar de vez em quando.

— Nem sei se tenho gasosa suficiente para ir até lá.

— Achei que você tinha falado que tinha tanques suficientes na mala para ir até o litoral e voltar duas vezes. Tá mentindo para mim, menino?

— Não tinha planejado fazer aquele passeio extra pelo Chattahoochee, com aquele escroto.

Norma solta um suspiro cansado e entrelaça as mãos roliças. Está com um suéter de cardigã roto por cima do vestido da igreja e ainda estremece do frio das últimas horas do dia. É quase crepúsculo. As margens do céu assumiram um tom de índigo, e as nuvens baixas avançam, deslizando pelo horizonte, como monólitos cinzentos e agourentos.

— Deus tenha misericórdia... Que mundo — resmunga ela.

Miles balança a cabeça.

— Suponha que a gente encontre essas pessoas, que merda você vai dizer a eles?

Ela baixa os olhos.

— Vou contar tudo.

— E se esse pessoal for tão porra-louca quanto aquele pastor? Já pensou nisso? E se esse pessoal for tão barra-pesada quanto o escroto do Garlitz?

Norma olha pela janela do carona, observando a paisagem que agora passa tingida de vermelho por causa do vidro coberto de sangue.

— Então que Deus nos proteja.

A escuridão se fecha em torno de Lilly e Tommy, que andam em silêncio por uma estrada rural, através de duas lavouras de tabaco espinhosas. A dupla caminha em fila única, junto a uma cerca, e se comunica principalmente por movimentos de cabeça e gestos a fim de não chamar a atenção de espreitadores.

Durante a última hora, notaram um número crescente de mortos na área e tiveram de abater alguns com suas armas brancas. Um deles veio de dentro de uma vala, partindo para eles com uma velocidade alarmante. Lilly conseguiu rachar seu crânio no instante final com o facão enferrujado. Minutos depois, outro os surpreendeu enquanto passavam por um elevador de grãos abandonado; o errante veio cambaleando de um depósito mofado. O menino tomou frente da situação, descendo o pé de cabra pela orelha esquerda da coisa.

Agora Lilly se preocupa com eles correrem o risco de inadvertidamente dar com um enxame. Ela atarraxou o silenciador na Ruger, mas quer evitar o uso da munição limitada. Gostaria de estar entre quatro paredes — ou pelo menos debaixo de um teto — ao cair da noite que, pelo jeito do céu, não vai demorar muito. O barulho dos grilos já se elevou em volta deles, como uma maré, e o ar tem aquele frio pegajoso e vigoroso característico do campo ao pôr do sol. A pior parte, porém, é o cheiro de morte no vento. Lilly reconhece o fedor azedo, apodrecido e nauseante de um enxame a cerca de 1 quilômetro e meio. Só uma turba de errantes pode feder desse jeito, e o odor agora provoca uma onda contínua de calafrios por suas costas.

Os dois chegam a um cruzamento solitário e param. Ela está prestes a cochichar alguma coisa ao menino quando as folhas de tabaco imediatamente a sua esquerda farfalham e tremem. Lilly vê uma figura imensa avançando para eles de trás dos galhos, o grunhido suspirado crescendo acima dos grilos. Empurrando o menino de lado, saca a Ruger.

Das plantas de tabaco, explode um homem enorme com macacão sebento, estendendo os braços e rosnando com uma fome monstruosa gravada na face cadavérica, os olhos de tubarão praticamente luminosos ao pôr do sol. O errante usa um chapéu pequeno e estranho, que quase parece cômico, na cabeça enorme e lívida, e cheira a carne infestada de larvas e merda tostada.

Lilly dispara um único tiro — o barulho de um disparo por um tanque de água, ainda alto, porém abafado — diretamente no crânio da criatura. A parte de trás da cabeça explode em nuvens cor-de-rosa de tecido enquanto a coisa se dobra instantaneamente.

Durante um momento, Lilly e o menino ficam apenas parados ali, olhando o errante caído. Por algum motivo, os trajes chamam a atenção dela, que se ajoelha e olha mais atentamente. O chapéu ficou torto na queda, e Lilly o pega. O tecido listrado, a aba prateada e pontilhada de sujeira, o formato — tudo isso lhe é familiar. Mas no início não consegue identificá-lo. Ela olha o macacão sujo de sangue, as listras do tecido cinza, um cinto de ferramentas vazio ainda preso à cintura da coisa.

— Ele era *maquinista*. — Tommy Dupree aponta animado as botas da criatura.

Lilly olha o menino.

— Isso... exatamente... um maquinista de trem. — A mulher se levanta e olha para o norte. — O que significa... Aposto que tem uma estação em algum lugar por aqui, ou talvez um pátio de manobras ou coisa do gênero.

O menino se ergue, fitando animado o horizonte que escurece ao norte.

— Sabe de uma coisa? Parece que tem algo ali, do outro lado dessa fazenda. — Ele aponta. — Está vendo a caixa d'água? Aposto que é o pátio de trens... Vamos! — Tommy se precipita para o norte, agora com mola nos pés.

* * *

— Quem é o "Idiota"? — Bob rompe o silêncio, a voz tendo certo eco no poço de mina reto e comprido.

Por quase uma hora, ele e Gloria andavam pelo túnel tributário — suas botas esmagando a terra fina e cinzenta —, procurando pelo posto avançado da mineradora, batendo papo, discutindo a proposta inevitável de voltar a Woodbury. Bob acredita que os mineiros podem muito bem ter deixado vários recursos ali embaixo quando encerraram as atividades anos antes.

— Como é? — Gloria anda ao lado do homem com a lanterna numa das mãos, a poça de luz amarela brilhando pelo canal interminável de pedra, e a ocasional viga de sustentação empoeirada e coberta de teias de aranha. Cerca de dez minutos antes, eles chegaram a uma área desmoronada, que evidentemente tinha sido desgastada por vazamento de esgoto com o passar dos anos, deixando um canal estreito pelo qual ambos, com algum esforço, podiam se espremer. Do outro lado, havia um antigo poço de mina que cheirava a combustível e podridão seca.

— O boné — explica Bob, apontando o polegar por sobre o ombro, indicando a viseira que Gloria usa, e sempre parece usar, como se a coisa fosse um amuleto da sorte. — Diz que você está com um idiota, então fiquei me perguntando...

— Se era alguém em particular? — Ela sorri consigo mesma.

— É. Marido? Namorado?

— Não. Ninguém em particular, Bob. Acho que você pode dizer que são todos os homens que já namorei.

— Ai! Tão ruim assim?

— Ah, nem queira saber.

— Que pena.

— Acho que não julgo bem o caráter das pessoas, se quer saber.

— Bem, espero que um dia sua sorte mude.

— Obrigada por isso, Bob. — Ela lhe olha a nuca enquanto os dois andam em fila única pelo túnel estreito. — Por isso é bom conhecer alguém como você, com algo parecido com um intelecto.

— Ah, não sei, não. — Ele ri. — Já fui acusado de muita coisa.

— Você lembra meu pai, de várias maneiras.

— Tá brincando.

— É sério, ele era um intelectual autodidata, lia o tempo todo. Dirigiu uma carreta na maior parte da vida, ouvia os livros em fita cassete.

— Parece um homem gente boa.

— Ele *era*. — Gloria continua andando, mas limpa a boca ao pensar em seu pai. — Era gentil, meio tímido, mas sabia um pouquinho de muitas coisas.

Eles caminham em silêncio por alguns minutos, até Bob falar:

— Seu pai... Ele...?

— Faleceu antes de toda essa merda acontecer, graças a Deus. Sou filha única. Minha mãe estava em um asilo em Savannah na época do surto. Seu coração não aguentou quando tudo despencou. Eu mesma a enterrei em uma vala comum em Hinesville. — Ela engole a inesperada onda de tristeza e pesar enquanto caminha. — Não foi o momento mais feliz de minha vida, pra ser sincera.

— Lamento saber disso, Glo.

A mulher despreza isso com um gesto.

— É um milagre que eu tenha conseguido ir para Woodbury. Disse a mim mesma que iria para o oeste, para as montanhas, virar eremita. — Ela ri. — Mas ultimamente vou te falar que pedir carona não é o melhor jeito de se viajar. — Há um minuto de silêncio, ouve-se o esmagar das botas, o chocalhar da lanterna. — Como foi parar lá, Bob?

— Eu estava viajando com... — Ele vira a cabeça de lado, ergue seu Coleman, vê alguma coisa no escuro mais à frente. — Espere... calma aí.

Os dois param repentinamente. Bob coloca a mão gentilmente no braço de Gloria, que não se mexe. A cerca de 15 metros, bloqueando o caminho, tremeluzindo na poça de luz da lanterna, há um pequeno vagonete de carvão. Eles se aproximam cautelosamente. O pequeno transporte tem o tamanho de um mini buggy, coberto de mofo e teias de aranha; petrificado, as rodas de madeira estão quase fossilizadas pelo tempo. Quanto mais chegam perto, mais Gloria percebe que a coisa está coberta de sangue.

Bob para ao lado do vagonete e olha mais atentamente. Gloria se curva, mantendo alta a lanterna.

— Isso é sangue?

O homem passa a ponta do dedo pela superfície do transportador.

— É sim. Parece antigo.

— Quão antigo, o que acha?

— É difícil saber. Não é muito antigo. Não tem décadas... Mas talvez um ou dois anos.

Ele olha para baixo. Gloria acompanha a luz que cruza um par de trilhos incrustados, como artérias endurecidas, no chão de terra do túnel.

— Sem dúvida nenhuma estamos na vizinhança daquele escritório da mineradora — afirma Bob. — De acordo com o mapa, deve ficar bem acima de nós. — Ele acompanha os trilhos. — Fique perto de mim.

Gloria obedece, seguindo-o. Seus pelos se eriçam de imediato. Ela sente o formigamento familiar na base da coluna — sempre aparece quando há algo errado —, mas o ignora, pois confia cegamente em Bob.

Andando atrás dele, perto o bastante para tocar a ponta do cabelo preto e denso que recobre o colarinho, Gloria percebe que na realidade deseja fazer exatamente isto: tocar o cabelo dele, passar os dedos por aquelas mechas bonitas, pretas, raiadas de cinza. De imediato, empurra o impulso goela abaixo, dizendo a si mesma que é apenas curiosidade profissional, ossos do ofício de quem foi a vida toda empregada de um salão de beleza.

Por mais de vinte anos, era a principal colorista e cabeleireira no Salão Curl Up and Dye, na vasta metrópole de Portersville, Geórgia. Há muito tempo perdeu a conta de quantas cabeças tingiu, cuidou e aparou; mas, agora que o mundo pendurou sua placa de fechado e os membros da sociedade pós-praga deixaram o cabelo de lado, ela anseia por colocar as mãos numa tesoura.

Por outro lado, Gloria percebe que é melhor enfrentar o fato de seu interesse pela textura da cabeleira gordurosa de Bob Stookey ser mais que apenas memória muscular. Ela tem uma queda pelo homem. Só que, nesses tempos, ter uma queda por alguém pode levar a grandes problemas — pode partir seu coração ou, pior, garantir sua morte.

— OK... lá vamos nós — resmunga Bob meio passo à frente, e o barulho da voz provoca uma corrente fria pela coluna de Gloria. Ela observa a mão dele disparar para cima e depois, na luz das duas lanternas, repara no que ele vê.

— Puta merda! — A mulher para, olha fixamente e engole em seco ao registrar que o homem arriado na parede do túnel a uns 10 metros deles não tem o alto da cabeça. Também parece lhe faltar o maxilar inferior. Vestindo o sujo macacão padrão e a camisa de trabalho de um mineiro, com um borrifo arterial escuro visível pela parede do túnel acima dele, ainda segura a pistola de suicida na mão fria e morta a seu lado.

Ao se aproximarem, a luz da lanterna ilumina outros dois mineiros mortos. Um jaz a cerca de 7 metros do suicida, o outro está caído na parede oposta. Cada um destes homens tem um horrendo traumatismo por ferimento na cabeça, provocado por um tiro à queima-roupa. Bob se agacha ao lado do suicida com a autoridade tranquila e vivida de um detetive de homicídios experiente.

— Parece que este deu um fim à infelicidade dos outros, depois apagou a si mesmo.

Gloria para ao lado de um dos outros corpos e lança a luz da lanterna nos restos repulsivos. As larvas há muito se fartaram dos pobres cavalheiros e deixaram cascas ocas e cinzentas dentro da roupa de mineiro. A mulher estremece.

— Parece que isso aconteceu há algum tempo.

Bob olha em volta. Ao ver uma escada de ferro embutida na parede, dirige a luz ao topo, onde um enorme funil de terra escorre por uma abertura no estilo boca de lobo, bloqueando entradas ou saídas.

— Não sei dizer se ficaram presos aqui embaixo e depois se mataram quando perceberam que era uma causa perdida ou...

Ele se interrompe, como se visse a inutilidade de completar o raciocínio. Gloria olha o desmoronamento acima da escada.

— Ou se se isolaram aqui de propósito. — Ela olha a pistola, paralisada pela eternidade na mão do morto. — O surto aconteceu há cerca de um ano e meio... Não foi? Então, isto pode ter acontecido mais ou menos nessa época. — Gloria funga, as alergias se manifestando. — Acha que a arma ainda funciona?

Bob se aproxima e tira da mão do morto a arma calibre .38 exclusiva da polícia. Ele vê embalagens de chocolate velhas, desbotadas e cristalizadas no chão em volta do homem, assim como um lápis quebrado e chumaços de papel amassado na terra. Verificando o tambor, descobre que ainda restam três balas.

Gloria encontra uma pá encostada na parede ao lado dos outros dois homens.

— Isto pode vir a calhar — comenta ela.

— Deixe-me ver isso por um minuto.

Bob pega a pá e se aproxima da escada, sondando a parede de terra que desce do teto, cavando pela abertura. Grânulos de terra arenosa caem numa avalanche, o desmoronamento se deslocando acima dele.

— Para trás, Glo — diz ele, com um grunhido, golpeando a terra. — Parece que a umidade afrouxou tudo.

Um minuto depois, tendo aberto caminho aos grunhidos e resmungos por dezenas de centímetros de terra, o desmoronamento cede, e Bob sai do caminho quando a terra escorre pelo monte numa grande avalanche. O túnel se enche de poeira, uma névoa acre que impele Gloria contra a parede mais distante. Ela tem uma crise de tosse e segura a gola do moletom cor-de-rosa da Hello Kitty, cobrindo a boca e as narinas.

Quando a poeira escura finalmente assenta, os degraus ficam visíveis, levando à escuridão do outro lado do bueiro.

Bob olha para Gloria.

— Eu diria "Primeiro as damas", mas acho que devo ir na frente.

— Depois de você, Bob.

Ela gesticula para a escada, e o homem concorda com a cabeça. Ele saca a Glock, prende a lanterna no cinto e começa a subida.

Gloria vê a parte superior do corpo de Bob desaparecer no teto. Depois o segue, nenhum dos dois compreendendo ainda que a presença da pá indica não só que os mineiros eram capazes de sair, mas também que *queriam* ficar isolados...

Ou queriam isolar o que quer que estava na sala acima deles.

ONZE

Lilly e Tommy destroem outros três errantes no caminho para o pátio de manobras, parte da mesma ferrovia que atravessa Woodbury. O garoto assume a liderança, agarrado ao pé de cabra, e Lilly fica na retaguarda, andando de costas, disparando tiros controlados com o silenciador instalado: primeiro nos restos de um guarda-freio, depois em um antigo trabalhador da manutenção, por fim em outro maquinista morto. Eles passam apressadamente por caixas d'água, prédios da estação, depósitos, contêineres e vagões-plataforma enfileirados pelas docas de carga e cercados de postes de luz altos, escuros e sem energia. Lilly habilidosamente pula um trilho depois de outro, cada um deles irradiando-se pelo terreno pontilhado de mato, como os raios de uma gigantesca roda de carroça.

Dezoito meses de abandono transformaram o pátio em um pântano de água estagnada, insetos e ferrugem; há também trepadeiras e vernonias espalhadas por cada centímetro do lugar. Eles se aproximam da pequena construção de dois andares no canto nordeste da propriedade que dá para o trilho principal e o estacionamento. Lilly calcula que a estação abandonada de passageiros é a melhor aposta para encontrar suprimentos, então começa a procurar um jeito de entrar. As janelas altas estão bem trancadas e cobertas de tábuas, mas existem numerosas entradas, claustros e portas de serviço. Os dois chegam às docas de embarque, pulam na plataforma, correm para uma porta de garagem fechada e tentam abri-la, porém não conseguem. Em seguida, passam a uma porta de serviço sem placa e a encontram igualmente obstinada, endurecida nas dobradiças e nos ferrolhos enferrujados.

O alarme interno de Lilly dispara; não por sentir que há perigo dentro do prédio ou mesmo na vizinhança imediata, mas devido a um leve odor no vento que a deixa empertigada. A natureza intensa, preta e oleosa do cheiro indica enxames unindo-se a enxames que se unem a enxames. E a última coisa que quer é ficar presa nesse pátio de trens abandonado. Ela aponta uma das janelas cobertas.

— Tommy, tente arrancar um daqueles painéis.

O menino se aproxima da entrada em arco e bate os dentes do pé de cabra em uma fresta. Ouve-se o barulho de madeira rachando, sendo arrancada conforme Tommy Dupree dá tudo que tem na alavancagem. A janela solta um rangido e o pé de cabra força uma abertura estreita. Tommy empurra a ripa o suficiente para permitir — no limite — a passagem de um corpo humano. O menino entra primeiro, espremendo-se para dentro da estação. Lilly vai atrás, xingando-se por ter comido um segundo Pop-Tart de manhã.

Ela desce em um piso frio de taco, marcado de arranhões de couro de sapato e das rodas bambas de carrinhos de transporte, e olha o espaço imenso: os murais sujos de pichações, assim como o teto alto com claraboia, suas instalações um caos de morcegos, com as armações tomadas de teias de aranha e ninhos de passarinho. Lilly passa os olhos pelo lixo, os carrinhos virados e as malas, os escritórios saqueados atrás de portas de vidro quebradas, as caixas registradoras roubadas atrás das cabines, os balcões dos guichês tomados de embalagens de moedas e antigas passagens canceladas. O lugar já foi explorado. Seu coração se deprime. Nos sonhos, ela entra em locais assim e encontra cornucópias, arcas do tesouro, refeições fumegantes de rosbife e purê de batata com alho esperando por ela em porcelana requintada.

Lilly se vira para o menino e vai dizer alguma coisa quando ele grita:

— Olhe! — Tommy corre pelo chão tomado de lixo ao canto frontal da estação. — Tem todo tipo de coisas ali!

— Ah, meu Deus. — Lilly vê o alvo da empolgação do menino e se precipita até lá. Em seu prazer repentino, não sente o fedor que se forma no exterior do edifício, nem ouve o ruído revelador, ainda bem distante, como a estridência de cabos de força de alta tensão. — Nem acredito que isso ainda está intacto... Puta merda!

Assombrados, eles param por um momento junto da máquina automática. Seja porque daria trabalho demais a saqueadores anteriores ou por ter sido esquecida na correria para pegar todo o dinheiro do lugar, mas a máquina está intocada e tem pelo menos 2 metros de altura — um enorme distribuidor de lanches com o painel de vidro frontal íntegro e alavanca operada a moedas. Lilly vê Gatorade, refrigerante, suco, garrafas de água, chips de tortilha, pipoca, barras de chocolate, chiclete, pastilhas, alcaçuz, Fruit Roll-Ups e até cortadores de unha, lâminas de barbear descartáveis, escovas de dente, papa-bolinhas e travesseiros para viagem.

— Que lindo — exclama Tommy, como se descrevesse a Capela Sistina.

— Olhe, tem até pilhas. — O espanto na voz de Lilly é palpável; podia muito bem estar falando da fonte do Eldorado.

— E tortas de frutas Hostess... Pensei que tivessem parado de fabricar!

— Vamos procurar algo para carregar as coisas. Vem!

Eles dão uma busca pelo desastre que é a estação, olhando atrás de portas de armários, em vestíbulos, embaixo de balcões de passagens. Em um dos escritórios encontram uma grande bolsa de viagem cinza, amarrotada num canto com a marca "BRINKS", esvaziada há muito tempo por Deus sabe quem.

— Perfeito! — Lilly a pega, animada demais para registrar o aumento do fedor de errantes na mata vizinha. — Vamos usar o pé de cabra na máquina!

Os dois levam a bolsa de viagem à máquina automática e tentam forçar a abertura da porta de abastecimento que fica atrás, sem sorte alguma. A tranca permanece firme, a ponta bifurcada do pé de cabra apenas arranhando o aço. Por fim, Tommy fala:

— Vá para trás um minutinho.

Ele bate o pé de cabra no vidro da frente com a maior força que pode.

O vidro explode com um barulho áspero, os cacos caindo nas entranhas da máquina, alguns se derramando pelo chão, o que obriga Lilly a dar um salto para trás.

Eles correm para recolher todas as guloseimas dos escaninhos da máquina com a maior rapidez possível, enfiando tudo na bolsa. Tommy puxa parte dos produtos maiores com o pé de cabra. Latas de refrigerante rolam pelo chão, e sacos pequenos de pretzels e salgadinhos de cebola tombam, então o menino se ajoelha para pegar cada um deles, como se fossem pepitas de ouro em um regato. Quando terminam de reunir o conteúdo, correm para verificar os outros ambientes.

Em um escritório administrativo antigo e embolorado, encontram uma arca do tesouro em um armário: baterias de 9 volts, toner de tinta, papel, grampeadores, uma lente de aumento, lanternas, clipes de papel, latas lacradas de café, adoçante e leite em pó. Na prateleira de cima, Lilly encontra o Santo Graal.

— Bingo — exclama ela alegremente ao puxar para baixo duas antigas caixas cobertas de poeira, com a embalagem amassada de lâmpadas GE de 60 watts.

Eles embrulham cuidadosamente as lâmpadas em camadas de papel-toalha do banheiro masculino antes de as colocar na bolsa.

— Está ficando meio pesada — diz Lilly, tirando a bolsa do chão. Ela está distraída demais para ouvir os ruídos estridentes que aumentam do lado de fora, o zumbido de aproximação de uma centena de grunhidos deturpados. — Como é que vamos carregar essa porcaria?

— Use a alça — sugere Tommy.

— Tá, mas o problema é que...

— Olhe, é assim. — O menino pega a alça das mãos dela, então mete o corpo por baixo, erguendo a bolsa com um ombro. — Tá vendo? Moleza! — Ele começa a demonstrar como é fácil andar com ela quando, de súbito, o peso imenso verga seus joelhos e ele desaba no chão, batendo a bunda com força.

— É, entendi totalmente o que você quis dizer — comenta Lilly, impassível.

Tommy baixa a cabeça.

— Porra.

— Moleza — debocha Lilly, começando a rir, quando subitamente vira a cabeça para o lado como se ouvisse algo importante. — Espere um minuto... Porra. Porra, porra, porra.

— Que foi? — Tommy olha para ela. — Qual é o problema?

— Está sentindo esse cheiro?

— Não... *Que foi?*

Ela corre pelo ambiente, precipitando-se à janela que arrombaram para entrar.

— Merda, merda, merda, merda — resmunga Lilly ao espiar pela fresta nas tábuas. — *Puta* que pariu.

As figuras aparecem ao longe, saindo das árvores, da estrada e da campina, como uma maré alta em câmera lenta, rolando pelo terreno do pátio de manobras. Arrastando-se e esbarrando uns nos outros, soltando aquelas horríveis vocalizações ásperas que arrepiam os pelos da nuca de Lilly, o enxame praticamente cerca a propriedade — abelhas atraídas ao néctar da atividade humana, do cheiro humano, dos barulhos humanos.

— OK, nada de pânico. — Lilly volta-se para o salão e rói uma unha, pensando numa saída. Ela olha ao redor. Nada de porão; estão cercados de todos os lados.

Tommy capta a tensão nervosa, como se fosse um diapasão.

— É um enxame? — O garoto olha pela janela. — Caralho. — Tommy se vira para ela. — Porra.

— Tá legal, vamos nos acalmar e cuidado com o linguajar.

— Sério?

— Me deixe pensar, não estou raciocinando direito. — O odor se intensifica, como se, de repente, as fundações fossem um necrotério apodrecido e supurado. O barulho lá fora se eleva, tal uma turbina que ronca, gira, roda cada vez mais alto.

— Talvez a gente possa ficar aqui dentro. — Tommy observa de novo pela fresta na janela. — Talvez a gente possa esperar que eles saiam. Talvez sigam em frente.

— Tem muito talvez nessa história. — Lilly anda de um lado a outro, faz um arco de 180 graus, corre os olhos pelas paredes, examina dentro das salas quebradas, pensando, em pânico. — Acho que não podemos ficar aqui.

— Por que não?

Ela o olha, engolindo em seco.

— Porque acho que podem sentir nosso cheiro.

Tommy olha de novo pela janela, então vê algo importante e aponta.

— Calma! — pede ele, agora aos sussurros, com medo de ser ouvido pela linha de frente da horda que se aproxima do prédio. — Peraí!

— Que foi?

Ele se vira, fitando-a com gravidade.

— Acho que sei como a gente pode fugir.

Por um bom tempo, Bob e Gloria olham num silêncio assombrado o estranho interior da plataforma da Companhia de Mineração Haddonfield, agora iluminada na luz ambiente verde e suave do dia. Ao que parece, o lugar está enterrado na encosta de um morro, e o que antigamente era um labirinto de baias, depósitos e mesas de trabalho — cuja totalidade abrange o espaço de um hangar de avião — foi reduzido a um ninho surreal de trepadeiras, raízes e decomposição musgosa. Parece que todas as superfícies estiveram debaixo de uma tempestade de mofo e poeira. Todas as janelas de caixilho elevadas foram quebradas, por intempéries ou errantes, e as raízes de antigos pinheiros esgueiram-se pelas aberturas, espalhando-se como tentáculos pelas paredes e pelo chão. Um tapete de musgo e líquen verde-muco recobre tudo — mesas, armários, vagonetes, ferramentas, tanques de combustível, pás e escavadeiras —, além disso, o cheiro de húmus e terra sufoca o ar. Um vento frio ondula pelo lugar, lançando folhas pelo chão.

— Parece o interior de uma casa de elfo — observa Gloria, sacando a Glock e cautelosamente atravessando o piso esponjoso.

— Cuidado com essas portas. — Bob tem sua .357 na mão e anda com cuidado para uma das saídas. Muitas arcadas estão escancaradas, com as portas penduradas das antigas dobradiças. Ele não gosta do cheiro que vem da entrada mais distante, nem do barulho que se eleva sob a brisa circulante. O homem se aproxima da porta aberta.

Das profundezas de um vestíbulo verde e musgoso, surge uma sombra e o triturar de cordas vocais apodrecidas. Bob levanta o revólver. Um único errante aparece pelo canto, a 10 metros. A criatura arrasta-se em pernas emaciadas e ossudas, o rosto tão esquelético e a roupa de mineiro tão gasta e podre que emprestam a ele uma aparência mumificada. A atmosfera embolorada do subterrâneo cobrou seu tributo à coisa. Seus olhos — ou o que resta deles — brilham em órbitas fundas e ocas. Os dentes pingam uma baba preta enquanto o morto se aproxima.

Bob aponta o revólver, disparando um único tiro — o barulho alto como de uma explosão de morteiro no espaço fechado, o que assusta Gloria —, e o impacto da bala de ponta oca revestida de metal arranca o topo da cabeça da criatura. Os fluidos densos de massa encefálica e sangue derramam-se pela borda do crânio aberto conforme a coisa desaba em seu próprio rastro.

— Gloria — cochicha Bob calmamente, afastando-se da arcada ao ouvir outros barulhos. — Temos de dar o fora dessa merda agora.

Do outro lado do ambiente, a mulher está agachada perto de uma fila de armários.

— Entendo, mas acho que devemos pegar umas coisas primeiro... Este lugar é uma mina de ouro.

— Mina de carvão. — Bob a corrige, guardando o revólver no coldre, recuando de costas até ela e olhando fixamente as sombras que surgem do outro lado da porta mais distante, aproximando-se cada vez mais, enchendo o ar com o fedor de fezes antigas e carne cheia de vermes. Ao que parece, toda a mineradora — os mecânicos, o pessoal administrativo, a maioria dos executivos de nível médio — foi transformada e se viu presa nesse terrário de pesadelo. Talvez tenham procurado refúgio aqui logo depois do surto... Talvez tenham voltado para cá depois de morrer. Independentemente de qualquer coisa, nesse momento todos andam pelo corredor quente e cor de cocô de bebê, e evidentemente estão famintos. — Pegue o que quiser, Glo, mas vamos correr logo daqui.

Ela respira com dificuldade enquanto tira de baixo de um armário uma lata de combustível cheia de diesel.

— Olhe só toda esta merda, Bob!

— Droga, Gloria... Não temos tempo! — Ele ouve o coro de grunhidos serosos de dentro do vestíbulo. Então se precipita e bate a porta quebrada no batente, com o fedor de errantes praticamente o asfixiando. Em seguida, puxa uma cadeira para a porta enferrujada e a escora embaixo da maçaneta. — Ande, pegue as coisas e vamos embora!

Gloria enfia na mochila bananas de dinamite, um kit de primeiros socorros, graxa, picaretas e serras, fita adesiva, um maçarico de acetileno, capacetes de mineiro com lanternas, alicates de todos os tamanhos, rolos de corda, carretéis de estopins de segurança e frascos de álcool, deixando para trás cilindros de oxigênio, botas velhas, ganchos e equipamentos variados de mineiros, que não consegue identificar. Enquanto isso, Bob apressadamente empurra uma escada pelo piso desfeito na direção das janelas elevadas.

A porta do outro lado da sala chocalha com a pressão de errantes querendo entrar, e Bob posiciona a escada embaixo do caixilho arrebentado.

— Ande, Glo! Não estou brincando! AGORA!

Ele sobe a escada enquanto Gloria carrega a mochila pelo ambiente. Ela começa a subir, com Bob segurando sua mão e a puxando, quando a porta do canto se abre numa explosão e uma legião de mortos reanimados inunda a sala.

Duas das criaturas são mulheres, os rostos um couro ressecado, os olhos parecendo vagens de serralha. Alguns ainda estão com camisas de manga curta e gravatas de funcionários de escritório — provavelmente antigos empregados da Haddonfield —, as vestimentas encharcadas de bile e sangue velho. Eles chegam num clamor, rangendo os dentes pela sala, os olhos de boneco procurando movimento e carne humana.

— Merda... Merda... MERDA! — Gloria sobe com garra a escada atrás de Bob, que já está socando o que resta da vidraça quebrada acima dele. O homem estende a mão para tentar puxá-la quando o errante mais próximo — uma antiga secretária, com os óculos de leitura ainda pendurados em uma corrente no pescoço mumificado —alcança o pé da escada e investe para as pernas de Gloria.

— GLO! CUIDADO!

Na metade da escada, Gloria sente uma pressão estranha na bota esquerda e olha para baixo no exato momento em que a errante ataca seu tornozelo, os dentes viscosos batendo a centímetros da carne exposta acima do alto da bota. Ela solta um grito distorcido e chuta sem parar, acertando a bota direita na cara afundada da secretária morta.

Os ossos delicados acima dos olhos da morta começam a rachar conforme Gloria chuta insistentemente, até que a criatura a solta e o sangue borbulha pelas narinas, pela boca e pelos ouvidos. Em seguida, Gloria desfere um último chute bem forte em sua testa, o crânio finalmente afunda, e a mulher escorrega da base da escada, caindo no chão com um baque molhado.

— Segure minha mão! — Bob a puxa pelo resto da subida enquanto outros errantes alcançam a base da escada. Ele passa pelo buraco na janela, depois a ergue pelo peitoril e pela abertura irregular. Cacos de vidro rasgam as roupas e a pele da mulher. Sua mochila abarrotada quase fica empacada, mas Gloria por fim passa se contorcendo e cai em uma ponta de terra rochosa abaixo da janela.

A brisa com aroma de pinho e o dia nublado acalmam Gloria, permitindo-a respirar. Ela se deita numa posição semifetal em uma clareira tomada de flocos de choupo. A cabeça gira da adrenalina excessiva quando se coloca de costas. Parece que esteve no subterrâneo por um ano. A mulher olha o céu.

Bob chuta a escada do peitoril, fazendo-a cair na sala em cima de errantes vorazes. Gloria olha a copa das árvores e recupera o fôlego. Então Bob ajoelha-se ao lado dela.

— Você está bem, garota? Fale comigo.

— Estou bem — responde ela, olhando pelo dossel de carvalhos antigos, imensos e retorcidos. Uma camada fina de névoa gruda-se ao alto dos galhos e troncos, conferindo à floresta uma aparência primitiva.

— Tem certeza? — Bob paira sobre ela, demonstrando preocupação.

— Absoluta. — Embora a cabeça ainda esteja girando, Gloria consegue se sentar, com o peso da mochila arrastando seus ombros. — Essa foi por pouco, não foi?

— Por muito pouco. — Bob toca o rosto dela. — Tem certeza de que está bem?

Ela respira fundo.

— Tenho. Tudo certo. Vamos sair daqui.

Ele a ajuda a se levantar e olha ao redor. A mata está bem silenciosa. Há uma estrada visível através das árvores, talvez a uns 100 metros subindo o morro, uma faixa escura e preta cortando a floresta. Bob olha novamente para Gloria.

— Consegue andar?

Ela assente.

— Com certeza.

Eles tinham acabado de partir para a beira da clareira quando Gloria sente uma pontada de dor no quadril, então cambaleia e Bob a segura.

— Epa, calminha aí.

— Estou bem, só preciso descansar por um segundo. — A mulher tira a mochila, deixa-a cair, então desce ao chão. Bob se ajoelha a sua frente, e ela o olha. — Sente-se, Bob, está me deixando nervosa.

— Desculpe. — Ele se senta a seu lado em uma almofada macia de antigas agulhas de pinheiros. — Você é uma mão na roda, Glo. Nem acredito que pegou toda aquela merda.

Ela sorri, tira a viseira e passa os dedos pelo cabelo.

— Não resisti... Nunca se sabe quando se vai precisar de uma boa banana de dinamite para animar as coisas no próximo churrasco.

— Infelizmente... Tem razão.

— Obrigada por me tirar dali inteira. — Ela se curva e lhe dá um beijo no rosto. — Eu não teria conseguido sem você.

— Imagine. — Ele abre um sorriso, e Gloria pode ver algo cintilando em seus olhos escuros, algo profundo cruzando o rosto muito vincado. — Hoje em dia, a gente precisa ficar de olho um no outro.

— Hmmm... Acho que vi você de olho em mim outro dia — comenta a mulher, com um sorriso malicioso.

— Me pegou. — Bob dá uma piscadela. — Eu confesso. — Ele tira o cantil da mochila e oferece a ela. — Quer molhar o bico?

— Ah, aceito, sim. — Ela toma um bom gole e o devolve, observando enquanto Bob bebe também. — Sei que esta é única coisa que você bebe ultimamente.

Ele concorda com a cabeça.

— É, bem, isto ou talvez uma garrafa de Coca se eu estiver me sentindo festivo.

— Estou orgulhosa de você, Bob.

— Olhe, qualquer um pode parar... É *continuar* sem beber que distingue os homens dos bêbados.

— Acho que você chegou lá, Bob. Você conseguiu.

Eles se olham nos olhos por um momento. Gloria fica imóvel. Então Bob estende a mão, tocando o cabelo dela, e ela pega a mão dele. Ambos se curvam e se beijam.

O beijo continua por um bom tempo, a paixão se acendendo nos dois, o calor aumentando, tanto que nenhum deles ouve o borbulhar baixo e distante de um motor de alta potência, o guincho de freios, nem o barulho de duas portas de carro se abrindo.

— Juro sobre a sepultura de minha mãe que vi duas pessoas saindo daquele prédio detonado ali.

Norma Sutters está de pé na frente de uma moita de prado e uma densa folhagem, olhando o teto do entreposto da mineradora. Seu vestido-macacão balança ao vento, o colo abundante brilhando de suor. Ela estreita os olhos para enxergar melhor e estica o pescoço, mas é inútil. O resto da floresta está encoberto nas sombras e na névoa vaporosa de choupo e poeira, tornando quase impossível discernir qualquer movimento atrás das árvores.

— Não estou imaginando, Miles, estou falando que vi... Um homem e uma mulher.

— Você acha que eram eles, os caras do túnel? — O jovem ladrão de carros está atrás dela, mexendo nas lentes de um binóculo barato. O Dodge está parado ali, com as portas abertas.

— Eu não sei.

Miles olha pelo binóculo.

— Peraí... Peraí... Acho que estou vendo alguém!

— Me dê isso aqui, filhinho. — Norma arranca o objeto das mãos do jovem.

A mulher observa, percorrendo a mata em torno da sede da mineradora.

Por fim, vê o casal imerso na sombra, sentado no chão, na parte mais escura dos pinheiros. Norma ajeita o foco, então olha pelas lentes e solta um leve muxoxo.

— Ora, ora... Parece que esses dois não estão muito preocupados com ataques.

Bob baixa Gloria gentilmente no chão, a boca ainda presa à dela.

Seus sentidos se enchem do cheiro da mulher — hortelã Wrigley's, sabonete, suor e almíscar —, e a mente se esvazia. O som desaparece, o tempo para. Ele não pensa em Megan, sua única paixãozinha pós-praga, uma relação que acabou numa farsa de trepadas piedosas e morte. Não pensa em sua impotência, que o atormenta desde que foi ferido em uma explosão de morteiro no Kuwait, na primeira Guerra do Golfo. Não pensa naquelas vagas recordações de poluções noturnas de um adolescente com tesão em Slidell, Louisiana, frequentando um bar para homens chamado Bottoms Up. Ele não pensa em nenhuma obsessão neurótica, medo ou insegurança. Pensa apenas em um mar calmo, um enorme vazio na mente, que, de súbito, é preenchido pela essência de Gloria Pyne: a ponta terna dos dedos em seu pescoço, seus lábios, os olhos verdes acinzentados, o hálito em seu rosto. A praga desapareceu, e o universo agora é infinito entre os seios de Gloria Pyne.

Bob enterra a face no colo dela e inspira a fragrância, sentindo-se flutuar. Gloria solta um leve gemido. Então abre as pernas, empurrando-se contra ele, e os dois voltam o rosto um para o outro.

Algo os detém. Bob se afasta, pegando o rosto de Gloria nas mãos em concha.

Ela o olha.

— Que foi? Qual é o problema? Eu fiz alguma coisa...?

Bob sabe que tem algo errado e a encara fixamente.

— Você está quente.

— O quê?

Bob coloca o dorso da mão na testa de Gloria.

— Está pegando fogo.

Ela pisca, engole em seco e olha para ele.

— É, *pensei* que fosse...

— Ah, não. Não. Não. — Bob apalpa o braço de Gloria, as mãos, os dedos. Depois olha a cintura, percorre as pernas e fica petrificado quando vê o tornozelo. — Ah, meu Deus, não, não, *merda*!

Agora ela vê também: pouco acima do alto da bota, onde uma área de 4 centímetros de pele está exposta abaixo da bainha das calças Capri, uma mordiscada do tamanho de um grão de milho, uma marca ensanguentada de dente — provavelmente da antiga secretária que a atacou na escada.

Bob ouve um barulho nas árvores ao norte e, por instinto, saca o revólver, colocando-se de pé. Ele aponta a arma para o som.

* * *

Norma Sutters grita para eles:

— Com licença! Olá!?! Pessoal?!

Com o corpo roliço metido entre duas árvores 15 metros acima do prédio da mineradora, ela invoca o máximo de deferência e humildade que consegue.

— Desculpe interromper! Não estou armada! Não queremos fazer mal algum!

Ela agita as mãos no alto da cabeça, num gesto de amizade, parecendo uma controladora de tráfego aéreo na pista de um aeroporto, balançando a face interna dos braços.

— Tenho uma pergunta pra vocês! Por acaso a moça se chama *Lilly*? Estamos procurando uma garota de nome *Lilly Caul*!

DOZE

A janela da casa da estação se abre na explosão, duas partes de tábuas soltas voando pelo espaço devido ao impacto do ombro de Lilly. Tommy Dupree aparece na abertura e pula o peitoril, saltando pelo ar e caindo desajeitado na terra compactada do lado de fora da construção, chocalhando 25 quilos de produtos da máquina automática nas costas. Lilly vem em seguida, espremendo-se pela abertura e saltando do peitoril enquanto segura a Ruger com as duas mãos, batendo duro no chão e de imediato assumindo a postura militar israelense que Bob lhe ensinou; com os pés bem plantados no chão, consegue manter o equilíbrio muito bem, considerando que tem o equivalente a um guarda-roupa amarrado nas costas e um recipiente de 75 litros de combustível preso na cintura.

O ar está pesado com o fedor de morte pútrida e vibra com as vocalizações coletivas de trezentos ou quatrocentos errantes. Tommy não hesita, não estremece nem mesmo interrompe as passadas ao partir diretamente para o ramo principal da ferrovia, apesar de o pátio de manobras estar praticamente lotado de errantes, magotes bloqueando o caminho para os trilhos do meio. Agarrado ao pé de cabra com uma pressão de deixar brancos os nós dos dedos, soltando um grito de guerra distorcido, ele baixa a cabeça como um pequeno zagueiro de futebol americano e corre pelos trilhos. Ao esbarrar numa coluna de três, faz voar para trás dois adultos homens e uma adolescente, que cambaleiam nos calcanhares, giram estupidamente os braços emaciados e derrubam outros.

A linha mais próxima de errantes — com cerca de vinte ou trinta — volta a atenção aparentemente inebriada para o tumulto, fixando os olhos de tubarão em Tommy. Os enxames se movem com o comportamento de uma colmeia: os anéis mais externos dos mortos ainda sem saber dos humanos no centro, embora os anéis internos comecem a reagir quimicamente, virando-se, vendo a presa, arrastando lentamente os pés pesados para os corpos quentes que respiram.

Se solicitado a descrever o comportamento físico de um errante, a primeira coisa a passar pela cabeça de alguém mediano pode ser uma vítima de derrame; embora seja uma vítima de derrame *furiosa, faminta, feroz e canibal*. Só que um enxame passa uma impressão diferente. Quando os mortos-vivos se agrupam — e, às vezes, crescem a um número que seria considerado uma *manada* —, representam perigos e catástrofes quase bíblicas. Aglutinam-se em um tsunami de ameaça que vibra as mais profundas cordas do terror genético e primitivo em uma pessoa. São uma força inexorável da natureza.

Lilly Caul sente o medo começando a trabalhar seu câncer nos ossos ao seguir o menino para o trilho central. A vertigem ameaça reduzir o ritmo, fazê-la cambalear, roubar a respiração e talvez arrastá-la para um desmaio mortal, mas ela mantém o olhar fixo em Tommy Dupree.

O menino investe à frente, batendo em errante após errante, gritando, chutando, desferindo golpes, empurrando um contra o outro no último instante possível para não ser agarrado, mordido ou cortado pelo triturar de incontáveis dentes. Ele enterra o pé de cabra no crânio de uma velha esfarrapada, de cabelo branco fino e musgoso, e o arranca com um berro agudo semelhante ao latido histérico de uma hiena. Então golpeia loucamente com o pé de cabra outra multidão que arremete da esquerda.

Lilly anda bem atrás dele, a Ruger firme nas mãos em concha. Ela solta alguns disparos, atirando em cabeças dos dois lados do menino, derrubando um corpo depois de outro no chão, em monturos amarfanhados e úmidos. Seu coração dispara, e a visão se tolda a cada passada trepidante enquanto atravessa a terra rochosa a passos pesados.

Tommy alcança a área de manobra, cruza as pistas externas e sobe em um vagão-plataforma isolado no meio dos trilhos. Lilly chega um segundo depois e precisa atirar em outros três errantes, cada um deles velho, cinzento, desidratado e cadavérico — pela aparência, antigos agricultores com roupas de trabalho em farrapos. Os disparos provocam voos de nacos de crânios envelhecidos em meio à névoa de massa cor-de-rosa reluzente ao sol; os mortos desabam no chão, retornando a uma imobilidade que já deveria tê-los reclamado há tempos.

No vagão, Tommy já tirou a mochila dos ombros e pegou um dos gigantescos galhos de árvore.

Atrás dele, Lilly sobe na traseira do transportador e desliza a carga para o chão, baixando a imensa bolsa de viagem e o galão de combustível nas tábuas apodrecidas. O vagão-plataforma se balança um pouco enquanto Tommy escolhe um dos maiores galhos, segurando-o e firmando-o no chão ao lado do vagão. Ele olha por sobre o ombro.

— QUANDO EU DER O SINAL... *EMPURRE*! — grita Lilly da traseira, conforme também pega um dos galhos e o segura como um remo em um barco.

A essa altura, a manada se deslocou, atraída ao tumulto no vagão. Muitos tropeçam desajeitados por trilhos de ferro e mato ondulados, aproximando-se do vagão central, com as mãos em garra arranhando o ar, os lábios escurecidos e gelatinosos como vermes rastejando em torno de dentes em decomposição.

— Vamos logo! — grita Tommy, batendo o galho de árvore à medida que um dos primeiros errantes alcança o vagão e tenta agarrar as pernas de sua calça.

— JUNTOS... *EMPURRE*! — Lilly impele com o galho com a maior força de que é capaz, enquanto Tommy faz o mesmo na frente do vagão.

No início, o vagão-plataforma mal se mexe. As rodas, atoladas no mato, rasgam lentamente o emaranhado de capim, guinchando alto. Lilly coloca toda sua força no galho, empurrando com tudo. Então sente o vagão se soltando das trepadeiras e da vegetação conforme as rodas de aço começam a girar nos trilhos.

Chegam outros errantes, num clamor para alcançar o vagão.

Tommy desce a bota em uma mulher baixa, despedaçando seu crânio ao afastar o vagão dela. O corpo diminuto desaba embaixo do transportador, e as rodas traseiras cortam suas pernas em duas. O vagão-plataforma ganha velocidade. Agora Lilly se vê usando o galho como se remasse; empurra e levanta, empurra e levanta, fazendo o carro rolar cada vez mais rápido pelo trilho principal. Perto da frente, Tommy também finca o galho furiosamente no chão, até que acontece algo inesperado.

— Estamos descendo uma ladeira! — berra Lilly de trás, agora com o vento no cabelo, e o vagão vibrando loucamente ao ganhar velocidade no declive. Ela larga o galho. Tommy também deixa seu galho cair e se abaixa, firmando-se com a mão em um grampo de ferro.

O trilho faz uma curva suave para a direita. Alguns errantes pelas beiras da ferrovia cambaleiam para o caminho do vagão e são triturados. As rodas atropelam a carne apodrecida. Tommy grita quando um braço decepado cai no piso do vagão, espirrando um rastro de sangue parasita.

O vagão-plataforma segue cada vez mais veloz. A mata dos dois lados passa por eles como um borrão. Lilly imagina que já estão viajando a 50 ou 60 quilômetros por hora. As rodas tamborilam nos trilhos, uma batida sincopada, o andamento se acelerando. Tommy começa a rir, depois o riso cresce a uma gargalhada insana, em seguida a gargalhada insana transforma-se num grito de triunfo:

— TENTEM PEGAR A GENTE AGORA, SEUS ESCROTOS! VÃO À MERDA!! SEUS SACOS DE PUS!! LESMAS!!

Lilly olha por sobre o ombro e vê a manada recuando na distância. De forma simples assim. Eles se livraram da praga de gafanhotos.

Ela se vira e vê o vagão descendo a ladeira suave, então ao mesmo tempo, não vê graça alguma na situação deles. Não vê nenhum motivo para comemorar.

Eles estão em um vagão em disparada, sem nada que os detenha.

— Fique parada! Por favor, Glo! Esse é o único jeito! — Bob Stookey está agachado no claustrofóbico banco traseiro do Dodge Challenger enquanto o carro corre a mais de 100 por hora na pista da autoestrada 19, rumo ao norte. Sua mochila está aberta entre as pernas, os instrumentos cirúrgicos improvisados em um velho jornal em cima do tapete diante dele. Gloria está deitada de costas, os ombros encostados na porta e as pernas abertas no colo de Bob.

— Não sei não, Bob... — Ela agarra o braço dele, contorcendo--se, inebriada de pavor. — Não sei... Não sei... Não sei se dá! — Gloria cobre o rosto com as mãos, as lágrimas escorrendo por entre os dedos. Parece que está rindo. A viseira ficou frouxa, então caiu no chão, e o cabelo tingido e grisalho está colado de suor. Ela arqueja. — Não sei não sei não sei não sei não sei...

— Tudo bem, querida, olhe para mim. — Bob vira gentilmente e aninha o rosto dela nas mãos. — Você precisa tentar respirar e ficar o mais calma possível. Só temos alguns minutos... E não há alternativa. Será muito mais fácil se você se acalmar ao máximo. — Ele acaricia seu cabelo. — Olhe para mim. Gloria. É o velho Bob. Pode confiar em mim. Você vai conseguir e vai viver mais que todos nós. Agora, querida, quero ouvir você dizer isso.

— Como é?! Quer que eu faça o quê?!

— Quero ouvir você dizer que vai viver mais que todos nós. Vamos, fale! — Ele encontra uma pequena garrafa plástica entre as pernas, espreme antisséptico nas mãos grandes e nodosas, depois esfrega. Em cima do jornal entre seus pés estão muitos dos objetos que encontraram no escritório da mineradora, inclusive o maçarico de acetileno, o álcool, o kit de primeiros socorros, a lata de graxa e a serra. Ele a olha. — Ande, Gloria, fale.

— Valeu a tentativa, Bob. — Ela solta uma risadinha seca e mordaz. Parece embriagada, tonta de medo. — Valeu a tentativa, porra.

— Ei! — Bob deixa cair a garrafa para segurar a mulher pelos ombros, sacudindo um pouco e falando rispidamente: — Quem é o médico aqui? Três passagens e uma dispensa com honras no Iraque! Talvez eu não possa fazer um suflê crescer, mas, quando se trata de cirurgia emergencial de campo, sou uma Florence Nightingale! Então, faça o que eu digo e repita comigo, "*Eu*"! Diga! "*Eu*"!

Ela engole em seco, então olha para ele, os olhos grogues e desorientados.

— *Eu...*

— *"Eu vou viver mais que todos vocês!"*

A voz de Gloria falha, desfazendo-se em um meio soluço.

— Eu vou... viver mais que todos vocês.

— Tem toda razão! E quando você tem razão, tem toda razão. Então agora vou...

Uma voz da frente o interrompe.

— Senhor? — O jovem ladrão ao volante se intromete, gritando para superar o ronco do motor de 7 litros. — Posso fazer uma sugestão?

— Faça rápido! — Bob abre o cinto e rapidamente o solta das presilhas da calça. — Vou precisar de toda a ajuda do mundo em um segundo.

— Senhor, não estou querendo te dizer o que fazer. — Nervoso, o jovem olha a ação pelo retrovisor, fazendo isso enquanto costura pelos destroços, uma manobra que faria a maioria dos motoristas sair da estrada e cair numa vala. — Mas tem uma parada de estrada aqui perto onde podemos encostar, e talvez você possa fazer isso em uma mesa de piquenique ou dentro do abrigo.

— Não há tempo para isso! — Bob agarra com força a perna de Gloria e a mantém parada, segurando-a cerca de 5 centímetros acima do ferimento. A marca de mordida já ficou arroxeada, criando um anel vermelho em torno do pequeno corte. Segundo a experiência de Bob — em particular quando se trata de trauma por tiro no campo de batalha —, a sepse pode se espalhar em minutos. Pode levar a pressão sanguínea às alturas, provocar choque e o colapso dos órgãos como o piscar das luzes de rua numa tempestade.

Infelizmente, ele não tem padrão de referência segundo o qual triangular a relação entre uma vida de experiência com infecções e trauma, e o tempo que uma pessoa mordida leva para sucumbir definitivamente.

— Apenas continue para o norte na 19 o mais rápido que puder sem virar essa coisa — ordena ele ao jovem motorista. — Fique de olho na Hannahs Mill, é ali que você vira a oeste para a Jeff Davis Road!

— Mas se...?

— Só mantenha o curso! — A voz de Bob é tensa como uma corda de piano. Ele apalpa a perna de Gloria, sentindo os tendões abaixo do joelho e procurando pela pulsação da artéria fibular. — Preciso levá-la o quanto antes para a enfermaria que montamos no túnel... Há um limite para o que posso fazer aqui fora!

A mulher no banco do carona se vira, posicionando os olhos calmos e simpáticos em Bob.

— Quer dar a ela o resto dessa birita? "Bob", né?

— Sim, senhora, é isso mesmo. Claro. Seria ótimo. — Bob concorda com a cabeça e começa a passar o cinto pela perna de Gloria, criando um torniquete de campo da melhor forma que pode. Ele guia a ponta pela fivela e puxa com força para trás, interrompendo a circulação de sangue ao local, fazendo Gloria gemer baixinho, resmungando algo que ninguém ouve. Cinco minutos antes, eles lhe deram um quarto de litro da bebida vagabunda que Norma Sutters tinha na bolsa, com dois comprimidos de Seconal que Miles Littleton mantinha no porta-luvas. Agora o narcótico e a bebida começam a amortecer os terminais nervosos de Gloria.

— Olhe aí. — Norma se curva para a frente e abre o porta-luvas. Vasculhando o conteúdo, pega dois objetos pequenos, vira-se e estende o frasco de comprimidos e a garrafa de bebida pela metade, como se fossem ofertas de paz entre dois anciãos tribais. — Se ela tomar mais dois comprimidos com o resto da bebida... Ah, meu Deus, nem vai se lembrar em que ano estamos.

Bob faz outro gesto tenso com a cabeça.

— OK, tudo bem, ótimo... Vamos fazer descer pela goela rápido.

Eles dão o narcótico e a bebida a Gloria, que tosse e engasga, mas por fim engole tudo. Ela arrota e soluça, então solta um choro angustiado e consegue falar:

— Nunca pensei que fosse fazer uma farra com Bob Stookey assim. — Ela ri. Na verdade, é mais um grunhido dolorido que um riso, e sai num suspiro sem fôlego, incitado pelo narcótico, febril e cheio de ironia mórbida. — Farraaaaa! — Gloria ri sem parar, e o riso se deteriora em resmungos desarticulados que logo cessam.

Bob posiciona uma toalha abaixo do pé dela e pega o arco de serra.

— Quer dançar, Sr. Stookey? — Agora as palavras da mulher saem arrastadas. — Você vem sempre aqui? — Mais risos. — Não te conheço de algum lugar...

Bob serra a carne de seu tornozelo.

— PREPARE-SE PARA PULAR!

A voz de Lilly, mal podendo ser ouvida no vento, alcança os ouvidos de Tommy Dupree um instante antes de ele ver a curva nos trilhos a cerca de 200 metros. O menino se estende no chão, de bruços, agarrado a uma alavanca de ferro instalada na lateral do vagão, os olhos semicerrados contra as rajadas de vento, enquanto o trem mergulha para a curva acentuada; o barulho das rodas aumentando, a estrutura começando a estremecer. Ele vê Lilly Caul a 3 metros, também de bruços, segurando-se no aparato de ferro da frente do vagão.

Tommy percebe que Lilly tem toda razão: eles vão voar dos trilhos assim que chegarem àquela curva... e será melhor dar o fora, e rápido. O garoto consegue se erguer sem perder a mochila pesada ou ser varrido da beira do trem. Então agacha-se com as pernas finas cravadas, tensionadas e prontas para disparar. Sua cara arde com o vento, obrigando-o a estreitar os olhos.

— NO TRÊS!

Na frente do vagão-plataforma, Lilly também se coloca agachada e se prepara para saltar do transportador em disparada. Por um segundo louco, agachado no vento, com o cérebro crepitando de pânico, Tommy pensa nos desenhos animados das manhãs de sábado. Lembra-se do Papa-Léguas que, de vez em quando, caía de um penhasco, às vezes em cima de rochedo ou de uma tora, e executava no último segundo possível (enquanto o rochedo estava prestes a bater na terra) um gracioso *jeté*, fugindo da pedra no momento perfeito a fim de aterrissar a salvo ao lado da enorme cratera formada pelo impacto. Será que o que estão prestes a tentar é tão fisicamente impossível? Será que a aposta louca de Lilly é igualmente contrária às leis básicas da física?

— UM!

A curva no trilho se aproxima cada vez mais, agora a 100 metros. Tommy baixa o centro de gravidade e se prepara para dar o salto estilo Papa-Léguas. Postes de refletores e troncos de árvores passam bruxuleando, como se estivessem se aproximando na velocidade da luz.

— DOIS!

Tommy agarra a alavanca de ferro ao lado com tanta força que as vibrações percorrem os tendões e dão um choque em seu cotovelo, lançando raios de corrente elétrica pelo corpo. Ele prende a respiração e se concentra na figura borrada de Lilly, de costas para ele, na frente do vagão. O menino se endireita, prepara-se, diz a si mesmo que está pronto para arrebentar. A visão de Lilly Caul — a 3 metros, os ombros tensos e recurvados para frente, as pernas vergadas, os joelhos apontados para fora como um apanhador de beisebol — enche Tommy Dupree de uma injeção súbita e inesperada de coragem.

Parafraseando seu falecido pai, Tommy seguiria essa mulher para o vale da sombra e da morte.

— TRÊS!

O grito penetrante de Lilly provoca um novo raio de eletricidade pelo corpo do garoto conforme ele pula.

Com os braços e as pernas agitadas, Tommy voa pelo espaço, então pelo mais breve dos momentos, toda a extensão do enorme conglomerado de madeira, ferro e metal abaixo dele parece mergulhar para longe, como se a terra subitamente se afastasse ou talvez se abrisse para engolir o vagão em sua boca sem fundo.

Ele cai com força sobre o ombro e rola, rasgando a mochila e derramando o conteúdo de tortilhas, pastilhas, cortadores de unha, lâminas descartáveis de barbear, escovas de dente, papa-bolinhas e travesseiros de viagem por um trecho de 2 mil metros quadrados de turfa. A dor o espanca, uma marreta na base das costas. Ele para num ângulo desajeitado contra o tronco de um carvalho. O impacto arranca o ar de seus pulmões, acendendo fogos de artifício na linha de visão. Ofegante e tentando se sentar, ele vê Lilly parando a seu lado, o peso da própria bolsa imensa caindo por cima e fazendo-a soltar um grunhido agoniado de dor. Um baque tremendo chocalha o chão, seguido por um guincho metálico, depois o silêncio.

Algo subitamente bloqueia o sol, algo enorme no céu, que arranca a atenção de Tommy para o firmamento bem acima da copa das árvores. Todo o vagão-plataforma de 20 metros saiu voando e girando lentamente no ar por um breve momento, descrevendo um arco por uma clareira adjacente — criando uma visão surreal digna de uma tela de Magritte, uma locomotiva numa lareira — até cair na relva após a curva.

A terra treme.

Tommy solta um suspiro — parte choque, parte alívio — enquanto vê o enorme vagão rolar mais uns 30 metros e parar estremecendo, soltando vários eixos e peças de roda, jazendo no mato alto logo atrás. O ar se enche de uma nuvem de poeira, que cresce sobre o local do acidente e rapidamente se dissipa na brisa. O menino baixa a cabeça e solta outro suspiro de alívio. A 10 metros dele, Lilly já está de pé.

— Você está bem, cara? — pergunta ela, mancando em sua direção.

— Acho que sim. — Tommy se escora e se levanta. A vertigem o faz rodar por um momento. — Isso foi... É.

Ela o examina, procurando ferimentos.

— Parece que você está praticamente incólume.

— Do que você tá falando? Tô totalmente podre. Isso foi bizarro.

Ela consegue soltar um riso morno.

— É. Totalmente. Mas foi melhor que a alternativa ali.

Eles ouvem um barulho. Talvez um galho se quebrando em algum lugar atrás das árvores. Talvez o arrastar de pés.

Lilly olha por sobre o ombro e não enxerga nada... ainda.

— Não há tempo para a gente se congratular — comenta ela, indicando as sombras da mata. — A barulheira de nosso pequeno incidente de descarrilamento vai atrair o enxame. Vamos. — Lilly começa a pegar as guloseimas que caíram da mochila de Tommy. — Precisamos arrumar esta porra e dar o fora daqui.

* * *

O grito que Gloria solta explode no espaço fechado do Challenger com a força de uma sirene antiaérea. O sangue esguicha em Bob, e o carro dá uma guinada. O homem faz força no tornozelo; o cabo da serra fica gorduroso de todo o sangue que espirra em seus braços e colo, caindo nas costuras do banco.

Ele sabe que precisa se apressar. Quanto mais lento o corte, maior a agonia da dor.

Gloria berra mais alto — um uivo áspero e queixoso, de som quase metálico — enquanto Bob sente a lâmina serreada pegar de repente o osso, os dentes agarrando, presos no núcleo duro e frágil do tornozelo. Ele serra mais rápido. A mulher desmaia, o corpo flácido.

— Quase lá, quase lá, *quase lá* — declara ele, entre dentes, em meio a grunhidos, tentando amputar o tornozelo, fazendo todo o corpo de Gloria se sacudir a cada cutucada da lâmina. — MAS QUE MERDA! — grita Bob ao puxar a lâmina para fora. — Preciso de uma alavancagem melhor!

— Ah, meu bom Senhor Jesus, Jesus Cristinho, meu Deus — murmura Norma Sutters desesperadamente para o colo, balançando a cabeça, os ombros arriados de tristeza.

Desajeitado, Bob sai da mixórdia ensanguentada das pernas de Gloria e luta para inverter a posição, espremendo-se entre o banco traseiro e a mulher para ficar de frente e rapidamente terminar o trabalho. Ela geme. Com a cabeça pendendo, em parte consciente, mas delirante de dor, Gloria consegue pronunciar um nome.

— Estou aqui, querida — responde Bob baixinho, depois diz: — Vai ter de aguentar só mais um segundo, então tudo vai acabar.

O tempo parece ficar mais lento e, de súbito, parar enquanto Bob serra os poucos centímetros restantes do osso e finalmente decepa o pé direito da mulher, junto a 8 centímetros da perna acima do tornozelo. O membro escorrega das mãos ensanguentadas de Bob e cai na poça que se formou no piso do carro. O sangue inunda o banco. Ele rapidamente pega o maçarico e o isqueiro, abre o acetileno e acende o bico.

O estalo fraco da chama azul faz Norma Sutters ter um solavanco no banco da frente, apesar de ter virado a cara e evitado olhar a maior parte do procedimento.

Bob cauteriza o coto irregular e sangrento. O odor terrível vaga — uma fumaça acre e negra —, mas a pior parte não é o cheiro. O pior é o som. O chiado de carne queimando viverá na memória de cada ocupante daquele Dodge Challenger dali em diante. O homem sente algo se desfazendo dentro de si, e tira o dedo do gatilho do maçarico, apagando a chama e deixando uma camada preta como piche no coto.

De algum jeito, Miles conseguiu manter o carro em firmes 80 por hora durante todo o procedimento. Agora encara pelo retrovisor as consequências no banco traseiro.

— Acabou?

— Sim, acabou — confirma Bob, baixando os olhos para o pé decepado, limpando em uma toalha as mãos escorregadias de sangue. — Leve a gente para casa o mais rápido que puder... Ainda há perigo. — Ele olha a quantidade de sangue que se acumulou no piso, no banco, riscando até o interior das janelas. Parece que um animal foi abatido. Bob baixa a toalha sobre o pé amputado e ternamente coloca a mão no rosto de Gloria.

Ela tenta falar, mas só sai o silvo fino de um suspiro.

— Você vai conseguir, garota — diz Bob baixinho, acariciando seu rosto febril.

Gloria mal consegue pronunciar uma resposta laboriosa.

— Desculpe, Bob... eu... preferia que... *não*.

Ele a olha e vira a cabeça de lado, confuso. Não tem certeza de ter ouvido o que pensa ter ouvido. Bob curva-se, colocando o ouvido junto dos lábios trêmulos e sujos de sangue de Gloria.

— Pode repetir, querida?

As palavras saem num suspiro, a voz num volume minguante.

— Eu... preferia... sabe... que isso fosse... o fim da confusão para mim.

TREZE

— Espere... *Como é?* — Bob Stookey encara o rosto de uma mulher em paz, a calma acomodando-se em suas feições de pug. Ele entra em pânico. — Não, não, não, não, não, não, não, não.

Ela o encara pela película de sofrimento nos olhos opacos e leitosos.

— Me deixe ir, Bob.

— Porra, não!

As pálpebras de Gloria se fecham.

— Foi... uma boa viagem.

Ele a sacode.

— Fique conosco! Não há motivo para...

— N-não assim... Trabalho demais.

— Gloria! Gloria! — O homem a sacode, bate em seu rosto. Nem mesmo tem consciência de que está chorando. — Não há motivo! Glo! NÃO FAÇA ISSO!

Os olhos dela já se fecharam, a cabeça tomba de lado enquanto sai ofegante um suave suspiro da morte. As palavras mais fracas cruzam seus lábios, tão baixas que Bob precisa encostar a orelha na boca trêmula.

— Cuide para que eu... não...

— GLORIA!

— ... volte...

— GLORIA!

Em um suspiro longo:

— ... Por favor, cuide para...

— GLORIA! — Ele a sacode sem parar e mal consegue enxergar com as lágrimas. Sente gosto de cobre, um metal salgado e sujo, enquanto o carro dá guinadas. Bob cai contra a porta, sacudindo Gloria, pegando-a no colo. Mal percebe a mudança em seu corpo mínimo. Ela ficou completamente flácida.

— GLORIA! GLORIA! GLORIA! — Bob a abraça e chora, percebendo que as pontas dos dedos da mão direita pressionam suavemente a carne macia acima da artéria carótida.

Ela não tem pulsação.

Esse fato chega ao cérebro de Bob um nanossegundo antes de perceber o que precisa fazer.

Ele franze o cenho, uma lágrima cai pela beira da pálpebra inferior e escorre pelo rosto. Bob pega a .357 alojada entre a parte de trás do cinto e a base das costas, então desaba no banco ao lado dos restos mortais flácidos e ensopados de sangue de Gloria Pyne.

Em seguida, Bob Stookey chora violentamente.

Dentro das janelas fechadas do carro potente, o disparo sai seco e vazio, como a explosão de um balão, enquanto o veículo segue ruidoso pela curva no cruzamento da 74 com a 18. O disparo distinto de uma Magnum .357 — quando abafado pelo vidro e o aço de um automóvel, e ainda por cima amortecido pelo tecido embolado e apertado no crânio de Gloria Pyne — emite um estampido grave que poderia tranquilamente ser confundido com o estouro de um pneu, ou um chassi batendo em um buraco, se não fosse pelo eco subsônico inconfundível que agora vaga pelas copas das árvores na mata adjacente. Para qualquer um num raio de 8 quilômetros, pode trazer à mente um trovão no horizonte ou a fervura baixa de uma tempestade se formando ao longe.

Lilly Caul para na trilha e olha para cima. Ela vira a cabeça de lado, então escuta, esperando outro tiro, mas é apenas uma única explosão abafada, agora desaparecendo na brisa. Por um momento, pergunta se a teria imaginado.

— Ouviu isso? — sussurra ela ao jovem que está a suas costas.

Tommy solta um suspiro cansado.

— Ouvi o quê? Não. O que foi? Errantes?

— Não... Pensei ter ouvido... Deixe pra lá. — Lilly respira fundo e puxa as alças da mochila um pouco mais para cima dos ombros. As alças vêm escavando a nuca pelos últimos 3 quilômetros e agora ela ouve o rangido fraco do estiramento dos tendões. A mochila pesa uma tonelada e parece ficar mais pesada a cada minuto. Ela aperta a barrigueira.

— Vamos lá... Estamos quase chegando.

Eles continuam pelo caminho pedregoso e tomado de mato que corre sinuoso pelas moitas.

Cinco minutos depois, veem um brilho de metal por uma brecha na folhagem, e Lilly ergue a mão em silêncio, detendo Tommy atrás de si. Ela ouve vozes. Então gesticula para o garoto se abaixar, ficar em silêncio e esperar um minuto. Lilly se agacha, tira a mochila, procura algo dentro dela, encontra o binóculo e olha pelas lentes o brilho de aço roxo metalizado visível pelo bosque de pinheiros e o mato alto.

Ela registra a visão da frente de um carro estacionado perto do alçapão de acesso. Parece que as portas estão abertas e que há silhuetas de três ou mais figuras sentadas dentro do veículo.

Uma voz de mulher diz algo parecido com "Você vai ficar bem?"

Uma voz de homem, grave, responde "Só preciso de um minuto... Estou bem... Só um minuto."

Arrepios correm pelo corpo de Lilly. Várias coisas são registradas ao mesmo tempo, em medidas iguais de pânico, confusão e uma estranha sensação de alívio. Ela reconhece a voz de Bob Stookey, mas algo soa errado... está esgotada e trêmula. Além disso, ela *não* reconhece a mulher que falou.

De súbito ouve passos abafados a suas costas, a meia distância, atrás das árvores, e um grunhido baixo.

Lilly se vira, encarando o menino exausto.

— Tommy — cochicha ela. — Preste atenção. Pegue seu pé de cabra.

— Tudo bem, mas...

— Shhhhh, faça o que eu disse e siga minhas instruções. — Lilly estende a mão à mochila, guarda o binóculo e fecha o zíper. Depois saca a Ruger do cinto, sussurrando: — Temos errantes chegando por trás e não tenho muita certeza do que está havendo ali com Bob e aquele pessoal, nem quem são eles, ou o que querem. Mas sei que tem alguma coisa errada. Prefiro prevenir a remediar.

O menino concorda com a cabeça.

— Entendi... Estou pronto.

— Deixe que eu falo.

Outro gesto de cabeça afirmativo.

Lilly se levanta, passando em silêncio pela folhagem até a clareira, e segura a Ruger com as duas mãos — no estilo militar — apesar de não ter munição. À medida que se aproxima do carro estacionado, atravessado na clareira a partir do alçapão do túnel, vê que é uma máquina potente e antiga, que estala e queima combustível como uma fera roncando. Ao se aproximar, ela vê Bob ajoelhado do lado de fora da porta traseira e aberta do carro, parecendo rezar ou suplicar a alguém esparramado no banco. Seus ombros estão arriados miseravelmente, como se a cabeça pesasse mil toneladas.

Uma negra enorme de vestido floral puído e penteado bufante está de pé na frente da porta do carona, torcendo as mãos e esperando respeitosamente que Bob termine o que faz.

Lilly se detém próxima ao limite do mato que cerca a clareira, então aponta a arma para a mulher corpulenta.

— Bob?!

A cabeça do homem se levanta com o susto.

— Lilly? — Ele olha em volta. — É você?

Ela sai da moita e entra na clareira, seguida pelo menino, que segura o pé de cabra da forma mais ameaçadora possível.

— Que merda está acontecendo? — Lilly exige saber, mirando o cano da Ruger para a mulher. — Quem são essas pessoas, Bob?

— Calma, menina Lilly — responde ele ofegante, como se mal conseguisse reunir energia para falar. — São amigos.

Lilly vai dizer alguma coisa quando a porta do motorista do carro se abre num guincho e um jovem afro-americano de moletom de capuz esfarrapado e trancinhas sai do veículo de mãos erguidas.

— Estamos do seu lado, dona!

— É isso mesmo. — A mulher corpulenta também está de mãos levantadas conforme abre um leve sorriso simpático a Lilly. — Meu nome é Norma, e este aqui é Miles.

— Bob, o que houve? — Lilly vê uma figura prostrada no banco traseiro e o esguicho de sangue vermelho-escuro por todo o interior do carro, o que lhe dá um aperto no estômago. Ela escuta o arrastar de pés de errantes se aproximando da mata.

— É Gloria? O que aconteceu? Ela está bem?

Bob olha para Lilly e com um único movimento de cabeça negativo, angustiado e desamparado, diz praticamente tudo que ela precisa saber sobre o que aconteceu, sem pronunciar uma só palavra. Lilly baixa a arma, sentindo um frio no peito. Então fica cabisbaixa e solta um suspiro de partir o coração.

— Ah, meu Deus... Não me diga que ela foi... E você teve de...

— Lilly...? — A voz de Tommy atrás dela penetra seu choque. — Temos quatro gelados se aproximando.

Ela se vira, coloca a arma na parte de trás do cinto e saca o facão enferrujado da bainha improvisada no quadril.

— Para trás, Tommy.

— Mas e o...?

— Obedeça! — Lilly vê o quarteto passando pela folhagem a cerca de 10 metros, uma mulher e três homens em roupas de trabalho esfarrapadas. Eles têm pelo menos alguns anos de decomposição, os rostos e as áreas expostas do corpo tão corroídos que parecem de estuque, com chapas horripilantes de tecido cinzento moldadas ao crânio anguloso. Lilly começa a falar: — Para trás, todo mundo, e...

Então ouve um tumulto a suas costas, depois a voz de Bob gritando repentinamente:

— SAIA DA FRENTE!

Um borrão de movimento chama sua atenção por sobre o ombro, e Lilly vê Bob lançando-se do carro, cambaleando para ela. Antes que consiga sequer reagir, ele pega o facão em suas mãos.

— BOB, ESPERE...!!

Ele investe para as criaturas, bufando com a fúria louca e reprimida de um touro selvagem. Bob ataca o primeiro, golpeando-o entre o peitoral e o ombro, criando uma cova tão funda no pescoço que todo o crânio se solta e cai pelas costas. Um sangue escuro vaza da cratera um instante antes de a coisa desmoronar, a cabeça pendurada e invertida contra as próprias costas, os filetes de artérias e tendões como a fiação elétrica defunta de algum autômato com defeito.

— Bob?!

Lilly olha fixamente conforme Bob Stookey segura o facão enferrujado e sujo de sangue com as duas mãos — Babe Ruth com o taco, prestes a rebater para a arquibancada — então, diante dos companheiros sobreviventes de olhos arregalados e tomados de pavor, ele continua seu desabafo físico.

Lilly Caul já viu massacres de errantes na vida. Testemunhou o homem conhecido como Governador disparar a saraivada de uma armada inteira de metralhadoras calibre .50 e incontáveis fuzis automáticos de assalto em um enxame de coisas amontoadas do lado de fora das cercas de uma prisão de segurança média na Geórgia rural. As nuvens de sangue e matéria corporal que encheram o ar *daquela* determinada aniquilação em massa viveriam por muito tempo em sua memória. Ela vira também chacinas menores e mais íntimas — como na vez em que o bando de homens em Marietta encurralou um pequeno grupo de Mordedores em uma área de carga atrás de um Piggly Wiggly e os desmembrou sistematicamente, esmagando as cabeças com os pneus traseiros de enormes caminhões de carga. Mas nunca-jamais — testemunhara nada parecido com isso.

A violência catártica de Bob naquele grupo de monstros decrépitos continua com um golpe amplo e circular do facão, em arco, no crânio do errante mais próximo. A lâmina o atinge pouco acima do lóbulo da orelha e corta os dois terços superiores do crânio, como se Bob abrisse a tampa de uma garrafa. O couro cabeludo esfarrapado e parte da fáscia superior são lançados no ar em uma cauda de meteoro de matéria cor-de-rosa, caindo por fim no chão. O que resta é uma massa oca e trêmula de mandíbulas de louva-a-deus ensanguentadas, assim como dentes expostos que estremecem e batem por um instante surreal antes que o resto do corpo desista e se dobre no chão.

As duas criaturas sobreviventes fazem tentativas inúteis de se aproximar, mas o homem de cabelos pretos vira-se para elas e solta grunhidos primitivos enquanto bate com rapidez e eficiência a ponta da lâmina em uma de cada vez; com força, num ângulo ascendente, pelo céu da boca de cada uma delas, entrando pela cavidade nasal, atravessando o lobo parietal e saindo pelo alto do crânio. Um por um, os errantes que restam desabam.

Bob respira fundo e solta um uivo enorme de pura fúria — temperada com a agonia da perda — pouco antes de descer a bota com toda força na cabeça de um dos caídos. O barulho molhado do esmagamento faz a maioria dos espectadores atrás dele virar a cara, enojada. Todos, menos Lilly. Ela passa o braço por Tommy Dupree e abraça seu rosto contra o próprio corpo, cochichando baixinho:

— Acho que você não precisa ver isso.

Nesse meio tempo, Bob ainda tem o facão agarrado nas duas mãos, então investe para os monturos imóveis. O homem bate a lâmina nos membros e troncos apodrecidos, como se começasse uma vigorosa sessão de corte de lenha. Lilly observa quase estoicamente, numa curiosidade mórbida. A realidade é que ela ama esse homem e tem orgulho dele — orgulho por ele ter largado o vício na bebida, orgulho pela descoberta dos túneis, orgulho por ter salvado a vida de seus companheiros sobreviventes, por ser a voz da razão, leal e amigo. Há dias que Lilly vem notando alguns sinais de que Bob estava a fim de Gloria e agora *isso*...

Ela continua a olhar sem muita emoção enquanto Bob golpeia, corta e crava a lâmina na cartilagem de juntas apodrecidas e ossos resistentes, puxando-a com ajuda da sola da bota. O sangue espirra nele, pontilhando o rosto abatido, queimando os olhos ardidos. Ele parece uma entidade demoníaca, o que começa a agitar algo bem no fundo de Lilly Caul. *Custe o que custar*, pensa ela.

Bob separa uma perna de um quadril com um só golpe, uma cabeça de um pescoço, a parte superior da inferior de um corpo, e o sangue agora o recobre. Estará ele reencenando a amputação fracassada no carro? Estará exorcizando algo mais profundo, um tormento maior? Lilly não consegue entender bem, mas não tem problema para ela. Bob perde o fôlego. A lâmina fica presa por um momento, e ele solta outro grito animalesco, quase simiesco em sua fúria gutural, porém cheio de dor.

É quando Lilly nota que o homem está chorando enquanto espanca as coisas mortas. As lágrimas voam do rosto a cada golpe furioso, o choro contido misturando-se à respiração ofegante.

— OK — diz Lilly, dando um passo em direção a ele. — Agora já chega.

Ela vem por suas costas, embora Bob continue a desferir golpes de facão nas coisas no chão. Sua energia começa a se esgotar. A cabeça baixa conforme ele corta loucamente, agora a esmo. O choro o está tomando. Lilly se aproxima com cautela e coloca uma mão carinhosa em seu ombro. Ele dá um salto, surpreso com o toque.

Bob se vira e a fita com olhos febris, que agora brilham de loucura.

— Que é! *QUE É!*

Lilly não diz nada. Só assente e mantém a mão em seu ombro; continua assentindo, sem virar a cara.

Ele deixa o choro levá-lo para os braços dela, a tristeza fazendo-o afrouxar a mão no facão laqueado de sangue. A arma cai no chão.

Então Bob se descontrola.

Lilly o abraça e deixa que ele chore, até não sobrar mais nada.

* * *

Eles voltam a se reunir no subsolo, nas sombras privativas de um túnel lateral, no silêncio mortal. Sentam-se em cadeiras dobráveis e seguram copos de papel com café instantâneo, olhando com gravidade o chão e ouvindo a voz baixa e rouca de Norma Sutters dando-lhes as más notícias.

Alguns tinham esperanças de que o reverendo estivesse morto; imaginaram que ele teria perecido no caos das hordas que caíram sobre Woodbury no mês anterior. Agora estavam sentados, imóveis, ouvindo, com expressão carrancuda, Norma explicar que o homem topou com sua igreja, junto de dois asseclas. A mulher conta que ele se uniu a ela na busca por Miles e pela famosa caravana, e que o pastor assumiu o controle do comboio quando o padre morreu, começando a agir de um jeito estranho e errático quase de imediato.

Então ela se interrompe, e os outros esperam. Norma passa a língua pelos lábios rachados e, por um momento, olha nos olhos de cada ouvinte, avaliando se, quando e como deve contar a essência do que veio dizer aqui. Por fim, dá um pigarro e fala bem baixo, muito casualmente:

— Ele está montando um exército de errantes.

Lilly lhe pede para repetir o que acabou de dizer, e Norma obedece, então Lilly tem de ouvir uma terceira vez apenas para registrar o significado daquilo e raciocinar com calma.

As lembranças do espetáculo de horror do Governador na arena de corrida, com seus errantes gladiadores e medonhas lutas mortais, ainda estão frescas o bastante para aparecerem em sonhos, além disso ela se recorda bem demais do enxame defensivo de Mordedores posicionado do lado de fora das cercas daquela prisão horrível em que matou Philip Blake. Lilly também se recorda de Jeremiah tentando criar o caos em Woodbury ao derrubar as barricadas e convocar a horda. Nos dois anos desde a eclosão da praga, muitos outros certamente tentaram usar os errantes de maneiras variadas — como escudos, armas, um ou outro tipo de ameaça —, porém, ninguém mais o tentou de forma tão delirante e grandiosa quanto ele.

— Acho que você vai ter de explicar exatamente do que está falando — pede ela, por fim, à negra gorducha sentada a sua frente.

Com o vestido de estampa floral puído esticado nas costuras da cintura, os seios enormes transbordando pelo decote, Norma Sutters tem aquele rosto caloroso, franco e prático que Lilly sempre associou com enfermeiras, professoras e mães zelosas. Contrariando o bom senso, Lilly se vê confiando nessa mulher e no delinquente juvenil que é seu companheiro.

Norma toma um gole do café morno e explica:

— Duas noites atrás, eu não conseguia dormir por nada... Passei a noite toda me revirando feito uma doida. Acho que meu velho cérebro tava sobrecarregado de preocupação. Então, me levantei e fui caminhar um pouco.

Em outra parte dos túneis, soa o riso de uma criança, sobressaltando Lilly e os outros. Barbara Stern concordou em manter as crianças ocupadas com jogos e o almoço enquanto Norma e Miles contam sua história aos demais adultos, mas de tantos em tantos minutos as crianças, sem querer, se fazem presentes. Lilly olha as próprias mãos e vê que tremem muito ligeiramente, o que desperta um poço fundo de raiva em seu íntimo. Ainda nem conseguiu absorver a morte de Gloria Pyne — eles terão de enterrá-la em breve — e agora *isso*.

— Eu estava prestes a voltar para a cama — prossegue Norma. — Fiquei andando por talvez meia hora, contornando todo o círculo de carros, quando, de repente, vi uma luz piscando na mata. No início, pensei que via coisas. Cheguei um pouco mais perto e ouvi barulhos vindo de trás das árvores e aquela luz piscando. Ouvi os sons mais medonhos saindo daquela luz: gritos humanos, errantes grunhindo e essas coisas, sei lá.

Norma estremece, e Lilly sente um dedo frio correndo pela coluna, despertando uma onda de arrepios pela face interna das pernas conforme se recorda da cara de vendedor de carros usados de Jeremiah e de seu imenso topete. David Stern está sentado de um lado de Lilly, e Harold Staubach, do outro, e ela sente os arrepios de cada um dos homens. Tommy Dupree está atrás dela, e a mulher pode ouvir a respiração firme do menino, parece extasiado e hipnotizado. Bob está em algum lugar lidando com o luto por Gloria. Lilly está preocupada com ele; o homem já perdeu muito nos últimos meses.

— A curiosidade matou o gato — continua Norma —, então me aproximei o bastante para enfim ver o que estava acontecendo na mata, sem ser vista. — Ela faz outra pausa, e os outros esperam em seu silêncio. — Agora, lembrem que esse pregador doido esteve reunindo os errantes sabe-se lá por que motivo, e ficou torturando os motoqueiros por dias, e eu não tinha a menor ideia do que ele estava aprontando, mas bem no fundo sabia que tudo se relacionava. Então me escondi atrás de uma árvore e vi uma coisa muito estranha.

A pausa momentânea pesa em Lilly, como uma imensa canga.

— O pregador pegou uns dez daqueles monstros, e quero que um raio caia na minha cabeça se não parecia que estava *brincando* com eles.

David Stern franze a sobrancelha.

— O que quer dizer com "brincando com eles"?

Norma baixa os olhos e respira fundo mais uma vez, como se o simples fato de *contar* isto afetasse o próprio corpo.

— Na Flórida, faziam umas corridas com cachorro, sabe? Coisas terríveis, aquelas corridas, todo aquele dinheiro suado sendo perdido em bebida e besteira. Mas então, não sei se já viram uma dessas, mas tem um coelhinho de metal numa cerca, que aparece e depois corre pela pista, e os cachorros o perseguem com tudo, sabe como?

— Desculpe, dona — interrompe David. — Com todo respeito, o que o cu tem a ver com as calças? Se perdoa minha impertinência.

Ela o olha duramente.

— Estou chegando nessa parte se tiver paciência; minha mãe sempre dizia que, se as palavras fossem dinheiro, eu seria rica. Mas então... Vocês têm de entender que todas as peças deste quebra-cabeça tavam bem na minha frente... A tortura dos motoqueiros, o recolhimento dos errantes, como se fossem bonecos. — Ela respira fundo e balança a cabeça. — Um dos trailers que encontramos... tinha brinquedos. Deve ter sido de uma família rica, e as crianças foram mimadas e tal, porque tinha carros e aviões de controle remoto, essas coisas, baterias recarregáveis, câmeras, guitarras, todo tipo de coisa que você nunca pensa que um dia vai ter uso... Mas adivinhe só?

Ela olha o túnel mal iluminado, todos os rostos circunspectos concentrados na história, e respira fundo. Agora vai.

— Então lá estou eu olhando esse pregador maluco liderando um bando de errantes por aí, como se estivessem dançando uma quadrilha. Ele improvisou um aparelho, usando um gravador a pilha, a luz de uma câmera piscando e um carrinho de controle remoto... E está tocando a gravação de homens morrendo. Eu juro. Nunca ouvi nada parecido... Os gritos de homens sendo torturados até a morte, e uma luz piscando assim.

Ela faz um gesto de pulsação com a mão pequena e roliça, então balança a cabeça, mas, antes que possa continuar, Lilly Caul diz o que está pensando num leve sussurro:

— Pavlov...

Todas as cabeças se viram para ela, que sente os olhares quentes e nervosos em sua pele conforme explica:

— *Pavlov*... como nos cães de Pavlov... Ele os está *treinando*.

David Stern baixa os olhos e fala muito suavemente:

— Não pode ser feito.

— Bem, olhe só, acho que isso é discutível — argumenta Norma —, porque vi os errantes seguindo aquela coisa, como ovelhas seguem um cão pastor. Aquele pregador tem um controle remoto... Um daqueles botões de liga-desliga... E tá guiando os monstros... Como um maldito Mágico de Oz. E não acaba aí. — Ela engole ar por um momento. — Dois dias depois, tem metade dos homens lá com ele, em alguma missão que não conta ao resto. Naquela altura, eu já tava bem curiosa, então pedi pro Miles me levar de carro à área arenosa, aquele cerrado não muito longe de nosso acampamento, onde o pregador tem um reboque velho.

Miles Littleton, ainda muito desconhecido para Lilly, resmunga alguma coisa de sua cadeira atrás da gorducha. Lilly não consegue distinguir as palavras, pois ele fala bem manso, com a cara virada para baixo, a voz distorcida de nervosismo e constrangimento.

— Pode falar, Miles. — Norma Sutters o incita. — Conte aí o que ele tava fazendo.

O jovem respira fundo e levanta a cabeça.

— OK, então, a gente tem usado esse reboque pra carregar as paradas, certo? Pra tirar os destroços da estrada e essas merdas. Mas, quando vi o que estavam fazendo com a porra do reboque naquela noite, *nem acreditei* nos meus olhos. Tavam com um dos motoqueiros amarrado na traseira, preso no guincho feito uma carcaça de um bicho morto, sangrando e essas merdas, e ele estava... estava imóvel... estava fazendo...

O jovem se interrompe por um momento, sem palavras, atormentado pelo próprio ato de descrever o que vira. Norma se volta, acaricia o joelho do homem e diz:

— Não tenha pressa, irmão. Está tudo bem.

Miles respira ao se lembrar daquele horror.

— O maluco ainda estava vivo... por muito pouco. Gritava feito um porco... E eles tavam piscando uma daquelas luzes estroboscópicas... E dirigiam bem devagar... Depois percebi que o enxame os *seguia*, os monstros seguiam aquele barulho horrível do cara morrendo... E depois... Depois notei o que o pregador fazia.

Lilly o olha firmemente.

— Que merda ele estava fazendo?

— Estava *ensinando* coisas a eles.

Lilly fica boquiaberta.

— Entendi essa parte, entendo isso, mas por quê? Com que fim? Que porra ele está ensinando esses errantes a *fazer*?

Por um bom tempo, Miles e Norma limitam-se a se olhar. Na realidade, levam tanto tempo criando coragem para responder que a pausa começa a deixar Lilly e os outros muito pouco à vontade no túnel.

QUATORZE

O reverendo está de pé sozinho e desarmado no brilho roxo do crepúsculo, em um terreno macio e esponjoso de uma campina isolada. O ar ficou parado no fim do dia, e o frio da noite cai enquanto tufos de choupo vagam indolentes pelos raios moribundos do sol poente. O zumbido de cigarras e grilos proporciona um ruído branco em sua cabeça, levando a um estado de semiconsciência transcendente, um estado de reminiscência meditativo.

CLICK-*FLASH*!

Jeremiah pisca, por um momento ofuscado pela coroa de luz espectral que perdura por um instante em sua visão, então pisca novamente até os olhos se adaptarem. Agora consegue enxergar plenamente que os errantes o cercaram, alguns perto o bastante a ponto de conseguir tocá-los caso estenda os braços. Os odores sombrios e o ronco baixo de cordas vocais apodrecidas pesam sobre ele com uma força tremenda. Entretanto... *Entretanto*... Nem um único dos cerca de cem cadáveres reanimados se move. É como se estivessem em ponto morto, estacionários, sua tela mental paralisada, os cérebros calcificados e ressecados processando algum estímulo externo com o qual não têm capacidade de lidar. E isso deixa Jeremiah enobrecido, leve, todo-poderoso parado ali, engolfado na horda dessa forma, cercado por uma miríade de silhuetas de mortos, com o brilho de cem pares de olhos agora hipnotizados por algo no céu.

CLICK-*FLASH*!

Em meio à turba, o reverendo reconhece um antigo carteiro à esquerda, a coisa que antigamente era um homem agora está meio tombada, o uniforme rasgado e as entranhas se derramando na bolsa de carteiro que ainda leva pendurada, como de hábito, no ombro emaciado. Ele esteve carregando as próprias entranhas desse jeito por meses, como se procurasse um destinatário. Muitos outros já estão envelhecidos, desgastados e decompostos a ponto de ser irreconhecíveis e de não passar de sacos de carne putrefata que ainda conseguem andar, sem realmente existir. Muito em breve, alguns desabarão e começarão a se desintegrar na terra, jamais deixando de lado a missão automática de se alimentar. Será que os dentes ainda roerão muito depois de os tecidos moles terem se transformado em pó?

CLICK-*FLASH*! — CLICK-*FLASH*! — CLICK-*FLASH*!!

Jeremiah fica firme, parado como uma rocha, e não se preocupa, não entra em pânico. Ele ouve a voz do pai, o raspar grave de uísque que provocava um assombro tão terrível na escuridão de seu quarto na maioria das noites: "*É, ainda que eu ande pelo vale da sombra da morte, não temerei mal algum, porque sou o filho da puta mais cruel no vale.*" Jeremiah se lembra da vez em que o pai encomendou colmeias — uma das ideias birutas do velho para aumentar a aposentadoria militar e os benefícios da pensão —, transformando o quintal da casa em Jacksonville em uma colônia de abelhas. O pastor vivia as torturas da adolescência naquele verão, então andava se comportando mal e se rebelando: bebia, fumava e andava com as meninas fáceis daquela instituição pagã conhecida como Universidade do Estado da Flórida.

Certa vez, o velho se embriagou e arrastou o filho único para as colmeias. E o que fez com o menino naquela noite quente de agosto ainda marca não só a carne do braço direito, mas o cerne de sua alma. O eco do barítono embriagado do velho ainda reverbera nos sonhos de Jeremiah. "*Garoto, já está mais que na hora de você aprender a se vacinar contra as tentações das mulheres mundanas, o veneno da abelha rainha.*" O reverendo recorda-se de ter gritado como um porco conforme o pai agarrou seu braço e o meteu nas entranhas da colmeia maior.

Foi como se um milhão de agulhas penetrassem a carne de Jeremiah naquela noite, incendiando o braço, espalhando ondas de uma agonia elétrica, quente e terrível pelos tendões e nervos. Ele se lembra de desmaiar de dor um minuto depois, a voz do velho esmorecendo, *"É o único jeito, moleque... O flagelo da carne... O único jeito de ficar imune... O único jeito de suportar o veneno dessas levianas."*

CLICK-*FLASH*! — CLICK-*FLASH*! — CLICK-*FLASH*!!

O estalo intermitente da luz prateada arranca Jeremiah de seus devaneios, atraindo a atenção por sobre o ombro.

Ele enxerga o pequeno guincho que se eleva da traseira do reboque enferrujado e amassado a 30 metros. Enxerga a luz estroboscópica que encontrou no trailer daquela família de Chicago, agora presa com fita adesiva no alto do sistema de polias, como um farol piscando, inculcando a horda com um gatilho silencioso de comportamento, como as cordas invisíveis do titereiro. O ar estremece com a música rangente e áspera do sofrimento humano — os gritos dos moribundos —, agora despejada de alto-falantes de cerâmica. Isso tranquiliza Jeremiah da forma mais estranha; ele sente a turba ao redor como cardumes de peixes adejando em volta de um coral de recifes vivos, ignorando-o, passando por ele, enfeitiçados pelo barulho e pela luz.

O reverendo quase se sente seguro em meio ao mar de cadáveres pútridos. Enfim está *dentro* da colmeia e imune e todo-poderoso, um mensageiro de Deus, o último apóstolo na terra moribunda.

Ele se recorda do frio do início de outono que varreu Jacksonville naquele verão, transformando as colmeias em espectros intoxicados e indolentes do que um dia foram. Recorda-se de acordar logo depois do flagelo no chão duro ao lado da colmeia e não sentir nada — uma sensação fria, entorpecida e vazia espalhando-se por ele. Lembra-se de ver a carne do braço marcada de sangue onde todos os ferrões se incrustaram, como espinhos de rosas de caule comprido. Àquela altura, parecia que o braço estava dormente, formigando um pouco. Contudo, ele não guardava ódio pelo pai, que ainda estava parado acima dele, como um golem caipira, como um Deus furioso do Antigo Testamento. O velho sorria. Certamente pensava no ciclo vital das abelhas.

Quando a abelha dá uma ferroada em alguém, não consegue puxar de volta o ferrão farpado. Portanto, deixa não só o ferrão, mas também grande parte do abdome e do trato digestivo, além de um feixe de músculos, nervos e tecido. Essa enorme ruptura abdominal a mata, mas não sem antes sair voando, um motor rodando muito depois de ter sido desligado.

Minhas abelhas, pensa Jeremiah Garlitz, avaliando com grandiloquência os limites mais externos da horda que o cerca. Ele respira na nuvem de odores de carne estragada, o fedor de corpos deteriorados que passaram há muito do ponto de desintegração. O homem levanta os braços musculosos para os céus em júbilo: *Minhas abelhas, minhas fiéis abelhas...*

Naquela mesma noite, ela o encontra no fim do túnel lateral sinalizado como enfermaria temporária.

O ar tem cheiro de turfa e almíscar, e a luz mínima vem de uma lanterna a pilha colocada em uma banqueta na ponta do tributário. Antigamente canal para um manancial subterrâneo, as paredes de raízes petrificadas há muito se alisaram; agora o piso de terra batida estava coberto com uma lona, e o túnel lateral abrigava uma enfermaria miserável. Macas improvisadas com tábuas de madeira em cavaletes de carpinteiro acompanham cada parede. No canto, há uma estante de metal com caixas de gaze, bisnagas de pomada, tiras de algodão e frascos de álcool feito de cereal caseiro.

Bob Stookey está sentado no chão ao lado da estante de metal, as pernas cruzadas, a cabeça arriada, as costas voltadas para a visitante que se aproxima com cautela. Ele cantarola baixinho, uma antiga música country que deturpa distraidamente. Um corpo enrolado em um lençol ruído pelas traças jaz no cavalete a seu lado, a mão pálida pendurada para fora. Bob pega a mão minúscula na dele, segurando-a como se reconfortasse uma criança pequena, e não uma mulher adulta, que antes usava a viseira agora aninhada no colo dele.

— Bob?

A voz de Lilly mal passa de um sussurro. Ela sabe o que está acontecendo, e a cena aperta seu coração como um torno.

— Bob, me desculpe, mas precisamos conversar.

Ele não diz nada. Só continua cantarolando uma música que, de repente, Lilly reconhece. No início, Bob costumava tocar uma fita cassete de George Jones na grande e velha picape Dodge Ram, e sua música preferida — aquela que ele praticamente gastou — era "He Stopped Loving Her Today". Agora o homem cantarola a música piegas com uma indiferença desafinada.

— Bob, temos um problema, e preciso...

Lilly vê algo que a paralisa. Um pânico frio desliza por sua cintura, como uma serpente gelada. Para montar a pequena enfermaria, Bob e Lilly procuraram vários antissépticos diferentes. Um deles — álcool para uso tópico — foi encontrado em profusão, na verdade caixas e mais caixas, nos fundos de uma drogaria abandonada. O outro tipo Bob recuperou da casca queimada e calcinada do Dew Drop Inn, um bar espelunca em Woodbury que ele frequentava em sua época de bebedeira, pois ele se lembrava de ter visto garrafas do destilado Everclear e álcool de cereais atrás do balcão, intocadas pelo fogo.

— Sempre há um problema, Lilly, já percebeu? — Na outra mão de Bob, aquela que não segura a mão da falecida, está um frasco de álcool de cereais. Ele toma outro gole e estremece com o ardor. — Vivemos numa merda constante de problema.

O espírito de Lilly murcha. Quase audivelmente, a esperança e a fé em Bob, no futuro de Bob, e no futuro de todos eles, esvaem-se em um suspiro longo e agoniado.

— Ah, Bob... Não faça isso. Vamos.

Ele baixa a cabeça, envergonhado.

— Me deixe.

— Não pode permitir que isso destrua você. — Ela passa delicadamente pela maca e se senta no chão ao lado dele. — Não há ninguém aqui que não saiba o que é perder alguém.

Ele olha para tudo, menos para ela.

— Não preciso de uma terapeuta, só preciso que me deixem.

Ela olha o chão. Pelo canto do olho, vê no colo de Bob a antiga viseira de algodão que Gloria costumava usar — tão velha e gasta, com as letras de desenho animado formando a frase "ESTOU COM O IDIOTA" desbotadas em sombras. De tantos em tantos segundos, ele baixa a garrafa e acaricia a viseira, como se fosse um filhote de pardal precisando recuperar a saúde. Lilly balança a cabeça.

— Ela era uma ótima mulher.

Bob toma outro gole.

— Isso é bem verdade, menina Lilly. — Ele pronuncia seu nome arrastado, como se contivesse um "l" a mais, depois acrescenta: — Isso é bem verdade.

— Ela era foda.

— É.

— Vamos fazer um funeral.

— Tudo bem, menina Lilly. Faça isso. — A voz dele agora é dura como pedra, aguda de uma fúria mal velada. — Faça um funeral, vou me esforçar para aparecer.

Lilly respira fundo e deixa que se passem alguns minutos antes de falar:

— Lembro quando Josh levou aquele tiro do Açougueiro na cabeça, pensei que eu nunca mais veria a luz do dia. Simplesmente deduzi que para mim estava acabado e não havia nada que eu pudesse fazer, nem tinha motivo para me incomodar. Mas não desisti, só pensei... sabe como é... um dia de cada vez.

— Meus parabéns.

— Bob, pare. Não faça isso comigo.

Ele a olha feio.

— Não estou fazendo *nada* com *você*... Não se trata *de você*! — Seu grito a assusta. — Nem tudo *gira em torno de você*!

Ela reprime o impulso de lhe dar um tapa.

— Isso não é nem um pouco justo.

— A vida não é justa. — A voz dele se abranda. — Nunca foi... e com toda certeza não é agora.

Lilly balança a cabeça, olha o chão e deixa que passe outro longo minuto angustiado de silêncio enquanto Bob bebe calado e se oprime em sua infelicidade. Ela tenta respirar fundo várias vezes e pensar em como trazê-lo de volta, pois precisa dele agora, talvez mais que nunca. Lilly começa a dizer alguma coisa, mas acha melhor se calar.

Quem é ela para dar conselhos a esse homem? Que merda ela pensa que é — tentando ser um exemplo, tentando obrigar Bob Stookey a ter determinado comportamento? Lilly tem seus próprios defeitos, suas próprias merdas. Seus nervos estão tão tensos como os de Bob, talvez até mais. E ela notou que seu mau humor aparece com mais rapidez, o tremor é pior, os pesadelos mais intensos desde que foram para os subterrâneos.

Quase sempre ao conseguir dormir um pouquinho — o que é algo infrequente desde que estão nos túneis —, Lilly enfrenta uma tempestade de cenários claustrofóbicos, sangrentos e amorfos: portas de ônibus se fechando sobre o pai morto, a amiga Megan pendurada na ponta de uma corda, o antigo namorado Josh decapitado em uma vala de carnificina, e cada iteração que se pode imaginar de armadilhas, jaulas, câmaras trancadas, celas de prisão e túneis intermináveis e monótonos dando em lugar nenhum. Mas aquele mais recorrente, aquele que verdadeiramente a assombra é uma versão quase fotográfica do dia em que ela matou o bebê.

Dá para saber que ele está chegando. Sempre começa do mesmo jeito. Você está abaixada atrás de um caminhão crivado de balas enquanto o ar do lado de fora daquela Penitenciária Estadual da Geórgia ferve de tiros. Você sempre acorda do mesmo jeito: dentes trincados, o rifle de alta potência firme nas mãos suadas, o gosto de moedas velhas na boca e a luz desbotada do sol brilhando em seus olhos enquanto você vê a figura amorfa a 70 metros, atravessando com dificuldade a zona quente do pátio de exercícios da prisão. Roda, roda e sempre cai no mesmo lugar. É possível sentir a pressão fria da mira no olho, a imagem borrada atrás do retículo (um homem anônimo com a bomba aninhada no plexo solar). E aquela cabeça imensa, sebosa de suor, com um tapa-olho gritando para você, "ACABE COM ELES AGORA!"

É sempre o mesmo. Sempre. Sempre a explosão em *time-lapse* que tem eco no céu, a névoa de sangue distante envolvendo duas figuras — uma grande, outra pequena —, uma mulher e um bebê, com o sangue misturando-se no éter como um sacramento. O homem anônimo é uma mulher. A bomba é um *bebê*. Você acaba de matar os dois. A sangue-frio.

Por causa dos caprichos de um louco.

Lilly fecha os olhos e tenta expulsar os horrores inexoráveis dos pensamentos.

— Quer saber? — diz ela, olhando para Bob Stookey. — Me dê um gole disso.

Ele a fita com os olhos desfocados, baços, aflito com essa guinada nos acontecimentos.

— O quê... isso?

— Passe pra cá. — Ela tira a garrafa da mão dele, toma um gole, e o líquido raspa a garganta como arame farpado, depois acende uma bola de fogo no estômago. Lilly estremece ao engolir o resto. O quarto ou quinto gole entorpece a amídala, a úvula e o palato mole.

Bob a examina, vê que ela treme na agonia ardente da bebida.

— Taí um jeito de me fazer parar — comenta ele, sem humor nenhum na voz.

— Abra outra — responde ela.

— Sim, senhora. — Bob se vira para pegar outra garrafa de vidro na prateleira do meio. Então abre a tampa e toma um gole saudável. Depois passa para Lilly.

Ela bebe, limpa a boca e fixa o olhar no dele.

— Não temos mais o luxo de guardar luto. Está me ouvindo? Entende o que estou dizendo? Isso era coisa dos velhos tempos.

Ele concorda com a cabeça.

— Perfeitamente.

Depois Lilly conta exatamente o que Norma e Miles falaram sobre o reverendo.

— Eu sabia que deveríamos ter acabado com aquele escroto doente quando tivemos a chance — resmunga Bob depois de processar tudo. A má notícia parece deixá-lo um pouco sóbrio, irritando-o, como uma criança petulante que acaba de ser acordada prematuramente de um cochilo. — Os merdas dos evangélicos são piores que a porra dos Mordedores.

— E não é só isso — informa Lilly. — A pior parte... A parte que ela guardou para o final... É o que ele tem planejado para a revelação de seu pequeno experimento.

Bob não diz nada, só toma outro gole da bebida e espera.

— Ele está planejando uma invasão. — Lilly nivela seu olhar com o dele. A bebida já começou a ter efeito em seu equilíbrio, queimando a borda da visão com manchas solares diáfanas, de pouco foco.

— Uma invasão ao quê?

— A nós.

Bob sustenta o olhar dela por um instante, oscilando um pouco, como se fosse um esforço manter sua parte do contato visual.

— E como ele acha que vai...?

O homem se interrompe. Os dois trocam um olhar, e Bob vira a cara. Lilly vê que ele está refletindo, remoendo o assunto; em seu estado embriagado, a percepção chega em ondas, como uma maré que sobe. Por fim, encara Lilly.

— Talvez esteja na hora de a gente entregar os pontos e cortar as perdas.

Ela fecha a cara para ele.

— De que merda você tá falando? — Agora é *ela* que acrescenta algumas consoantes, o "f" saindo como "fffh". Lilly engole a bile. — Está falando em se render? Quer se render a esse louco? Pirou?

— Eu falei em "rendição"? Não estou falando de rendição. Fique fria aí.

— Então do que está falando?

Bob esfrega os olhos injetados e empapuçados.

— Estou falando de cortar nossas perdas e dar o fora daqui.

Lilly fica em silêncio por um momento.

Ele a examina.

— Sei o que vai dizer; sei no que está pensando.

— No que estou pensando?

— Você jamais abandonaria sua amada Woodbury por causa de um pastor caipira biruta que quer se vingar. Cheguei perto?

Lilly baixa a cabeça.

— É por aí. — Seu olhar encontra o dele. — Bob, podemos pegar esse sujeito... Já fizemos isso. Podemos derrubá-lo, partir pra cima preventivamente.

— O quê, um esquadrão da morte?

— É, a gente podia...

— Agora a louca é *você*.

— Bob...

— Escute aqui. Esse selvagem é muito mais que um caipira que usa a Bíblia como arma. É louco e do pior tipo... porque é *organizado*. Ele consegue jogar areia nos olhos das pessoas. Consegue reunir grandes grupos. Entende o que estou dizendo?

Lilly suspira. A marola inicial de embriaguez agora se transformou em uma onda completa de náusea. Ela arrota em silêncio e sente o ácido gástrico se agitar.

— Confie em mim, ele pode ser impedido — diz ela por fim.

— Menina Lilly, às vezes a retirada é a melhor estratégia ofensiva. Terra queimada. Não deixamos merda nenhuma pra ele. E vamos cuidar...

— Não! Pare! — Lilly respira rapidamente numa tentativa fraca de deter o nó morno de náusea que estreita a garganta. Então balança a cabeça. — Não vou destruir minha cidade por causa de um babaca do mal.

— Não é sua cidade, Lilly. Pertence a todos nós.

— Bem, neste momento pertence aos errantes e não vou dar as costas e fugir. É uma merda de uma atitude covarde, Bob, e você sabe disso.

Ele joga a garrafa na parede. O vidro se espatifa, e o líquido explode, assustando Lilly. A voz de Bob fica baixa e tensa.

— Tem razão, sou um merda. Sou um covarde. Por quê? Porque sou um sobrevivente nato, o que vem com a parte da covardia. Ser uma porra de um herói é o que acaba matando você. — Ele a encara firmemente, apertando os lábios com amargura. — Olhe, se tiver uma ideia melhor, sou todo ouvidos.

— Sim, tenho uma ideia melhor. Acho que temos de encontrar esse imbecil e matá-lo como um cão raivoso.

— Lilly, esfrie a cabeça e pense melhor. Esse cara está cercado de um pequeno exército de seguidores e, além de tudo, agora parece que achou um jeito de transformar os cadáveres em armas. Se quer cair nessa, fique à vontade. Eu vou embora! E vou levar as crianças comigo. E qualquer outro que tiver o bom senso de querer me acompanhar será muito bem-vindo.

Ela chuta as pernas da estante, derrubando uma fila de frascos. Vários deles caem no chão e se quebram.

— Ótimo! Tanto faz! Pode ir! Vou cuidar desse cara sozinha!

— Lilly...

Ela se coloca de pé rapidamente, quase derrubando toda a estante.

— Pode ir! Dê o fora! Que merda está esperando?!

— Espere aí, se acalme... — fala Bob mais baixo, levantando-se e segurando-a pelos ombros. — Sei que tem grandes sonhos para esse lugar, e você nos vê resgatando a cidade um dia, e isso é ótimo, eu entendo, mas essa gente não merece morrer só porque uma jovem talvez tenha mais colhões que todos os outros.

— VÁ EMBORA! — O volume da voz de Lilly a faz cambalear; a vertigem, a adrenalina e a náusea tomando-a a um só tempo, quase a derrubando. Ela precisa se segurar na estante só para se equilibrar. — Vá com Deus! Vou embrulhar a porra de seu almoço!

Bob a encara de punhos cerrados, o rosto avermelhado de fúria.

— VOCÊ NÃO TEM O DIREITO DE DITAR...!!

Ele para subitamente. O barulho vindo de trás, da entrada do túnel, de imediato enrijece suas costas e interrompe a gritaria. Lilly também ouve, o que apaga sua fúria, como um balde de água gelada na cara. Ela se vira e vê Tommy Dupree parado na abertura, com a luz do lampião marcando sua silhueta.

— Sei como a gente pode acabar com esses filhos da puta — diz ele, baixo, a voz rouca de gravidade.

* * *

Com o suéter esfarrapado do pai, a carinha vermelha franzida de uma determinação amarga, Tommy Dupree parece ter mais idade do que tem. Com os punhos cerrados junto ao corpo na abertura em arco, e o tipo magro emoldurado pelas vigas roídas, assim como pelas antigas paredes de terra, ele parece uma sentinela em miniatura de algum diorama obscuro de Hummel. Talvez o tempo que passou na mata com Lilly o tenha mudado, pois parece ter envelhecido anos no decorrer dos horríveis últimos meses.

Bob se vira e olha o menino.

— Desculpe, filho, não entendi.

Tommy respira fundo e repete o que acabara de dizer:

— Sei como podemos mandar cada um desses sacos de merda de volta para o inferno de onde vieram.

Lilly olha para Bob, depois novamente para o garoto, em seguida sente um arroto quente e gorduroso surgir enquanto cai de joelhos, vomitando ruidosamente no chão do túnel coberto com a lona.

PARTE 3

O Grande Oblívio de Aço

"Eis que vos envio como ovelhas ao meio de lobos;
portanto, sede prudentes como as serpentes."

— Mateus, 10:16

QUINZE

Na escuridão preta como carvão da clareira, enquanto os grilos cantam e os motores roncam ao fundo, uma voz parece vir do nada, grave e modulada como a voz de um deus, no início sem corpo, até os olhos se adaptarem.

— Perdemos quase a metade de nosso pessoal esta noite... Escapuliram sob o manto da escuridão.

A voz faz uma pausa, e os ouvintes — cinco homens, cada um deles em sua terceira década de vida, antigos trabalhadores e comerciantes, agora todos amedrontados como nunca — baixam os olhos para o chão e continuam em silêncio.

— Pelo que sei, os últimos a partirem foram os Thorndyke — diz a voz, e faz outra pausa, uma única fagulha laranja brilhando ainda mais forte quando o orador tira um trago vigoroso do cigarro enrolado a mão. — Os Kenton também. — Outra pausa. — Pelo que entendi, as pessoas estão perturbadas com meus... *métodos*... os acontecimentos dos últimos dias... minhas *experiências* com os Mordedores. As pessoas não valorizam meu... *uso* dos errantes desta maneira.

— Posso dizer uma coisa? — manifesta-se James Frazier, coçando a face cinzenta enquanto mede as palavras. Ao passar os dedos pelo cabelo arruivado, diz: — É só que... parte do pessoal que tem filhos... Eles ficam meio nervosos com esse tipo de coisa que está acontecendo.

— Compreendo — responde Jeremiah Garlitz, assentindo paternalmente. No escuro atrás do brilho do cigarro, seu rosto muito vincado e queixo proeminente passam a impressão de uma abóbora do Dia das Bruxas. — Eles têm todo o direito de abandonar a causa e desejo o melhor para eles. Cada um deles.

— Olhe, não estou dizendo que nós não...

James cai repentinamente em silêncio; seus pensamentos, o grande discurso que queria fazer, tudo desmorona como um castelo de cartas quando ouve outra onda de gritos e grunhidos atonais — centenas de vocalizações animais — crescendo na brisa da noite, vinda do leste. Ele vira a cabeça e dá outra olhada relutante na área atrás do círculo de caminhões e trailers, através de uma ladeira arborizada e de um vasto campo de tabaco.

No escuro, é impossível distinguir os detalhes da turba — a não ser a intervalos regulares, quando piscam os estroboscópios. Sempre que a luz se acende, uma fileira da super-horda é momentaneamente iluminada, parecendo dessa distância uma enorme colônia de leprosos empacados no meio de um gingado, uma necrópole dos condenados, todos recurvados e hipnotizados pelo barulho e pela luz, alguns estendendo os braços inutilmente para a origem desse mágico flautista de Hamelin dos gritos, com o mar de rostos pútridos e mosqueados formando uma plateia monolítica que espera por uma peça.

Depois de alguns clarões, James Frazier precisa virar a cara, voltando ao líder espiritual.

— Eles não entendem contra o que estamos lutando — diz o pregador, jogando a guimba no chão e descendo do toco de árvore onde está sentado. — Não entendem a selvageria dos habitantes daqueles túneis.

Jeremiah vai à beira da lareira e olha a campina dos mortos, a pulsação arrítmica e o bruxulear deixando rastros no escuro. A barra de seu casaco ondula ao vento. O cabelo grande se mexe. Sua voz sai grave e fria.

— Essas pessoas nos aceitaram, a mim e a minha congregação, ao que restava de nós. No início, ofereceram-nos refúgio. Mas não tinham a intenção de nos dar consolo e auxílio.

Ele se vira para encarar James e os outros quatro homens. Chester Gleason levanta o olhar do chão, os olhos brilhando de tensão nervosa.

— O que eles fizeram?

— Começaram a nos matar, um por um — declara o reverendo num tom baixo, as mentiras saindo livremente de sua língua. — A ideia era nos dar como alimento ao enxame do lado de fora dos muros de sua cidade. Usar nossos corpos como forragem, como isca, como um jeito de manter a horda ao largo. Eles iam assassinar todos nós. — Agora ele olha cada homem, e o jeito com que fixa seu olhar ardente em cada um deles obriga James Frazier a virar o rosto para o horizonte escuro. — Fizeram isso antes e farão novamente... Farão a alguma pobre e modesta família que cair em sua teia. — Jeremiah faz uma pausa e solta um suspiro, chutando a terra. — Entenderei se não quiserem fazer parte desta missão que Deus me confiou.

— Não dissemos isso — murmura Chester mansamente, conforme se concentra no chão.

O pastor se aproxima dos homens... um passo.

— O livro do Apocalipse diz, "Se alguém tem de ir para o cativeiro, para o cativeiro irá; e se alguém matar pela espada, que pela espada seja morto."

Chester ainda encara o chão, mas começa a concordar com a cabeça.

— Levarei o remédio para essas pessoas na forma dos mortos, um exército dos condenados... será *olho por olho*. — Outra grande pausa teatral. — Vou cuidar para que essa gente nunca mais vitimize outros sobreviventes. Vou resgatar a cidade em nome do Senhor. E quem quiser me acompanhar nessa incursão, é bem-vindo para ficar comigo. Quem quiser partir, tem minha bênção.

Agora Jeremiah lhes dá as costas e parece refletir sobre a horda que bruxuleia ao longe. Mas o que faz na realidade é esperar.

E não precisa esperar muito tempo.

Na tarde seguinte, a caravana parte em sua missão grandiosa. Os dez veículos restantes cortam uma faixa de poeira e monóxido de carbono na bacia da interestadual 75, evitando os destroços petrificados que bloqueiam a maior parte das quatro pistas, ao viajar em fila única pelas valas áridas que correm em paralelo ao acostamento. Os três caminhões pesados lideram o comboio, estabelecendo o ritmo glacial de cerca de 5 quilômetros por hora. Os cinco trailers roncam atrás, com alguns tetos ocupados por atiradores armados com fuzis.

O centro de comando de Jeremiah — o Winnebago pontilhado de ferrugem e cor de casca de ovo que antes era propriedade do padre Patrick Murphy — roda perto do final da procissão, rabeando por trechos intermitentes de restos em decomposição e lançando uma esteira de poeira e matéria orgânica podre pelas enormes rodas traseiras. Atrás do carro, chocalha o grande reboque, com seu imenso guincho, além dos gigantescos pneus traseiros esmagando os detritos. Eles passam por um marco de quilometragem na estrada, a frente verde amassada, desbotada e crivada de balas.

Estão a exatos 56 quilômetros da cidade de Woodbury, Geórgia. Nesse ritmo, a hora estimada de chegada será o amanhecer do dia seguinte.

Pouquíssimos motoristas ou passageiros da caravana ficam de olho no mar de sombras atrás do reboque. De vez em quando, nos ventos cambiantes, ouvem o coro fluido e rangente de grunhidos e os gritos fracos do prisioneiro. Se quisessem, podiam ter um vislumbre na visão periférica das longas sombras de incontáveis corpos bamboleando. A turba aumenta. A cada hora que passa, um número cada vez maior de mortos sai de trás de celeiros dilapidados e abandonados, bosques de carvalhos e amontoados de carros capotados. A maioria dos membros do comboio fica um tanto perturbada com o espetáculo, mas esses são os subjugados, as ovelhas, os adeptos. Agora eles têm sua própria luz estroboscópica na forma do reverendo Jeremiah Garlitz.

Nesse momento, tal volátil força norteadora está sentada em um beliche na traseira do trailer enquanto seus asseclas, Reese e Stephen, revezam-se ao volante.

Jeremiah está descalço, em mangas de camisa e calça, olhando o pequeno espelho retangular que encostou na cabeceira da cama. Usando uma lâmina descartável e loção para pele, raspa cuidadosamente os últimos nacos de cabelo, deixando um domo branco de pele mosqueada, macia como pêssego. Agora ele acredita, como o clérigo monástico de outrora, que deve abandonar qualquer orgulho, vaidade e posses antes de liderar o rebanho para a batalha. O pregador olha o rosto avermelhado e manchado. Tirando a psoríase, está bem apresentável.

Ao terminar, limpa o couro cabeludo com uma toalha, vai à janela embutida na porta traseira — uma fresta de vidro sujo não muito maior que uma gravata — e olha para fora. Na luz do sol pálido, ele vê a multidão de sua nova congregação.

São centenas, com estilos de vestimenta, feições e até gêneros sexuais desgastados pelo apodrecimento e pela ruína de vermes, das intempéries e do tempo. Deslocam-se quase como um só, roçando um no outro languidamente, contorcendo-se no sol desbotado, esbarrando em ombros e rosnando numa fome excruciante e sem noção, as centenas de arcadas dentárias discerníveis mesmo a distância, como grãos mínimos de milho branco na casca podre de suas caras.

A luz prateada pisca pelos soldados rasos, visível mesmo à forte luz do dia, latejando com a regularidade de um metrônomo — as cordas do titereiro — e acompanhada dos ecos de sofrimento humano.

O reboque cor de ônix expele em turbilhão uma névoa de fumaça do biodiesel caseiro, o miasma elevando-se do cano de descarga vertical, enroscando-se e engolfando a traseira do caminhão, onde a isca humana se contorce de agonia em sua plataforma sacrificial. O sujeito é o último dos motoqueiros sobreviventes — um viking grandalhão, barbudo, com corpo de pera, tatuagens de lágrimas e enormes peitorais caídos —, agora reduzido a uma massa soluçante, a cueca suja de merda e a pele ensanguentada e lacerada. Uma volta de arame farpado foi passada pela enorme barriga, unida a suas costas e presa a um sarilho. Sempre que os gritos esmorecem e se deterioram em um choro desarticulado, o motorista do reboque aperta o botão do sarilho e o arame farpado se estreita um pouco, incitando mais agonia.

O sujeito anterior não era tão energético e morreu prematuramente, transformando a gritaria em silêncio logo depois de o guincho literalmente cortá-lo ao meio. Mas o pregador aprendeu com o fracasso e agora a pressão é aplicada com muita moderação, calibrada para a dor ideal, não para lesões catastróficas. Além disso, a largura do viking deve proporcionar horas e mais horas de desvario, sendo improvável que o sangramento lento mate o homem antes de um ou dois dias. O reverendo descobrira que as criaturas reagiam melhor ao som ao vivo que ao gravado.

Ele se afasta da janela e passa o que resta da loção na cabeça raspada e reluzente. Então joga a toalha longe, olha a cabine do trailer e decide descansar. Amanhã será um grande dia. Jeremiah vê sua Bíblia em uma prateleira acima do beliche à esquerda, aberta no Apocalipse, nos capítulos e versículos que ficara estudando na noite anterior. Ele pega o livro preto e desgastado, deita-se e continua a ler sobre dragões, cavaleiros, cordeiros abatidos, anjos vestidos de nuvens e o número 666.

Por fim, cai num sono profundo e sonha que está sentado em um banco de pedra na beira de um precipício que dá para um vale de floresta queimada e enegrecida. Ele veste uma túnica, como se fosse de outra época, e o vento agita seu cabelo.

— Você é meu filho?

A voz vem de trás, uma voz tranquilizadora e melíflua... O tipo de voz que se esperaria de uma serpente ou de um lagarto se serpentes e lagartos falassem.

Jeremiah vira-se e vê um homem moreno e alto com um longo manto preto. O rosto do sujeito é descarnado, fundo, cadavérico, e o cabelo, preto como carvão, comprido e solto. Seus olhos amarelos parecem absorver não só a luz, mas toda a energia ao redor. Dois pólipos, como chifres, se projetam como maçanetas do alto de seu crânio. Seu sorriso provoca calafrios no pastor.

— Jamais o conheci — responde Jeremiah, por fim, num sussurro nervoso e ofegante. Depois diz: — Tenho uma igreja... Tenho isenção de impostos.

O homem alto desliza para o banco, sentando-se ao lado dele.

— Enfim sou saudado por você.

— Você é...?

O homem alto concorda com a cabeça. Nessa proximidade, a pele parece iridescente como as escamas de um peixe. Seu cheiro é de fumaça e brasas.

— De fato sou — murmura ele. — Antigamente você me julgava um adversário.

— Você é o Inimigo...?

O homem ergue um indicador estreito, a unha afiada como uma garra.

— Por ironia, não. Não sou mais o inimigo. Sou apenas um dente de engrenagem na máquina da profecia.

— Profecia?

O homem assente.

— Você é o filho, o seguidor do destino, e este é o Arrebatamento, e é seu destino transformar toda a raça humana.

Jeremiah não compreende.

— Em seguidores de Jesus?

A gargalhada que sai do homem alto lembra o latido de um milhão de hienas.

— Ah, meu caro, não... Que lindo. Seu destino não é mais converter ao cristianismo. Esse projeto se foi. — Outra gargalhada melíflua. — Ao contrário, seu destino é transformar cada ser humano em um morto ambulante, cada alma que resta.

— Esse é meu destino — repete Jeremiah, como se aprendesse uma lição na escola.

O homem alto passa o braço pelo reverendo, o toque parece uma compressa fria.

— Está escrito que você será o último da raça humana, o último homem verdadeiro da terra. Você governará as hordas, como um rei. Você se tornará um deus em forma humana.

No sonho, Jeremiah tem um sobressalto quando percebe que o homem alto tem o nariz bulboso e ulcerado de seu pai, os olhos injetados e caídos do pai, os pés de galinha, o queixo fendido e a barba por fazer do pai, então o pregador abre a boca para dizer alguma coisa, mas não sai nada.

Seu pai sorri.

Barbara Stern reúne apressadamente as seis crianças no final do túnel principal, perto da saída oeste. Ela prende a respiração, ajeita as alças da mochila, depois empurra os cachos grisalhos e rebeldes num rabo de cavalo, passando rapidamente um elástico pelo bolo de cabelo. Trajada no vestido havaiano anacrônico de estampa floral, com o cinturão da arma envolvendo o corpo, a mulher avalia os jovens encarregados.

— Muito bem, o negócio é o seguinte — explica ela para as crianças, em seu tom característico, um misto de duas partes de supermãe e uma parte de sargento, e mexe no cinturão da arma ao falar, prendendo no coldre a pistola desajeitada, com seu longo silenciador. — Vamos subir para uma pequena aventura.

— Tipo uma excursão? — pergunta Tiff Slocum, olhos arregalados com admiração. Uma das gêmeas idênticas, a menina de 8 anos, pequena e angelical, veste o mesmo macacão sujo da irmã, Mercy Slocum. As duas vêm usando compulsivamente essas roupas desde que o grupo foi para o subterrâneo. Semanas antes, Barbara tinha descoberto uma caixa esquecida de roupas usadas no porão do tribunal, marcadas para a Legião da Boa Vontade, e levara diferentes peças para os túneis, mas as gêmeas insistiam em vestir o mesmo macacão puído todos os dias da vida a partir daí, para todo o sempre, amém. Elas alegam que o macacão listrado de azul dá sorte e informaram Barbara disso essa manhã mesmo.

— *Exatamente* como uma excursão — responde Barbara, colocando a mão em concha na carinha de Tiff e abrindo um sorriso encorajador.

— O que vamos estudar? — pergunta o pequeno Lucas Dupree, com a franja loura, precisando desesperadamente de um corte, caindo pelos grandes olhos de corça. Ele agarra-se ao vestido da irmã, como vem fazendo o dia todo. Na realidade, Lucas e Bethany Dupree têm estado muito apegados, praticamente o tempo todo, desde o momento em que foram trazidos para os túneis. Ainda em choque pela perda dos pais, são indispensáveis um ao outro, o que não é um problema para Barbara. Ela precisa de todo o conforto e auxílio que conseguir para essas crianças, e aceitará o que encontrar.

— Vamos estudar como sobreviver a um ataque — diz Barbara, decidindo não falsear as palavras. — Agora quero que todo mundo venha comigo em fila única. Vocês se lembram do que isto significa? "Fila única"?

No fundo, Jenny Coogan levanta a mãozinha, como se estivesse sentada numa sala da quarta série da Marietta Park Elementary. A menina pequena usa óculos de lentes grossas, uma delas rachada.

— Quer dizer tipo andar como numa linha só?

— Todo mundo sabe o que significa "fila única"! — vocifera Tyler Coogan para a irmã, fazendo um gesto teatral e exagerado de completa exasperação com a colossal ignorância dela. O menino de 10 anos veste jeans OshKosh e um boné dos Braves, e parece o garoto propaganda da sopa Campbell. Ele treme muito, o que parte o coração de Barbara. Uma coisa é ver um adulto tremendo desse jeito, seja por doença, pavor, frio ou crise de abstinência... Outra bem diferente é ver uma criança dessa idade com um caso crônico de tremores. De algum modo, isso representa algo que Barbara não consegue colocar em perfeita perspectiva; qualquer que seja a implicação dessa perspectiva. Ela não tem certeza do que é, mas sabe que não é bom.

— Tudo bem, já chega de brigas. — A mulher bate palmas e aponta os próprios olhos. — Olhem para mim. Todos vocês, olhem para mim. Vou subir e ver se o mar está calmo, depois quero que todos me sigam rapidamente, em silêncio, de forma ordeira; e procurem não falar, só falem se for inteiramente necessário. Está bem? Todo mundo entendeu isso? Estamos entendidos?

A maioria das crianças dá de ombros ou assente com vontade, menos Tyler, que tem as mãos nos quadris pequenos, a expressão petulante de repente confusa.

— Não tem mar no meio da Geórgia. De que você está falando?

Barbara olha o menino.

— Fiquei perdida. Está se referindo a quê?

— Você disse...

— Ah, sim, sim. Muito esperto. É verdade... Não tem mar aqui. — Ela acaricia o ombro do menino. — Mas tem errantes, então quero que me sigam rapidamente e em silêncio, está bem?

— Tá, tanto faz. — O menino dá de ombros, tentando reprimir os tremores, colocando as mãos nos bolsos. — Você já disse isso.

— OK, então agora vou subir ali e quero que todos vocês formem uma fila e fiquem de olho grudado em mim, esperando pelo sinal. — Ela olha todas as carinhas. O medo é tão denso que parece poluir o ar, mas Barbara consegue abrir um sorriso. — Lá vamos nós.

Ela se vira e manobra os pés nos degraus embutidos na terra compactada e petrificada da parede.

Barbara sobe. A tampa do bueiro está presa por braçadeiras que Bob conseguiu nas ruínas da loja Woodbury Paint and Wallpaper. A umidade tende a enferrujar e cristalizar tudo nos túneis rapidamente, então ela precisa lutar um pouco para soltar os grampos. A mulher grunhe, mas por fim afrouxa a tampa. Depois sente meia dúzia de pares de olhos jovens em seu corpo ao empurrar e abrir parcialmente o bueiro.

Os odores fecundos da floresta e o fedor azedo dos mortos a recebem, vagando na brisa da tarde. São quase 18 horas, e a luz do dia esmorece em um brilho índigo atrás das árvores.

— Muito bem, preste atenção, pessoal — cochicha Barbara por sobre o ombro para as crianças. — Quando eu disser já, todo mundo segue Bethany pela escada.

Ela olha a área imediata do lado de fora — uma clareira estreita na mata, cercada por moitas de trepadeiras e folhagem —, no momento sem errante algum. Cerca de 100 metros dali, por uma brecha nas árvores, Barbara enxerga seu destino: *o prédio principal da estação ferroviária abandonada*.

— Muito bem... Preparar, apontar, já!

Ela empurra o bueiro, abrindo-o completamente, e a tampa de ferro bate na terra. Barbara sai e para na beirada. Em seguida, saca do coldre a pistola tática .45 com seu silenciador de quatro polegadas (originalmente retirada dos restos mortais de um dos homens do Governador), destrava a arma e ajusta para um tiro por vez. Agora é *ela* que treme, pois consegue ouvir os mortos distantes se agitando. Galhos são quebrados por perto. Suas habilidades com a arma — senão a precisão de sua mira — melhoraram drasticamente pós-surto, mas ela não quer atirar na frente das crianças se for possível.

Bethany Dupree é a primeira criança a sair, olhando nervosa pela beira do buraco. Barbara ajuda a menina pequena a se contorcer pelo resto da saída, em seguida ajuda seu irmão menor, que sai ainda agarrado à barra da blusa de moletom da Hello Kitty que Bethany veste. Barbara faz um gesto para a menina ficar onde está e cochicha:

— Fique bem aí, querida, até que todo mundo saia.

Bethany se agacha com o irmão mais novo ao lado, chupando furiosamente o polegar.

Barbara faz um gesto de cabeça tranquilizador ao sussurrar:

— Está tudo bem, basta ficar aí até que todo mundo tenha saído. — Ela se vira para o buraco. Os outros saem, um por um. As gêmeas Slocum surgem, de olhos arregalados, observando ansiosas a mata. Tiff Slocum já parece estar ofegante. Barbara acaricia seu ombro, então aponta um local no terreno musgoso ao lado de Bethany e Lucas. — Meninas, fiquem bem ali por um minuto.

Jenny Coogan é a próxima a sair. Seu rosto está com uma expressão trágica, os lábios bem apertados, o queixo saliente, os punhos cerrados, os olhos vidrados de medo. Barbara sabe que a pobrezinha está travando uma batalha perdida com seus temores, mas que Deus a abençoe por estar tentando. É só o que a mulher pode pedir de qualquer um. Apenas tentar ser corajoso e *cumprir* a porra da tarefa de sobreviver.

— Muito bem, pessoal, agora olhem para mim e lembrem-se do que eu disse antes. — Barbara se dirige ao grupo de crianças num sussurro baixo depois que a última delas, Tyler Coogan, saiu e empurrou a tampa do bueiro pela abertura, espanando a terra rapidamente por cima para camuflá-la da melhor forma possível. Barbara cochicha:

— Vamos correr... mas não rápido demais... por essa trilha até o prédio do outro lado.

Uma sombra se aproxima atrás do pequeno Tyler, algo deslizando da folhagem.

Tudo acontece rapidamente. A mulher não consegue disparar um tiro com agilidade suficiente para neutralizar o ataque repentino, e o Mordedor arremete para o garoto. É um homem de meia-idade desengonçado, com macacão de fazendeiro e o crânio afundado. Seus olhos são leitosos, e a carne desgastada tem a consistência de pergaminho. Ele bate os maxilares no espaço que o pé de Tyler ocupava um instante antes de ser tirado do perigo.

Uma das meninas solta um gemido penetrante, agudo como o apito de uma chaleira, e um interruptor se liga dentro de Barbara: *Acabou — perdemos a cobertura — agora é uma corrida*. Há mais gritos enquanto Tyler chuta o monstro. Barbara atira na coisa — o disparo de sua Charter Arms Bulldog .44 soltando um estalo fino e abafado, como uma bombinha molhada —, e a árvore atrás da criatura explode. *Vamos lá, pistoleira,* pensa ela freneticamente. Tyler foge com a maior rapidez que seu traseiro e suas pernas pequenas conseguem carregá-lo. O errante mete as garras no menino, rasgando um pedaço de seus jeans OshKosh. Barbara atira de novo. O disparo arranca um naco do ombro da coisa, quase sem a abalar, mal reduzindo seu ritmo. Mas o terceiro tiro acerta na mosca, criando um buraco na coroa do crânio e perfurando metade do lobo frontal apodrecido.

Um fluido cor-de-rosa e viscoso esguicha da nuca do errante, que murcha e desaba.

Tyler corre para os braços de Barbara, que o pega e abraça junto ao peito, deixando que ele chore em silêncio por um instante, mas só um pouquinho. A alteração na maré de sombras atrás das árvores no entorno pode ser mais sentida que vista, mal pode ser ouvida com o vento farfalhando os galhos dos pinheiros.

— Foi uma atitude muito corajosa de sua parte. — Barbara tranquiliza o garotinho que tem nos braços. — Mas agora precisamos correr ainda mais rápido.

Ele a olha através das lágrimas.

— E o que estamos esperando?!

Em uma pista olímpica, um medalhista de ouro pode atravessar 100 metros em pouco menos de 10 segundos. Um astro colegial consegue correr em talvez 11 segundos, talvez um pouco menos. Mas *nesse* dia, conforme o crepúsculo começa a se fechar sobre os arredores de Woodbury e a horda — atraída ao barulho dos gritos apavorados — cerca as crianças, a turma de Barbara atravessa a área tomada de mato até a estação de trem com um propósito muito mais intenso que o de competir em uma corrida. Não há registro oficial de recorde para crianças correndo os 100 metros, mas, se houvesse, seria difícil dissuadir Barbara Stern de que cada um dos pequenos merecia uma medalha.

Eles chegam à porta lateral do antigo edifício de madeira no mesmo instante em que a horda atravessa os trilhos adjacentes e parte para a carne jovem e fresca no local. Tiff e Mercy Slocum começam a dar saltos de pânico, e Lucas se fecha mais em si e se mete ainda mais nas dobras do moletom da irmã. Barbara se controla para não olhar por sobre o ombro — está ocupada demais pegando uma chave no bolso do vestido enquanto se recorda de que, na última vez em que veio a este prédio, o Governador estava no comando das coisas por ali e eles usavam o depósito da estação como cofre de produtos valiosos e confiscados. A mulher encontra a chave, mete-a na fechadura, gira os tambores e abre a porta de roldão.

Um de cada vez, eles se jogam dentro do prédio, alguns tropeçando em fitas de embalagem descartadas e no lixo do chão. Algumas crianças tropeçam e caem. Barbara assume a retaguarda, batendo a porta depois de passar.

Ela solta um forte suspiro de alívio quando o martelar de errantes começa a reverberar, esbarrando na porta e roçando as janelas cobertas de madeira. Barbara baixa a cortina sobre a porta-janela com barras e se encosta à parede, soltando outro suspiro. As crianças se ajudam, pois alguns dos mais novos ainda estão chorando. Ela pergunta se está todo mundo bem e recebe a concordância de cabeça de toda a turminha.

Recuperando o fôlego, Barbara deixa cair a mochila — pesada de munição extra, baterias, um walkie-talkie e provisões —, então olha a sala empoeirada.

O teto elevado tem lâmpadas fluorescentes compridas, que não veem energia elétrica há mais de um ano. As janelas altas no lado oeste do salão estão cobertas de tábuas do lado de fora, pintadas com tinta preta por dentro, o ar permeado de um cheiro azedo. Caixas e engradados se elevam às vigas por todo lado, algumas pilhas formando corredores pelo meio do salão, onde outros engradados e pallets transbordam de riquezas esquecidas, como pinturas a óleo, gavetas de dinheiro de caixas registradoras, cofres domésticos, guarda-roupas recheados de peles e toda sorte de quinquilharias caras, marfim, porcelana fina e relíquias de família.

Barbara balança a cabeça ao olhar mais atentamente o corredor central. Lembra-se de que o Governador saqueou as casas abandonadas pelas ruas Bartee e Narnina, procurando bens valiosos que pudessem ter alguma utilidade se o apocalipse um dia chegasse ao fim. Ela se recorda de pensar que aquilo era doentio e também de pensar em Hitler recolhendo os dentes de ouro dos mortos.

A mulher se abaixa e abre uma caixa de joias forrada de veludo. Dentro dos compartimentos estão tesouros escurecidos e reluzentes de alguma matrona sulista há muito esquecida. Barbara pega um pequeno broche cravejado de diamantes no formato de um criado negro uniformizado, um símbolo racista rememorativo dos pequenos jóqueis negros — costumavam chamá-los de "Pickaninny Pins" —, e isso provoca uma onda de emoção inesperada. Ela balança a cabeça um pouco mais enquanto joga de volta o ridículo objeto na ridícula caixa de joias.

— Prestem atenção, todos vocês! — Barbara não tira os olhos da caixa de joias. — Quero que todo mundo vá para o outro lado da sala, onde não há janelas. Façam isso agora, por favor... Sem conversas e sem agitação!

As crianças vagam para o outro lado do salão, cada uma delas nervosa, apavorada e de olhos arregalados. Bethany Dupree assume a liderança, gesticulando para Lucas e as crianças mais novas se apressarem. Todas se reúnem debaixo de um enorme relógio Regulator que parou à meia-noite muitos meses antes e provavelmente jamais voltará a mostrar a hora certa.

Barbara saca a .44, verifica a trava de segurança e fala:

— Quero que todo mundo tape as orelhas! — Ao contrário do que dizem os filmes, o silenciador de quatro polegadas não silencia completamente uma pistola; apenas reprime a explosão, levando a alguns decibéis abaixo do estouro normal, áspero e sibilante.

Ela dispara um único tiro na caixa de joias, fazendo voar lascas de madeira, veludo, aço inox e pedras preciosas.

O eco enfim morre, então uma avalanche de silêncio cai sobre o depósito. As crianças estão petrificadas, além de boquiabertas e apavoradas. Barbara suspira, coloca a arma no coldre, vira-se e vai até a porta lateral.

Ela empurra a cortina de lado alguns centímetros e olha o terreno, os arredores mais distantes de Woodbury, o muro à direita e os telhados das construções da cidade para além da barricada.

— Sei que vocês todos são muito inteligentes, muito crescidos e muito corajosos para serem tratados como bebês — diz ela num tom alto o bastante para que as crianças a ouçam, mas sem tirar os olhos da horda de cadáveres ambulantes ao sol poente, amontoando-se no pátio de trens e perto da placa de boas-vindas da cidade. — Certo?

Alguns, como Bethany Dupree e os Coogan, murmuram afirmativamente.

— Então, vou abrir o jogo com vocês. Vem uma guerra por aí. Não é uma guerra de brincadeira nem uma guerra falsa... É uma guerra de verdade. Não é um jogo. — Barbara se vira e olha para eles. — Temos um trabalho a fazer. Precisamos ficar muito, muito quietinhos... Mais que qualquer outra coisa... Aconteça o que acontecer. Entenderam?

Eles dizem que entenderam.

Ela assente.

— Ótimo. — Barbara volta a olhar a abertura entre a janela protegida por tábuas e a cortina. — Ótimo. — Ela reflete. — Nada de falar, só se for absolutamente necessário. Nada de rir nem de brigar.

A mulher ouve uma das crianças se aproximando, os passos cautelosos e hesitantes. Bethany Dupree para a seu lado.

— Sra. Stern?

— Pode me chamar de Barb.

— Tudo bem... Barb? Posso fazer uma pergunta?

Barbara fita os olhos azuis meigos e ingênuos.

— Claro, querida.

— Quem estamos combatendo? Os errantes?

Ela concorda com a cabeça.

— É... mais ou menos.

A menina passa a língua pelos lábios.

— Vamos ter uma guerra com os errantes?

— Sim.

A criança reflete por um instante.

— Mas... já não estávamos fazendo isso?

Barbara pensa, depois volta a olhar a multiplicidade de figuras esfarrapadas que se arrastam sem rumo nos arredores sob a luz crepuscular. Quando volta a falar, é em um registro mais grave, a voz saindo com um pressentimento sinistro.

— Não assim, meu amor... Não assim.

DEZESSEIS

— MERDA! — Miles Littleton desce o pé no freio e derrapa o Challenger por um macadame desgastado no meio de Thomaston Woods, então para cantando pneu numa curva fechada no alto da Mullins Hill. Os faróis lançam dois fachos de prata pela muralha densa e enevoada de bétulas à frente. Seu coração dispara, e a boca está seca. Ele olha fixamente enquanto registra o que vê.

Miles engata a alavanca para estacionar, deixa o motor ligado e sai. O rapaz anda pelo acostamento, desce uma ladeira de cascalho, em seguida atravessa cerca de 5 metros de floresta escura, afastando a pancadas mosquitos, trepadeiras e galhos finos de pinheiro que arranham seu rosto. Miles chega em um espaço no mato e olha pela abertura.

Longe, em uma vasta colcha de retalhos de lavouras de tabaco marrom fulvo, à luz clara do luar, ele vê as sombras da carreata em movimento lento. Dessa distância, iluminado pelos pontos de luz de archotes e faróis, os veículos do comboio parecem inofensivas figuras de uma fazenda de formigas — quase festivos — à medida que seguem para o oeste, viajando em uma formação estreita de fila única no meio da pista da autoestrada 74, como um cordão amarelo radiante de vaga-lumes.

O cérebro de Miles leva algum tempo para registrar as formas atrás do último veículo.

No início, parece apenas que o vento está soprando rajadas de terra preta na atmosfera atrás da caravana, ou que talvez esteja olhando um vasto manto de neblina, ou pode ser que sejam apenas seus olhos lhe pregando peças. Miles se xinga por não ter trazido o binóculo. Que porra estava pensando? As coisas avançam rápido demais, e a merda está escorregando pelas rachaduras. Mas não há nada que possa fazer a respeito disso agora.

Ele estreita os olhos, engolindo em seco. *Será que é...? Não... Não pode ser. De jeito nenhum, porra.* Porém, quanto mais olha o enorme tapete de sombras em movimento atrás do final do comboio, mais se convence.

— Puta merda — resmunga Miles, e se afasta da cena.

Subindo a ladeira, o coração martelando no peito, ele corre até o carro, abre de rompante a porta do motorista e vasculha o conteúdo do banco do carona, pegando o walkie-talkie RadioShack.

O rapaz aperta o botão para falar.

— Aê! Irmã? Tá aí? — Ele solta o botão e não ouve nada, nem mesmo estática. Então, tenta mais uma vez. — Coé! COÉ! Norma! Lilly! Alguém aí! Tão me ouvindo?!

Nada. Nem um único estalo de estática ou silvo de ruído branco.

Ele olha a parte de trás do aparelho, abre a bandeja e tira a bateria de nove volts. Olhando para ela, percebe que os terminais estão corroídos. Parece velha.

— Que caralho de bateria!

Miles joga o walkie-talkie inútil no banco traseiro e acelera o motor. Agarrando a alavanca de marcha, ele engrena para dirigir e toca o acelerador. A transmissão engata e o carro arremete, jogando-o no banco.

Descendo a ladeira, desviando-se de destroços abandonados, Miles ouve o relógio do cérebro batendo, e faz as contas. Woodbury fica 27 quilômetros a oeste. No ritmo do comboio, chegarão à cidade em oito a dez horas.

O ataque acontecerá no amanhecer do dia seguinte.

Bob Stookey tem uma tremedeira. Mas lida com isso da melhor forma que pode enquanto anda na maior rapidez que as pernas artríticas podem carregá-lo pelo canal estreito e leproso de argila antiga da Geórgia, a lanterna quicando na escuridão de terra enferrujada que mergulha à frente dele em direção ao vazio. Ele tem pressa e ignora os tremores.

Tem um trabalho a fazer.

O túnel vira para leste, na direção do Elkins Creek, e, a cada passo, as vigas de sustentação vão ficando cada vez mais cobertas de estalactites de raízes e depósitos de cálcio, pendurados como lustres. A passagem — antigamente uma mina de zinco — parece se fechar sobre a pessoa quanto mais se segue para oeste, como uma goela gigante engolindo tudo que ousa atravessar suas profundezas.

Nesse momento, Bob não sabe dizer se o fenômeno é imaginário ou real, mas *consegue* detectar uma aceleração do pulso e a sensação de que a mochila fica mais pesada conforme penetra mais fundo no túnel. As botas guincham ritmicamente no piso de pedra, e a respiração sai ofegante com o resfolegar sincopado de um cavalo manco. As mãos estão gordurosas de um suor frio, portanto ele mal consegue segurar a lanterna, mas não tem problema. Há vidas dependendo de sua chegada ao desmoronamento, e ele não permitirá que a recaída atrapalhe a missão.

Dizem que sua primeira reação é a mais verdadeira. Dizem que seu pensamento inicial, a primeira sensação nas entranhas, *sempre* é o curso correto de ação. Mas, quando Bob ouviu o menino detalhar seu plano — um jeito aparentemente simples não só de revidar, mas de travar um combate duro e decisivo —, sentiu uma onda de emoção. O menino Dupree lembra Bob alguns jovens fuzileiros navais que ele remendou no Oriente Médio tantos anos antes; não de maneiras específicas, mas naquelas intangíveis: o modo como esses jovens voltam-se para dentro de si quando ameaçados, o modo como um lutador de rua terá aquela calma de cobra antes de atacar com uma intensidade feroz. O menino parecia quase sonhador ao propor as fases insanas de sua estratégia.

Quanto mais Bob pensa nisso, mais sentido faz. Escolha seu clichê preferido: fogo contra fogo. Levar a batalha ao inimigo. A melhor defesa é o ataque. Lembre-se da merda do Álamo.

Ele para por um momento, os ouvidos tinindo, e as entranhas ardendo de náusea. Bob procura no bolso, encontra o remédio — no frasco de metal amassado remanescente de seus dias de bebedeira pesada depois da morte de Megan Lafferty — e tira a tampa com o polegar. Então toma um gole rápido. Não muito. Só o suficiente para manter a tremedeira sob controle. Como uma metadona. É engraçado. Bob costumava brincar com o Governador que precisava de seu remédio para suportar o dia. Agora o álcool serve exatamente assim: como *remédio*. Nas últimas 24 horas, esteve tratando seu problema escondido com doses calculadas de bebida barata. Não há nenhum prazer nisso, nenhuma euforia, nem embriaguez... Só o equilíbrio constante dos nervos, como os jatos direcionais de uma nave espacial.

Bob sabe que esse é o único jeito. Caso contrário, beberia até esquecer, ou passaria pelos horríveis sintomas da abstinência de novo — o *delirium tremens* —, resultando em convulsões e ânsias de vômito. Seja como for, seria inútil para todos nesse momento. Assim, ele calibra e administra os goles a intervalos regulares, concentrado na tarefa que precisa executar. Recolocando a tampa, Bob segue em frente.

Ao virar numa curva, o homem começa a ver os sinais reveladores da infiltração de um regato acima — no facho da lanterna, os pingentes de arenito e cálcio são cada vez maiores, as raízes brilhando de umidade e as cracas de mofo grudando-se nas formações. Bob nota que o ar está cada vez mais fétido e embolorado, como o interior de uma cabaça apodrecida, e lança a luz em um objeto que surge bem à frente.

No escuro da lanterna, o vagonete virado de carvão parece um carrinho de bebê fossilizado de cabeça para baixo — um marco do qual Bob se lembra da última vez que esteve ali, ironicamente para resgatar aquele reverendo porra-louca com seu bando de seguidores. O homem sabe que o regato está acima dele, portanto acelera o passo.

À medida que avança, tira o walkie-talkie do cinto, aperta o botão e fala:

— Oi, menina Lilly, está na escuta?

Nada além de estática.

Ele aperta o botão.

— Está me ouvindo? Lilly? É Bob. Câmbio?

Através do chiado de uma recepção ruim, ele ouve um fiapo espectral de voz.

— ... *Pode falar, Bob...*

— Estou chegando ao desmoronamento.

— ... *Ótimo, Bob, prepare tudo o mais rápido possível...*

— Entendido.

Ele devolve o transmissor ao cinto e para de repente. Seu coração martela. Ao ouvir um barulho, Bob desliga a lanterna. O túnel mergulha na escuridão. Vaga-lumes radiantes nadam em seu campo de visão, um borrão fraco de metano roxo cintilando à medida que os olhos se adaptam. Ele saca a Magnum .357, destravando-a cuidadosamente. Depois segura a lanterna encostada no cano e a liga. O facho revela uma leve curva no túnel, uns 15 metros à frente. Bob se lembra da curva vista na última vez que visitou essa área; o desmoronamento deve ficar logo a seguir.

Ele pode ouvir as vocalizações fluidas de um Mordedor, fracas, porém inconfundíveis, vindas de algum lugar no escuro um pouco além da curva. Com cuidado, Bob avança, segurando a lanterna encostada ao revólver. O ruído aumenta. Ele segue cautelosamente pela esquina e, de súbito, precisa parar.

O desmoronamento que ocorreu apenas dois meses antes está 9 metros à frente, na poça oval do facho da lanterna. O aclive de 45 graus de terra solta que bloqueia o túnel tem cor de bolor, e um único cadáver reanimado se projeta do centro como se fosse um prisioneiro amarrado a um tronco. Só a cabeça careca e mosqueada, e parte dos ombros, estão para fora da terra, e o confinamento parece agitar eternamente o errante.

Bob se aproxima com um suspiro.

— Olha só o que temos aqui — diz ele a meia voz.

Rosnando alto e arregalando os olhos iridescentes com o clarão de uma lanterna na cara, o morto morde o ar na frente de Bob.

— Você precisa saber de uma coisa — diz Bob, apertando o cano da arma na testa da criatura. Nessa proximidade, a centímetros da coisa, o cheiro é dominador, a carne tem a consistência de reboco, pálida como massa de pão. Não é com frequência que ele tem a oportunidade de se dirigir a um desses de um jeito tão íntimo; só os dois, bem perto, um sentindo o cheiro do outro. — O nome dela era Gloria Pyne

— informa Bob, depois solta um único disparo que arranca um torrão do alto do crânio da criatura.

Ampliado pelo espaço fechado, o barulho deixa Bob surdo por um momento.

Ele dá um salto para trás, tentando evitar o jato de líquido cefalorraquidiano que esguicha na terra enquanto a cabeça arruinada e os ombros arriam de imediato e ficam pendurados sem vida no facho impiedoso da luz. Bob cospe, então olha com raiva o couro cabeludo ventilado, a massa encefálica em decomposição agora visível, brilhando dentro do buraco no osso e nas camadas de derme.

Em sua vida, Bob Stookey nunca sentiu um ódio tão fundo na medula.

O som abafado de outros cadáveres se reunindo atrás da parede de terra solta arranca Bob do devaneio. Ele engole a tristeza que cresce nele — a simples menção do nome de Gloria, falado em voz alta neste túnel solitário e esquecido, já lhe dá um aperto no peito — e cospe de novo, sacudindo a poeira e respirando fundo.

— Não se preocupe, pessoal, não me esqueci de vocês.

É hora de pôr mãos à obra. Com cuidado, tira a mochila das costas e a coloca delicadamente no chão. Abre o zíper, procura e retira cautelosamente uma caixa de madeira para charutos com as palavras "DYNO NOBEL" em estêncil nas laterais. Bob agacha-se, lança a luz da lanterna na caixa e abre a tampa. As bananas estão aninhadas em serragem.

— Trouxe um recado de Gloria para vocês — resmunga Bob, pegando a primeira banana de dinamite na caixa que ele e Gloria encontraram no escritório da mineradora. Ele se levanta e insere com cautela a ponta cega da banana na parede desmoronada.

O homem coloca outros bastões no desmoronamento em junções chave junto ao teto, depois desenrola o antigo estopim de segurança de um detonador a outro. Não há como saber se o estopim é viável; só Deus sabe quanto tempo a coisa ficou lá embaixo, naquele escritório. Bob nem mesmo sabe se os explosivos vão acender. Nem tem certeza de que a caravana passará por aqui a caminho de Woodbury. A essa altura, é tudo conjectura, mas, o que mais eles podem fazer?

Ele insere mais meia dúzia de bananas de dinamite no teto de terra. Depois desenrola o estopim pelo túnel por cerca de 15 metros e encontra um balde para se apoiar. Sentando-se, pega o walkie-talkie.

— OK, tudo armado. Câmbio.

Um instante depois, a voz fraca de Lilly estala pela estática:

— ... *Tudo bem, espere...*

— Vou esperar. — Bob solta o botão e coloca o transmissor no cinto.

E ele espera.

E espera.

Miles Littleton puxa o volante e dispara pela River Cove Road, depois se precipita até uma estrada de terra estreita que corre sinuosa pela mata escura, os faróis varrendo a muralha densa de folhagem, as vibrações chocalhando seus ossos e fazendo a traseira do Challenger rabear na terra. O carro potente lança um maremoto de poeira para trás e ronca na direção do bosque próximo à entrada do túnel.

Normalmente — seguindo as instruções de Lilly —, Miles estacionaria a cerca de 1 quilômetro e meio, onde está escondida a frota de veículos usada pelos moradores do túnel, sob a cobertura de grossos carvalhos vivos. Mas agora o tempo é essencial e ele não pode desperdiçar os quinze minutos de caminhada da frota até a entrada do túnel.

O rapaz pisa no freio justo quando o carro faz a última curva.

A inércia o joga para a frente, lançando terra, enquanto o Challenger derrapa de lado. Miles dá um golpe no volante durante a derrapada, habilidosamente evitando que o enorme sedã rebaixado rode. O carro raspa, parando de forma barulhenta a 300 metros da entrada do túnel, perto de um leito seco de rio.

Miles solta um suspiro tenso, abre a porta e sai do carro.

Ele parte pelas sombras até chegar à bandana vermelha e esfarrapada na vareta, que mal é visível na escuridão. Ao ver a corda se projetando do chão, amarrada a um toco, segura e puxa.

— Ei! Lilly! Norma! Sou eu!

Ele espera.

— Aê! AÊ! Pessoal! Me deixe entrar! É o Miles! — Ele tenta abrir a tampa do bueiro, mas eles colocaram os grampos no lugar, pois os túneis estão em alerta máximo. Miles bate. — Aê!... Gente!... ME DEIXE ENTRAR!

O chão em volta do bueiro vibra levemente enquanto alguém retira os grampos e abre a tampa. De repente, a cara suada de Lilly Caul aparece na escuridão abaixo, seu braço se lança para cima e agarra a gola do moletom de capuz surrado de Miles Littleton.

— Meu Deus do céu, Miles, vai atrair toda a porra do enxame!

Ele desce a escada embutida atrás dela e pula no chão compactado do túnel. O impacto o faz ver estrelas, e, por um momento, o rapaz fica cego na atmosfera escura dos subterrâneos. Miles ouve a voz de Norma:

— O que está acontecendo, pelo amor de Jesus Cristo? Não era para usar o rádio?

— Baterias de merda. — Miles está com a respiração pesada, piscando para adaptar a visão.

A voz de Lilly é mais próxima.

— Nós não verificamos?

— Acho que não. — Miles se curva, colocando as mãos nos joelhos ao recuperar o fôlego. Consegue enxergar Lilly Caul de pé junto dele, com um pente de munição numa das mãos e um walkie-talkie na outra. O rapaz a olha. — A porcaria estava estourada, vazando merda por dentro do rádio. A porra do transmissor tá morto.

— Que droga, avisei a Bob que devíamos... — Lilly começa a dizer quando Miles a interrompe.

— Eles estão mais perto que pensávamos. *Cara*. Acho que vão chegar aqui quando o sol estiver nascendo.

Lilly olha para ele.

— Como é? — Ela umedece os lábios, olha a câmara estreita de terra petrificada e acumulações antigas. A essa altura, Tommy Dupree, David Stern e Harold Staubach ouviram o tumulto e estão atrás de Lilly com uma expressão tensa. Falando quase sozinha, ela diz: — Isso é daqui a tipo... *uma hora*?

Miles dá de ombros e a encara, mas não diz nada.

David Stern torce compulsivamente as mãos. Está com um blusão preto com o logo dos Falcons quase completamente gasto no bolso do peito, a área nas axilas já molhada do suor do estresse.

— Tem certeza absoluta? — pergunta ele, boquiaberto e incrédulo, para o jovem ladrão de carros. — Precisamos ter certeza.

Miles concorda com a cabeça.

— Eu vi os caras no lado oeste da Thomaston Woods, subindo a 74, a cerca de 8 quilômetros do cruzamento.

— Da autoestrada 18, é isso?

Miles assente.

— E o pior é que eles têm tipo o dobro de errantes do que pensávamos... Parece uma porra de exército andando atrás deles... Tipo umas cem *bandas marciais* de merda... Só seguindo, felizes da vida!

Lilly baixa a cabeça, morde o lábio, pensa, depois olha para Miles.

— Há quanto tempo você os avistou na Thomaston Woods?

Ele dá de ombros.

— Tipo meia hora atrás.

— Merda!... MERDA! — Lilly leva o walkie-talkie aos lábios e aperta o botão. — Bob? Está me ouvindo?

Sentado no escuro do túnel do Elkins Creek, bem abaixo da cidade de Carlinville, na Geórgia, Bob dá um pulo ao ouvir a voz de Lilly crepitando no radiotransmissor, fazendo eco na passagem desolada.

— *... Bob!... BOB!... BOB!!... MAS QUE MERDA, FALE COMIGO!...*

O homem aperta o botão.

— Ainda estou aqui, querida, não precisa gritar.

— *Acenda agora, Bob, faça agora... AGORA!*

Ele olha o radiotransmissor.

— Agora?

— *SIM, ACENDA AGORA!... ESTÁVAMOS ERRADOS SOBRE A HORA DE CHEGADA... ACENDA AGORA!!* — Ele larga o rádio e se atrapalha com o isqueiro, e se vê rezando para que os antigos estopins funcionem.

Bob Stookey não é ateu. Tem sua própria concepção de quem seja Deus e como o homem deve ser ocupado. Porém, naquele momento, ao tocar a chama do Bic na ponta do estopim de segurança e a juta faiscar, ele pergunta a Deus se por acaso não teria um tempinho para lhe fazer um favor.

O reverendo ouve a primeira explosão vindo de trás enquanto está no estribo do trailer — uma versão surreal do quadro Washington Crossing the Delaware —, com a cara vermelha, o terno de luto preto, botas Wellington e cabeça de bola de bilhar, brilhando um pouco no escuro que antecede o amanhecer. O céu noturno pisca acima, como um flash de fotógrafo, e o tremor secundário atinge a traseira do veículo.

No início, ele se abaixa por instinto, como se estivesse sendo baleado, e depois, confuso por um momento, vira-se para olhar a horda de errantes.

O pregador vê a segunda e terceira explosões abrirem o chão pelos arredores de Carlinville, parecendo poços de petróleo lançando partículas de terra preta para o céu, em nuvens de um laranja vivo na luz baixa. Um vasto negror brota no céu cinza-claro, levantando a metade traseira da horda de errantes, como um tapete sendo enrolado.

Certa vez, Jeremiah viu um tornado autêntico enquanto fazia um culto de renascimento numa tenda no Arkansas, e foi bem assim — estacionamentos de trailer, comunidades inteiras, bairros completos, vistos de longe, pareciam se dissolver e ser sugados para a fúria do tornado. Partículas mínimas que a princípio parecem lixo ou destroços não identificados mostram que são balanços, chaminés, carros inteiros, casas completas. Uma visão dessas faz a alma de uma pessoa se contrair para dentro com uma inquietude primitiva; a Mãe Natureza dando um de seus mais desagradáveis ataques. E agora *isso* — essa abominação —, trazendo tudo de volta em uma precipitação retumbante.

O pregador se abaixa novamente conforme o primeiro projétil tomba no teto do trailer, um objeto reluzente e escuro que quica no capô e bate na frente do veículo, caindo no estribo a poucos centímetros das botas de Jeremiah. A coisa fica alojada atrás do para-choque por tempo suficiente para o pregador identificar a mão humana decepada. Outros objetos começam a chover no carro — braços, pés, metade de um tronco, algumas cabeças decapitadas e arruinadas —, criando bombas de partículas de sangue e tecido pelo para-brisa, em tal profusão que Reese Lee Hawthorne, ao volante e lutando para manter o veículo firme na tempestade de morticínio, liga o limpador.

— FIQUE NO RUMO! — grita Jeremiah ao motorista. — CONTINUE EM FRENTE!

Então o pregador pega o walkie-talkie no bolso do paletó e dá uma rápida olhada por sobre o ombro para avaliar os danos. Na névoa da explosão, enxerga o imenso reboque oscilando de um lado a outro, a luz estroboscópica e os sons de agonia humana ainda pulsando, e, para além disto, vê que uma enorme parte da população de Mordedores desapareceu, a metade traseira do enxame desintegrada pela explosão, ou espalhada pela terra marrom e queimada, em nacos de carne enfumaçados e sem vida. Jeremiah aperta o botão do walkie-talkie e berra no bocal:

— Irmão Stephen, não se atreva a parar esse reboque! Não se atreva a reduzir! Ainda temos centenas dessas coisas marchando conosco! Essa gente *não pode* virar a maré do destino! NEM PENSE EM PARAR!

Jeremiah ouve um barulho na frente da caravana e se vira.

Seus olhos se estreitam de fúria.

Covardes!

Bob Stookey espia por cima do vagonete virado e vê algo horrível se desenvolvendo na escuridão distante do túnel.

Ele esteve agachado atrás do transportador quebrado nos últimos cinco minutos, primeiro vendo o estopim faiscar, cuspir e fazer o percurso pelo chão até a dinamite, depois se abaixando atrás do vagonete a cada trovão, enquanto o carbonato de sódio e a nitroglicerina faziam seu trabalho. Mas agora os abalos secundários começaram a ranger pelos tendões do antigo poço da mina.

Bob liga a lanterna, lança a luz pela extensão do túnel a partir de onde veio, e coloca-se de pé rapidamente quando vê as vigas do teto começarem a soltar poeira pela escuridão a cerca de 100 metros. Ele começa a se afastar ao ver as laterais do poço se curvando para dentro, como esculturas distorcidas e surreais de Salvador Dalí derretendo em *time-lapse*. Então se vira e desata a correr conforme o túnel começa a desmoronar.

Os mineiros chamam de rebote. Quando o poço tem um rebote, toda a topografia da terra se altera. Riachos mudam o curso, rochedos racham, e todas as placas tectônicas se deslocam um pouco. Bob corre por cerca de um minuto — voltando para o ramo principal do Elkins Creek e os esgotos de Woodbury —, mas, ao ouvir o ronco grave e alto se elevar, olha por sobre o ombro, apontando a lanterna para as profundezas atrás de si.

A beira do desmoronamento estreitou em uns 100 metros a distância e está ganhando terreno. Todo o sistema da mina cai atrás de Bob e, em segundos, o alcançará e o devorará, enterrando-o no vazio negro, frio e eterno, e será o fim da história. Isso o impele a uma corrida desesperada, o que não é fácil no espaço estreito e confinado. Ele bate e raspa nas superfícies fossilizadas da parede enquanto arremete para oeste. O desmoronamento o ganha, praticamente beliscando seus calcanhares.

Bob alcança a parte de baixo do riacho justo quando se dobram os tributários dos dois lados. O barulho é descomunal — parecendo uma série de explosões profundas no fundo do mar —, fazendo-o acelerar o passo. Agora ele corre com o máximo de rapidez que as pobres e velhas pernas permitem, puxando o ar empoeirado para dentro dos pulmões, o maremoto de escuridão pressionando suas costas, engolindo tudo pelo caminho. Ele ofega, debate-se e dispara pelo duto principal enquanto o facho da lanterna quica caoticamente pelo teto e pelas paredes, com o peso do colapso invasor — agora bem atrás dele —, pressionando-o a continuar. O barulho o deixa surdo e ameaça tragá-lo. Bob deixa cair a lanterna. Então corre na mais absoluta escuridão por mais uma eternidade de terror agonizante, antes de os joelhos vergarem.

O homem tropeça e cai, de cara, esparramado, deslizando por alguns metros na escória de carvão.

Ao bater no canto de dois túneis que se cruzam, fica ali deitado, esperando que última cortina fria e escura seja arrastada sobre ele.

DEZESSETE

— Vamos lá, amor, é agora ou nunca! VAI!

A voz de Molly Frazier, vinda do banco do carona do Winnebago, dá coragem ao motorista, que lança um olhar febril para a mulher, concorda com a cabeça e golpeia o volante. O trailer solta um guincho ao derrapar numa curva fechada, e segue roncando pela estrada de terra estreita que desaparece na floresta.

Para James Frazier, já basta. Ele não vai travar uma guerra insana contra uma gente que nem conhece, usando errantes como armas, junto de um pastor qualquer, que parece ter perdido o juízo.

Com as mãos soldadas ao volante, James vê pelo retrovisor a folhagem e os galhos raspando as laterais do trailer. Também consegue enxergar a desordem do resto do comboio atrás de si, parte dos outros veículos encostando e fugindo na direção contrária. Graças ao Senhor, ele não é o único.

O jovem de cabelo claro, olhos gentis e barba irregular vem debatendo com a esposa pelas últimas 24 horas se devem ficar com o reverendo ou escapulir, como tantos outros já fizeram. James e Molly Frazier têm ambos formação na igreja pentecostal, com genitores extremamente conservadores e rigorosos, além de figuras paternas autoritárias. Jamais se entenderam verdadeiramente com o padre Murphy — liberal demais, católico demais, étnico demais, *alguma coisa* demais —, mas era melhor que lutar sozinhos. Eles precisavam da segurança familiar do povo da igreja; independentemente da denominação.

Porém, quando Jeremiah Garlitz apareceu, os Frazier — e muitos outros, aliás — viram um espírito irmão, um homem de seu mundo, um líder que falava sua língua. Para James Frazier, essa é a parte mais triste de toda a confusão — o que eles *poderiam* ter tido se o reverendo Garlitz continuasse em seu juízo perfeito. Poderiam ter tido a paz e a satisfação, não só de sobreviver à praga, mas de verdadeiramente viver no Espírito Santo.

Agora, enquanto a pálida luz que antecede o amanhecer começa a tingir de roxo as sombras da floresta pelo Elkins Creek e James dirige o trailer para a fazenda ao norte, ele e a mulher estão no silêncio desolado da cabine do veículo, sem saber que pecados cometem ao fugir da caravana... Ou que destino os aguarda no norte.

Bob Stookey abre os olhos.

Está deitado no escuro, um peso frio pressionando as pernas, mas percebe, com certa surpresa prazerosa, que ainda respira. Um fraco brilho é visível pelo canto do olho, e ele precisa se torcer desconfortavelmente para ver que a lanterna caiu, rolou cerca de 10 metros e agora está imóvel no piso do túnel, iluminando uma parede adjacente.

Bob respira fundo várias vezes e se ajoelha, as articulações gritando de dor e rigidez. O cabelo preto e oleoso cai na cara. Ele o tira, sacode a vertigem e observa os túneis escuros que se entrecruzam, as vigas antigas acima pingam condensação e estão cobertas por bolos de raízes. Rapidamente entende o que acaba de acontecer: o desmoronamento deve ter seguido seu curso até a onda esbarrar nas vigas de reforço e na cantaria dos túneis cruzados.

Bob baixa a cabeça e vê as lascas de plástico, assim como as entranhas elétricas do radiotransmissor. Na agitação, deve ter caído em cima do dispositivo, despedaçando o objeto. Sua pulsação está disparada, um filete frio de pânico desce pela coluna.

— Merda, merda, merda, merda, merda, merda — resmunga ele ao se esforçar para levantar, as costelas tomadas de dor onde bateu contra a parede.

As horas continuam passando — ele não sabe por quanto tempo ficou incapacitado ali —, e agora não há jeito de entrar em contato com Lilly. Bob tem a sensação de que as explosões de dinamite chegaram meio tarde demais; algo na urgência da voz de Lilly, o estrondo no alto. Agora aquele reverendo porra-louca talvez já esteja atacando. O homem abaixa-se e pega a lanterna, partindo num trote pelo túnel central, voltando para a cidade com a rapidez que os ossos velhos e espancados permitem.

A lateral do corpo começa a arder de imediato, mas ele ignora a dor, aumentando a velocidade. O facho da lanterna quica à frente. Ele não tem como avaliar a que distância está, ou de quanto tempo precisará a fim de voltar para casa. A longa ramificação principal que liga Woodbury ao Elkins Creek segue por quase 5 quilômetros e é muito parecida, com uma regularidade nas vigas do teto e paredes compactadas e cristalizadas, assim como nas luzes apagadas penduradas em antigos cabos.

Ele procura por um marco à medida que prossegue, bufando laboriosamente, com a .357 batendo no quadril. Procura algum sinal de que está se aproximando dos túneis de casa, mas as paredes cinzentas e apodrecidas e os depósitos de cálcio e ferramentas descartadas passam num borrão. Ele acelera o passo. O coração martela no peito. Bob sabe que já se distanciou 2 ou 3 quilômetros do Elkins Creek, mas quanto tempo levará para cobrir os cerca de 2 quilômetros restantes?

A forma oval, prateada e seca de luz dança pela escuridão à frente, iluminando cada vez mais as profundezas do poço da mina. Ele se sente um rato num labirinto. Pensa em Lilly, David Stern e Harold, naquela pobre e infeliz garota Norma e no garoto Miles tentando deter o exército de sicofantas do reverendo. Pensa naquelas crianças presas na estação com Barbara. Então acelera ainda mais.

Bob leva algum tempo para perceber que o peito começou a doer e que os bufos se deterioraram num ofegar doloroso. Mais uma vez, ignora isso, continuando na maior velocidade possível, pulando vagonetes de carvão quebrados e detritos de errantes de gerações de escravos foragidos, mineiros e fugitivos não documentados.

O túnel parece se afastar dele, um telescópio virado ao contrário, um sonho em que ele não consegue chegar a lugar algum, por mais que corra. O peito lateja de dor, a pressão agora o esmaga. O pescoço fica rígido. Bob sente uma dor aguda no braço esquerdo, como facadas, e as articulações travam. Ele reduz um pouco o ritmo, então se irrita e corre ainda mais. O facho da lanterna quica. As paredes são um borrão. Ele arqueja. Está ficando tonto. Seus ouvidos — surdos da explosão — agora só conseguem escutar a batida sincopada da respiração aos bufos. O maxilar começa a doer, e a dor dispara pelos braços.

Ele reduz a uma coxeadura, segurando a lanterna com uma das mãos suadas, enquanto a outra está apoiada na barriga. A náusea se agita nas entranhas. Parece que uma faixa de metal aperta o peito. O fundo da garganta arde, acendendo a um calor de fusão a cada respiração. Bob leva a mão livre ao esterno, onde parece que um elefante se colocou sobre seu peito, entre os peitorais.

A coxeadura se reduz a um arrastar desajeitado enquanto ele se recurva de dor. O vômito sai de repente, despejado num bocejo líquido e deturpado, respingando na camisa de cambraia suja e nas botas. Não há muita coisa no estômago, então o vômito não é muito produtivo, mas é barulhento e reduz seu passo a um cambalear.

Por fim, ele para, curva-se e coloca as mãos nos joelhos. Está ensopado de transpiração; o suor ficou gelado e pegajoso. Bob larga a lanterna. A pressão no peito agora é enorme, uma lápide de mil toneladas pesando no coração.

O coração.

O maldito coração.

Ele cai de joelhos, segurando o peito. Sua situação é registrada em fases. Primeiro, só consegue pensar em Lilly e nos outros, e como ele simplesmente precisa vencer este atraso momentâneo porque sabe melhor que ninguém que muitas outras causas podem provocar os sintomas que apenas se *assemelham* a um ataque cardíaco.

É nesse momento que a vertigem e a falta de fôlego o dominam e arrastam para baixo. Ele desaba no chão do túnel, ainda com a mão no peito, ofegante, a respiração entrecortada criando pequenas nuvens de poeira preta a cada vez que exala.

A segunda fase de sua percepção chega então em uma maré de puro ódio: *seu idiota, tolo, devia ser um homem da medicina e agora olhe só para você. Olhe só para você. No pior momento possível! Toda uma vida de descuido enfim o alcançou!*

Toda a bebida, as noites em claro, os cigarros, o molho apimentado, papa de milho pingando manteiga, gordura de bacon, frango frito, torta cremosa de banana — todos os castigos que infligiu a seu coração com o passar dos anos — voltavam para ele.

Caindo de costas num paroxismo repentino de agonia, a dor lancinante cortando um abismo pelo meio do peito, Bob se abraça e ofega, sem ar, olhando fixamente o teto através das lágrimas. Seus pulmões esforçam-se para puxar o ar que só chega por teimosia. O corpo fervilha. A terceira e última revelação então chega, em uma onda de desespero.

Esse é dos grandes — o ataque cardíaco de que seu médico em Augusta vinha alertando-o por décadas — e não podia ter chegado em pior hora.

Uma lágrima brota no canto de um olho e escorre pela face esquerda. Ele olha as circunvoluções sinuosas e emaranhadas do teto do túnel no facho torto e fraco da lanterna caída, sente o punho se fechar no coração e o concreto encher os pulmões, interrompendo o fluxo sanguíneo, então tudo fica indistinto, com pouco foco. Bob sabe o que vem agora, e pensa que não conseguirá ver Lilly de novo, não lutará a seu lado, não poderá ver seus olhos castanhos brilhantes fitando o estranho circo que o mundo se tornou.

Tudo isso passa por sua cabeça em um milissegundo que parece uma eternidade.

Ele pensa nas crianças. Pensa em abraçar o garotinho Dupree, Lucas, que esteve em seu colo alguns dias antes, brincando de cavalinho. Bob arrancou uma gargalhada magnífica da criança e, por algum motivo, sentiu uma realização enorme e inesperada; só de conseguir aquele riso nesses tempos sombrios era um bálsamo para a alma. O homem jamais se casou, nunca soube o que era ter filhos, mas adorava crianças e amava esses molequinhos que Lilly e ele pegaram depois da queda de Woodbury. Adorava as gêmeas Slocum, as carinhas de fada lembrando-lhe bonecas de marzipã, e o jeito como seus olhos cintilaram quando Bob lhes mostrou um trevo de quatro folhas que encontrou numa excursão em busca de suprimentos na semana anterior.

Essas crianças representam a esperança de um dia restaurar o mundo ao estado anterior, elas significam tudo para Bob, e agora, prostrado nos estertores de um ataque cardíaco, pensa no pregador e em seus loucos varridos colocando as mãos nos pequenos. Pensa nessas crianças na linha de fogo. Pensa nelas correndo um grave perigo neste exato instante.

Bob começa a se arrastar, o braço esquerdo inteiramente dormente, as pernas inúteis, os pulmões em chamas. Percorre alguns centímetros antes de desabar. Ele respira pelo nariz, soprando pequenas nuvens de pó de hulha.

Então recomeça, arrastando o corpo deficiente com uma lentidão torturante, alguns centímetros de cada vez. Parece que o peito está prestes a se romper. Ele respira palha de aço, mas se recusa a se entregar à dor.

Bob continua rastejando e mantém o olhar fixo na escuridão implacável à frente.

O horizonte a leste vai de um azul cobalto escuro a um cinza desbotado, a primeira luz do dia invadindo as sombras na mata em torno de Woodbury.

O ar crepita com o frio do início da manhã e com o zunido das aves enquanto uma figura escura sai de um buraco no chão, corre por uma clareira e sobe no carvalho mais próximo.

Os picanços nos galhos mais altos soltam guinchos sedentos de sangue, como uma saudação ou, talvez, um alerta, conforme a figura encontra um ponto de observação e pega um binóculo no bolso. Com o capuz puído, as tranças delicadas batendo na brisa, Miles Littleton engancha um braço no tronco da árvore para se firmar enquanto percorre com os olhos o terreno arenoso para além dos campos de tabaco.

Pelas lentes, o rapaz vê um panorama estreito de sedes de fazenda abandonadas, estradas tomadas de destroços e leitos secos de rio cortando o interior da Geórgia, como as veias dissecadas de um enorme cadáver. Miles observa o brilho de ouropel do rio Flint, serpenteando para o sul na luz renovada.

Ele pisca. A cerca de 4 quilômetros dali, uma nuvem baixa e escura de poeira se eleva na Cove Road. Ao piscar novamente, ajeitando o foco, fica boquiaberto com a enorme mancha de veículos e a miríade de sombras se abrindo em sua esteira, vindo em sua direção, movendo-se com a certeza lenta de um glacial negro.

— Ah, caralho — resmunga Miles, deixando o binóculo pendurado quicar do pescoço enquanto desce apressado. Ele chega ao chão e volta pela clareira até a tampa do bueiro. Então a levanta e desce pela abertura.

Passos convergem para ele assim que cai no interior do túnel.

— E então? — A voz de Lilly crepita de tensão, os punhos cerrados involuntariamente enquanto se coloca diante dele com o casaco de camuflagem e o cabelo num rabo-de-cavalo apertado. Ela traz um cinturão de balas atravessado no peito, a fileira de projéteis revestidos aninhada entre os pequenos seios.

Miles a olha com gravidade.

— Já atravessaram o Flint.

— Merda! — Lilly engole em seco e olha para os outros que estão reunidos atrás dela. Harold Staubach segura uma arma de grande calibre contra o quadril, o rosto castanho-avermelhado brilhando de suor. David Stern está atrás dele nas sombras, a AR-15 pendurada no ombro da jaqueta de seda. Norma Sutters vem gingando atrás de David, as feições gorduchas unindo-se numa carranca.

— Vão estourar por aqui talvez em meia hora? Algo assim?

— Tá legal, tá legal... Tudo bem. — Lilly engole em seco novamente, concentrando-se com a intensidade de um laser na tarefa a seguir, olhando a extensão do túnel principal. A menos de 30 metros, a passagem mergulha na escuridão. Eles estiveram tentando conservar energia e lâmpadas, acendendo só o mínimo necessário. Agora Lilly vai à parede e vira os interruptores que Bob instalou como medida de segurança alguns dias antes. — Preciso do seguinte: preciso que todo mundo escute com atenção, porque só tenho tempo para falar uma vez.

Os outros ficam imóveis enquanto as luzes se acendem, uma depois da outra, pela extensão do duto principal, passando pela creche improvisada, com sua frota de berços e camas, pelos túneis laterais, pela enfermaria temporária e o depósito, então seguindo para além das barreiras de tela.

— Norma, vou precisar que você vá buscar os bonecos. Traga-os já para cá, o máximo que conseguir... Terá de bastar. Miles, pode ajudá-la.

Norma e Miles precipitam-se pelo túnel central na direção do depósito.

— David e Harold, vou precisar que armem aquela zona de segurança com a maior rapidez possível, depois assumam seus lugares e entrem no personagem.

David Stern exibe uma expressão sofrida, de pânico.

— Lilly, vamos precisar de mais que dois homens.

— Terão Miles e Norma também, assim que estivermos prontos aqui embaixo. E Bob, quando ele voltar. — Ela se lembra de que Bob está atrasado, o que é um mau sinal, mas afasta o pavor da mente. — Se tudo correr bem, Tommy e eu poderemos nos juntar a vocês em breve.

— E como é que alguém vai nos encontrar?

— Olhe, temos três walkie-talkies funcionando, não é? Você fica com um, eu com outro, e darei o terceiro a Norma. Três equipes: Harold e você, Norma e Miles, Tommy e eu.

— Mas e Babs?

— O que tem ela?

David limpa a boca.

— Aquela estação está muito exposta... Sei lá... Me parece que podíamos ter encontrado um lugar mais seguro.

— Agora não há nada que possamos fazer a respeito. Vamos lá. Ao trabalho... ENQUANTO TEMOS TEMPO!

Ela bate palmas energicamente, e o grupo se dispersa. Lilly corre pela área de estar para reorganizar as cadeiras. David e Harold vão para a entrada do esgoto, a 15 metros dali, desaparecendo pelo canto, os passos esmorecendo no silêncio.

A essa altura, Norma e Miles já voltaram com o primeiro par de bonecos. Norma fala acelerado, de forma concisa e quase aos sussurros:

— Tem roupas suficientes do Exército da Salvação para fazer cinco dessas coisas, mas vamos ter de voltar lá para pegar mais se quisermos fazer todos *nós*. — Ela arrasta uma efígie pelo chão e a joga numa cadeira. — São bem toscos. Mas de longe? Não sei. Como minha mãe costumava dizer, "Num cavalo a galope, você não fica nada feia, garota".

Vestidos em trapos e roupas de segunda mão, os bonecos foram recheados de jornais velhos e lixo; as caras foram costuradas com meias-calças cor da pele e recheadas de mais papel. Parecem objetos que um grupo de manifestantes queimaria durante um protesto.

— Os errantes são burros pra caralho — arrisca Miles, colocando um boneco numa cadeira. — Mas será que são burros o bastante para engolir *essa*?

— Vão engolir — diz Lilly. — Confie em mim. Ande. Vamos trazer os outros para cá.

Um minuto depois, eles têm cinco das efígies sentadas em formação pela área de estar. É uma visão surreal, até para esse lugar, e Lilly olha fixamente as coisas por um momento, então se vira para Norma e Miles.

— Tudo bem, uma última coisa antes de eu liberar vocês dois.

Norma olha para ela.

— O que é, filha?

Lilly já abriu a fivela do cinto e os jeans.

— Mijem neles comigo.

Por um momento, Norma olha para Miles, que olha para ela, depois se vira perplexa para Lilly.

— Ande, gente! — Lilly baixa a calça, empurra a calcinha e monta no colo do primeiro boneco. — Mijem neles.

David Stern e Harold Staubach encontram o bueiro da Dromedary Street minutos depois de terem virado a esquina abaixo do cruzamento da Dromedary com a Date Lane. O ar está denso com uma névoa de metano, além do fedor de amônia, e eles têm de andar por 15 centímetros de lodo escurecido para chegar ao ponto de saída.

Os dois enxergam feixes finos dos primeiros raios de sol entrando pelas frestas do antigo bueiro, a luz celeste penetrando a poeira e demarcando a saída de esgoto. Nenhum dos homens fala nada ao chegar ao pé da escada embutida de pedra. Trabalhando com rapidez e silêncio, David ajuda Harold a subir primeiro, depois o segue com o fuzil de assalto pendurado, se retorcendo.

O mais velho luta por um momento com a tampa do bueiro enferrujado, mas por fim consegue abri-la alguns centímetros, espaço suficiente para deixar entrar uma onda enorme do fedor acre de errantes. Harold tira um espelho pequeno de trás do cinto e o estende à luz do dia. Bob Stookey obteve uma dezena desses espelhinhos de maquiagem no início do mês nas ruínas da drogaria da cidade, e eles vêm sendo inestimáveis aos habitantes do túnel.

Agora Harold Staubach empurra o objeto a uma distância suficiente para ver um reflexo da esquina.

No pequeno oval de vidro, são visíveis muitos errantes zanzando pelo cruzamento central. À esquerda, uma fila de fachadas cobertas por tábuas dá para uma calçada apinhada de mortos-vivos. Alguns se roçam continuamente, enquanto outros permanecem em posições estacionárias e arriadas na frente de vitrines quebradas, babando bile negra dos lábios cor de fígado, como se esperassem um recado iminente de seu reflexo.

Harold gira o espelho 45 graus para a esquerda até conseguir ver o destino dos dois.

Para além da esquina infestada de errantes, meia quadra ao norte, duas enormes carretas estão de frente uma para a outra, atravessadas na enorme entrada da cidade. O coração de Harold se acelera um pouco. Ele vê o terreno baldio adjacente ao portão, 4 mil metros quadrados de mato alto, pontilhado aqui e ali por tambores de óleo virados, pneus descartados e restos humanos bicados pelas aves, pelo tempo e pelos mortos vorazes. Alguns esqueletos estão tão descorados pelo sol que são quase brancos, porém, tirando esses lembretes macabros da praga, o terreno está praticamente livre de errantes.

— Está pronto para isso, meu amigo? — pergunta Harold, meio retoricamente.

Nenhuma resposta de David.

— Já estamos de boca fechada há umas mil horas... Quando vamos poder falar?

A voz — suave como o arrulho de um passarinho, mas também cheia de indignação justificada — imiscui-se nos pensamentos em disparada de Barbara Stern e a faz se virar da janela, sobressaltada.

Na luz fraca do amanhecer, que penetra pelas frestas cobertas de madeira, Barbara vê a pequena Mercy Slocum bem atrás dela, com as mãos nos quadris em uma imitação em miniatura de uma prolongada irritação. O rosto angelical e franzido da menina está com manchas de chocolate, pois Barbara abriu a última das barras velhas há vinte minutos, e ela desapareceu em segundos. O walkie-talkie foi então desligado para que as vozes frenéticas de David e dos outros não deixassem as crianças mais nervosas do que já estavam. Agora Barbara recorre a jogos para manter o grupo no maior silêncio possível.

— Afaste-se da janela, meu bem — diz Barbara com gentileza, enxotando a menina para perto dos outros. — Você vai perder o jogo.

As crianças estão reunidas do outro lado do salão, em volta de duas camas improvisadas, olhando o diálogo com interesse. Os brinquedos e livros estão espalhados pelo chão ao seu redor. Bethany

Dupree — a porta-voz *de facto* dos pequenos — também está com as mãos nos quadris, em uma exibição melodramática de exasperação.

— Esses jogos são só um truque — anuncia ela.

Mercy Slocum vai para junto da irmã gêmea, e as duas ficam paradas ali, de frente para Barbara, os macacões puídos idênticos e os braços cruzados, rabugentas, à espera de um pedido de desculpas. Para Barbara, parecem uma foto de Diane Arbus, mais espectros que crianças, como se arrancadas de um álbum da pobreza resultante de uma grande tempestade de poeira.

— Está tratando a gente feito bebês — pondera Tiffany Slocum. — Queremos saber a verdade.

— Shhhhhhhhhhhhhhh! — Barbara se ajoelha diante delas, falando muito baixo, entretanto com intensidade. — Agora é hora de fazer mais silêncio!

— Pare de dizer isso — ordena Lucas Dupree, o queixo mínimo se empinando de indignação.

— Você nos disse que era uma excursão — diz Bethany. — Era mentira. Depois disse que tinha uma guerra, mas não disse com quem!

— Shhhhhhh! — Barbara coloca o dedo nos lábios. — Vou responder às perguntas, mas só se vocês prometerem cochichar.

— O que está acontecendo? — indaga Bethany em um sussurro petulante que sai mais parecido com um grunhido. — E não minta, porque sabemos quando você está mentindo... As crianças sempre sabem. É uma coisa que os adultos nunca, nunquinha entendem. As crianças sabem. Pode acreditar, Sra. Stern.

— Pode me chamar de Barb.

— O que está acontecendo? É um ataque de errantes ou o quê?

Barbara solta um suspiro.

— Umas pessoas más estão vindo aqui matar a gente.

Todas as crianças ficam imóveis — até Lucas Dupree, o mais novo deles, só há um ou dois anos livre das fraldas, olha fixa e gravemente para Barbara, o que aperta seu coração. Ver a cara de uma criança tão taciturna, tão preocupada, tão amarga; talvez, de certo modo, essa seja a pior parte da praga, pior que ser devorado pelos mortos. Ver uma criança devorada pela *vida*. Por fim, Bethany pensa numa resposta:

— É porque eles querem nossas coisas?

Barbara dá de ombros.

— Juro para você, meu amor, que não sei o que eles querem. Vingança? A cidade? — Ela para e olha no rosto dessas pequenas almas generosas, espectrais e assombradas como fantasmas. — Eles acreditam que Deus está do lado deles, o que os torna ainda mais perigosos... Em especial o reverendo, Jeremiah.

Bethany vira a cabeça de lado.

— Quer dizer aquele cara grandão do terno preto?

Assentindo, carrancuda, Barbara não pode mais mentir.

— É isso mesmo, querida.

— Que coisa idiota! — Bethany tenta entender. — Ele não é um homem mau. Ele me mostrou um truque de mágica uma vez, me deu alcaçuz. É um homem bom.

Barbara balança lentamente a cabeça.

— Não é bem assim, querida... Não é bem assim.

A garotinha começa a dizer alguma coisa quando um som muito estranho ecoa no vento do lado de fora, sua mera incongruência silenciando e enrijecendo a coluna de cada criança.

Barbara pede silêncio às crianças uma última vez.

— Quero que todos fiquem juntos, bem quietinhos e no maior silêncio possível, até eu dizer que está tudo bem. — Ela os olha enquanto o barulho lá fora aumenta. Sob o ronco de máquinas, as lamúrias agudas de gritos humanos vagam pelos arredores da cidade. — Agora vou voltar para a janela, mas ninguém se mexa.

O binóculo bate no peito enquanto Barbara corre pelo salão.

Ela fica de costas para o caixilho e cuidadosamente empurra de lado a cortina improvisada até uma nesga de luz penetrar. A mulher olha pelo binóculo, percorrendo o canto sudeste da cidade.

Nas sombras compridas do amanhecer, a cerca de 400 metros, onde a Gates Road se separa da autoestrada 74 e os raios leitosos do sol caem oblíquos pelas árvores adjacentes, ela vê a aproximação de uma nuvem de poeira e escapamento.

Com uma das mãos, Barbara lentamente e por instinto alcança o revólver metido num coldre na lateral do vestido havaiano, acariciando a superfície irregular do cabo da Bulldog calibre .44.

DEZOITO

Exatamente às 6h53 daquela manhã, pela hora padrão do leste americano, no ar gélido e na luz azul-claro da floresta ao sul de Woodbury, sem alerta ou precedente, um estranho com ordens muito específicas entra nos limites da cidade a partir da Reeves Road, depois se mete sob as árvores, uma pesada mochila tilintando nas costas. Ele consulta um mapa traçado à mão ao se deslocar em silêncio pelo mato, as botas pesadas de lenhador quebrando galhos e esmagando o antigo húmus.

Ele encontra a bandana vermelha adejando na brisa, amarrada à ponta de um graveto metido na terra. Virando-se para oeste, caminha cerca de dez passos e passa por dois geradores que zumbem suavemente, camuflados sob folhas e galhos. Um instante depois, localiza a tampa de bueiro incrustada na terra, uma relíquia do início do século, quando um novo sistema de esgoto foi introduzido na região. Ele se ajoelha, tira a mochila e pega as ferramentas.

Grampos de carpintaria são fixados na borda da tampa, prendendo-a às pedras do calçamento pelo anel externo. Ele os aperta. Em seguida, só por garantia, desloca uma pedra de seu lar musgoso embaixo de uma árvore próxima e a coloca no bueiro.

Mais algumas pedras vão para cima da tampa, e depois, satisfeito com o trabalho, ele vai procurar o outro bueiro.

Vinte minutos depois, exatamente às 7h13, a 230 metros a sudeste do pátio de trens de Woodbury, os membros restantes do comboio do reverendo estrondam pelos limites da cidade em um ciclone de barulho, poeira e fedor crescente dos mortos. O reboque dirigido por Stephen Pembry ficou 2 ou 3 quilômetros para trás, esperando ordens, mantendo as multidões ocupadas em um campo de tabaco adjacente, com os intervalos hipnóticos da luz estroboscópica.

Enquanto isso, a caravana segue a estrada de acesso, que corre sinuosa pela margem da floresta, viajando em fila única, até chegar ao leito seco do rio, onde uma bandana amarela tremula na ponta de outra vareta metida no chão. A bandeira fica perto da boca de uma galeria de escoamento, cuja abertura é entrecruzada de barras enferrujadas e tomadas de crostas. Reese Lee Hawthorne e Stephen Pembry descobriram a galeria em uma das excursões de reconhecimento, e agora ela servirá à missão como porta dos fundos para os túneis.

O trailer de Jeremiah para numa derrapada, com os outros caminhões pisando no freio logo atrás.

Depois do êxodo em massa que se seguiu à fuga surpreendente de James e Molly Frazier, só há meia dúzia de veículos, e agora essas seis picapes pequenas e caminhões de carga levantam uma névoa de escapamento — o biodiesel caseiro queimando e poluindo — enquanto param atrás do pregador.

A essa altura, o sol matinal coroa a paliçada de carvalhos negros pelo Elkins Creek, e a mata ao sul da cidade parece quase paleolítica, com os raios de sol celeste cortando a poeira das felpas e os insetos que pululam no ar frio. Deus concedeu um lindo dia para um ajuste de contas. E para aumentar a euforia e a boa sorte do pregador, há o fato de que a área imediata está distante o suficiente da entrada do túnel para que ele e seus seguidores continuem sem ser ouvidos ou detectados pelos pagãos nos subterrâneos.

As portas da cabine do trailer se abrem. O pregador salta de uma lateral, e Reese Lee Hawthorne, da outra. A careca reluzente do líder brilha nos raios de luz que se infiltram pelas árvores; a aba do casaco preto bate no vento enquanto ele pega o walkie-talkie e aperta o botão.

— Irmão Gleason! Fale comigo!

Através de um estalo de estática, a voz de Chester Gleason sai estridente pelo aparelho.

— *Está pronto! Está pronto, irmão! Todos os buracos de coelho estão bem trancados... E consigo ouvi-los lá embaixo!*

— Muito bem, irmão! — Jeremiah solta o botão, as mãos tremendo no sol frio. Seu crânio parece grande demais para o couro cabeludo. O corpo fervilha de adrenalina conforme ele marca sua lista de afazeres mentalmente. — Muito bem, próximo! — Ele se vira para os homens reunidos a sua volta, seus discípulos, seus guerreiros sagrados, seus lobos. — Louis, use o guincho para puxar as grades.

Um dos homens corre até o caminhão, entra e engata a ré. Então vai à margem do rio, a 4 metros da abertura da galeria. Reese Lee Hawthorne contorna a traseira da picape e solta um gancho do guincho. Puxando o cabo pela vala seca, prende em seguida a ponta na antiga grade que cobre a abertura da galeria. Depois faz um sinal.

O motor gira, e uma fumaça preta de escapamento sai do cano vertical. O caminhão arremete, puxando o cabo retesado. As rodas traseiras escavam a terra, girando em falso por um segundo. As grades guincham e gemem. Na lateral, o pregador careca observa com vozes na cabeça, e o fogo da loucura nos olhos.

A grade finalmente se solta, batendo no chão e deslizando pelo leito do rio.

Lilly Caul termina de fazer os ajustes de última hora no túnel, enfiando ataduras ensanguentadas, que pegou na enfermaria, nos troncos dos manequins improvisados, quando sente um leve tremor na estrutura do esgoto — uma leve vibração que é mais *pressentida* que *sentida* —, que ressoa pela sola das botas.

Ela fica imóvel por um instante, virando a cabeça de lado, escutando. O silêncio parece carregado de potencial, um diapasão vibrando de leve, porém sem revelar nada de específico.

Ela pega o walkie-talkie na mesa de carretel e aperta o botão.

— Miles? Está me ouvindo?

Nada além de estática do outro lado.

* * *

Ninguém ouve a tagarelice que sai pela boca de Jeremiah, que está no calor do sol matinal, avaliando as sombras frias das árvores em volta da abertura da galeria. Sua voz tem um tom grave, musical e esbaforido, pronunciando sílabas sem nenhum sentido, semelhante a uma língua real, mas não verdadeira, que parece mais com o dialeto balbuciado por um bebê possuído pelo espírito, pré-verbal, pré-literal.

Na igreja pentecostal, acredita-se que o Espírito Santo entra em uma pessoa nos momentos críticos, e o resultado é essa vocalização fluida de sílabas incongruentes que não tem nenhum significado ou padrão compreensível, mas é considerada pelos verdadeiros crentes uma fala sagrada. Os cientistas se referem a tal fenômeno como "glossolalia" (ou a suposta fala de línguas naturais antes desconhecidas do orador). Porém, no caso de Jeremiah, está claro que as línguas tagareladas são de seu pai. Isso que sai desarticulado de sua boca vem diretamente do repertório do velho — invadindo e abrangendo tudo, todo-poderoso.

— Desculpe. — A voz ao lado dele o arranca dos devaneios. — O que disse?

— Hein? — Jeremiah se vira e olha a cara muito enrugada, cinzenta e magra de Louis Packard, o operador do guincho, conforme o homem se mostra confuso com aquele linguajar. O pregador sorri. — Ah... Sim... Eu só estava... cantarolando um hino antigo... Um de meus preferidos. "The Old Rugged Cross".

— O caminhão do irmão Stephen está subindo o morro com os errantes.

— Excelente, Louis.

O homem magro morde, nervoso, o interior da bochecha.

— Irmão, sabe que tô com você cento e dez por cento.

— O que é, Louis?

— Essa gente tem de se mandar mesmo, e eu tô com você, por pior que seja o fim.

— Qual é o problema?

O homem descarnado solta um suspiro tenso e fala num sussurro baixo:

— Nunca vamos conseguir colocar essas coisas para dentro dos túneis, nem em um milhão de *anos*.

O pregador se limita a sorrir. Consegue sentir o cheiro da maré crescente de morte na brisa, como se fosse a aproximação de uma frente fria. Ele ouve o ronco do reboque de Stephen, os gritos humanos agora silenciosos, o prisioneiro há muito tendo sucumbido à perda de sangue e à exposição. O pregador sente o peso da multidão subindo pela mata atrás do caminhão, o coro profano de rosnados e grunhidos úmidos se elevando no vento.

Ele olha por sobre o ombro e vê o reboque se materializar no canto da estrada arborizada, o mar de sombras rolando atrás na luz estroboscópica oscilante. Jeremiah vira-se para os outros.

— Todos em seus veículos e tranquem as portas!

Depois o pregador segue para seu trailer, passa o trinco na porta, encosta-se no interior e pega uma caixa com os dizeres "CONTROLE REMOTO DO COX DUNE BUGGY".

Enfim, uma voz estala pela estática emitida pelo walkie-talkie de Lilly Caul.

— *... Aê! Aê, Lilly! Estamos aqui, a gente só tava escapando de uns Mordedores, mas agora posso te ouvir bem, pode falar!*

Lilly sente as paredes do túnel se contraindo ao redor, como as entranhas de um ser vivo reagindo ao veneno em seu sistema, e isso faz seu estômago se apertar enquanto ela pressiona o botão para falar no bocal:

— Já conseguiram chegar à igreja? Câmbio.

— *... Sim, senhora, e pegamos as roupas, agora vamos para a zona de segurança...*

— Que bom, ótimo... Vou dar o fora então, está me dando arrepios ficar sozinha aqui embaixo.

— *Entendido, a gente se vê daqui a pouco.*

— Tá legal.

Lilly se vira e segue apressada pela extensão do duto principal em direção ao bueiro. Porém, mesmo agora, correndo, sente os dedos frios da claustrofobia se estreitando em seu pescoço, roubando-lhe o fôlego, provocando correntes geladas de pânico pela coluna.

À frente, o túnel parece sair de foco, resvalando em uma imagem dupla, como um filme pulando o registro. Ela teve de lidar com a claustrofobia torturante pela maior parte da vida, desde que por acaso se trancou em um armário para casacos na casa dos primos em Macon quando tinha 9 anos.

Agora sente a volta do antigo pânico espinhoso, como dedos gelados envolvendo a coluna.

O túnel roda. Ela quase tropeça. Então reduz o passo e se escora na parede, percebendo que já fazia algum tempo que não ficava sozinha nos túneis, talvez nunca tenha ficado; agora é difícil ter certeza. Ela pisca, esfrega os olhos, tenta ignorar a vertigem que a domina e fixa o olhar na escada embutida na parede no final do duto principal.

Em sua linha de visão toldada, cerca de 5 metros à frente, são evidentes as leves marcas na pedra esfarelada da parede, e ela parte para lá, o mais rápido que consegue sem se estatelar no chão. A vertigem a domina, ameaçando derrubá-la. Ela se escora. Parece que a cabeça está prestes a tombar dos ombros, e a garganta aumenta, mas Lilly se convence a não vomitar e continuar avançando.

Ela chega à escada no exato momento em que ouve o barulho pela primeira vez.

O ruído fraco e distante é tão estranho e incongruente naquele momento — nesse lugar escuro e mofado — que ela fica petrificada, o cérebro parecendo um motor empacado. Lilly nem mesmo olha por cima do ombro a princípio. Simplesmente fica parada ali, com a mão no degrau do meio da escada, todo o corpo tomado de uma paralisia glacial e onírica.

Algo se mexe na extremidade escura do túnel, vislumbrado apenas perifericamente; no início, registrado como um animal pequeno correndo pelo canto.

Lilly se vira e vê um pequeno brinquedo de controle remoto rolando em sua direção. *Mas que porra é essa?*, pensa ela. *Isso faz parte do...?*

Quanto mais perto chega, mais claramente pode ser visto: um buggy laranja metalizado com pneus pequenos e gordos, uma minúscula antena e dois dispositivos presos com fita adesiva no capô. O objeto emite um clarão de luz estroboscópica prateada a intervalos irregulares e chocalha, aproximando-se cada vez mais. Contudo, o mais estranho e a pior parte é, sem dúvida, a gravação tocada por um minúsculo alto-falante afixado no anteparo traseiro do carrinho.

Quando estava na faculdade, certa vez Lilly Caul descobriu, por acidente, um site chamado Comeuppance.com, em que terroristas fundamentalistas islâmicos postavam filmes antigos de gente sendo decapitada, e outros horrores variados. Antes que tivesse o senso de sair rapidamente daquele monte de lixo visual, deu uma boa olhada em um vídeo reticulado de um jornalista britânico sendo torturado diante das lentes trêmulas de uma câmera de vídeo comum. Estranhamente, porém, o que mais a perturbou não foi o terror repentino e de mau gosto de ver um ser humano reduzido a uma massa nua e ensanguentada de agonia — o homem estava pendurado pelos pés em um gancho de carne enquanto era chicoteado e espancado com arame farpado. Foi o *som*... os gritos terríveis e indeléveis que saíam do pequeno vídeo no YouTube.

Não se pode fingir o som do sofrimento humano; em particular nessa intensidade. Nenhum ator de nenhum filme de terror consegue chegar perto da verdadeira textura do grito torturado. O caráter do som é tão específico, tão áspero e estridente, que tem um timbre quase *animal*. O clamor tem um efeito inconfundível de choque elétrico no ouvido humano.

Lilly ouve esse mesmo som saindo de um pequeno alto-falante a bordo do brinquedo, acompanhado dos odores crescentes de carne morta vagando pelo túnel. Mas é o barulho que a arrebata conforme o dispositivo roda em sua direção. Ela olha fixamente a coisinha que parece apontar diretamente para seus pés.

O buggy esbarra no bico da bota e quica levemente de volta.

Lilly encara, hipnotizada, o brinquedo esbarrar nela sem parar, batendo no bico de aço da bota de trabalho, como se tentasse avançar *através* dela. Nessa proximidade, pode ver a câmera minúscula, fina como um lápis, presa ao capô do carrinho, os sinais de rádio levando-o a recuar, virar as rodas e fazer uma tentativa de contorná-la.

Assim, ela é arrancada do feitiço do medo e dá um chute firme no objeto, fazendo-o rolar de lado.

O carrinho bate na parede do túnel e se espatifa em pedaços de plástico e borracha — a luz estroboscópica fica pendurada por um fio, *mas continua piscando.*

É então que Lilly vê a sombra na extremidade oposta do túnel, formada por uma única lâmpada amarela pendurada em algum lugar na passagem lateral, a forma se esgueirando pelo chão de terra, como uma poça de tinta preta que espalha lenta, mas inexoravelmente.

Ela puxa o ar, tensa, ao ver o primeiro Mordedor aparecendo pelo canto. Por um instante terrível, Lilly continua imóvel, tomada de pavor, quase num fascínio mórbido por essa violação catastrófica da área que minutos atrás era uma moradia.

O primeiro cadáver parece ser um antigo homem de negócios, talvez um vendedor — possivelmente alguém de meia-idade na época da morte —, trajado num esfarrapado terno risca de giz, tão gasto e sujo de bile que parece papel de açougue. Sua cara exangue está contraída de fome, e ele percorre o túnel na direção de Lilly num passo bem rápido para um errante. Os outros o seguem bem de perto, andando com uma velocidade perturbadora. Há uma mulher de vestido de algodão desbotado pelo sol — talvez tenha sido a mulher de um fazendeiro um dia — e dois adolescentes, vestindo macacões com crostas de sangue, pois provavelmente eram crianças de fazenda.

Em segundos, são muitos para se processar em um único olhar: vinte, uma centena; Lilly perde a conta rapidamente. O túnel se enche do barulho gutural e aquoso de cordas vocais pútridas. A criatura da frente diminui a distância entre ele e Lilly a 15 metros, os outros roçando e raspando as paredes logo atrás; o fedor agora é tão denso que ela sente que pode afinal vomitar, só que não tem tempo para tais frivolidades.

Lilly sobe apressada a escada embutida até a parte abaixo da tampa de bueiro e tenta abri-la.

A entrada não cede. Os monstros se aproximam. Ela empurra com mais força a base da tampa, mas os grampos estão bem apertados. O antigo vendedor agora está a 10 metros e se aproximando mais.

Algumas das outras criaturas vagaram para área de estar, onde os bonecos ensopados de urina estão sentados em um quadro vivo macabro em torno da mesa de carretel. No entanto, a meia dúzia de criaturas na frente se fixou no cheiro de Lilly e segue para ela em um borrão de dentes batendo e maxilares palpitando, com braços rígidos do *rigor mortis* estendendo-se às cegas para sua carne macia.

Ela empurra freneticamente a tampa obstinada do bueiro até que os dedos latejam de dor e os braços formigam; tudo em vão.

O vendedor chega ao pé da escada, aproximando-se a 1 metro da sola da bota, então Lilly é obrigada a tomar decisões e fazer cálculos instantâneos: tem um pente extra de dez balas alojado atrás do cinto e uma Ruger calibre .22 no quadril, presa na bainha de couro e com dez balas no pente. Também tem uma faca Buck de 30 centímetros no quadril oposto, reservada aos confrontos corpo a corpo.

Em um movimento desajeitado, ela se segura no último degrau com a mão livre e rapidamente saca a Ruger com a outra. Lilly dispara um único tiro no topo do crânio do vendedor. O estampido provoca um tinido em seus ouvidos, e o respingo de massa oleosa a faz se retrair enquanto uma roseta de osso e tecido do topo da cabeça da criatura é arremessada do sistema nervoso reanimado.

Outras criaturas clamam para ela. Lilly aponta a arma para a tampa do bueiro, protege o rosto e atira às cegas e à queima-roupa na borda externa do ferro. Os tiros a fazem pular. O ricochete zune por seu rosto, respinga quente na bochecha, os ouvidos ficam ainda mais surdos.

Sem êxito. Um desperdício de balas. E agora? Pense, pense, *pense*.

Sua mente assume o vazio de uma tela de televisão no fim de um dia de programação.

Ruído branco.

* * *

A praga teve um efeito seletivo estranho e de certo modo inesperado sobre as pessoas. Características que antes eram consideradas defeitos, até distúrbios de personalidade, agora ajudam a sobreviver. Paranoia, narcisismo, impulsividade, ganância, sociopatia, até a crueldade se tornaram vantajosos. De fato, o único tormento que sempre acometia Lilly Caul no mundo antigo provou-se uma raridade entre a classe sobrevivente e talvez a tenha capacitado a emergir como líder. Chamem de insistência patológica.

Mesmo agora, com a descoberta do bueiro trancado, seguida pelo apagão em sua mente, Lilly se recusa a deixar que a menor farpa de dúvida penetre a paisagem mental. Ela ouve o coro dissonante de rosnados tomados de muco e o bater dos dentes, e nem mesmo precisa se virar. Pelo canto do olho, consegue enxergar as coisas mortas aproximando-se às dezenas: homens de macacão sujo de bile, mulheres arrastando membros mutilados e inúteis, antigas crianças grotescas mastigando ar, e um sortimento de idosos agora reduzidos a sacos emaciados de ossos frágeis e carne desgastada, esticada como plástico. O repulsivo grupo tem Lilly em seu radar, e os convidados da festa querem os canapés.

Pulando ao piso do túnel, ela bate em um homem desengonçado antes que este consiga mordê-la, e o joga em outros três, todos caindo como pinos de boliche. Outros avançam, e Lilly os chuta quando investem contra ela, um de cada vez, recurvando-os, jogando-os no chão. Ela dá um tiro na cabeça de uma jovem, transformando o rosto em uma polpa enquanto a coisa arremete em sua direção.

O sangue espirra na cara de Lilly, que recua cada vez mais no túnel, contando as balas. Três já foram, sete na arma, dez estão atrás, no cinto. Ela vai precisar de toda munição que conseguir conservar.

Um número cada vez maior de Mordedores entra no túnel, um estouro de manada em câmera lenta, virando a esquina, de todas as formas e tamanhos, fluindo para Lilly com a certeza de uma maré alta enquanto ela tosse, tem ânsias de vômito e se retrai com o terrível odor. O fedor é inacreditável, tão intenso e denso que a mulher sente náuseas ao recuar ainda mais no escuro. Lilly pega a faca Buck na bainha do quadril, levantando-a bem a tempo.

Um jovem de rosto esquelético e pele castanha, como se estivesse embalado em um pergaminho amarrotado, de repente a ataca, de boca aberta, as gengivas pretas repletas de dentes viscosos. Lilly lança a faca, empalando o céu da boca na ponta da lâmina curva.

Ela lança o homem em duas mulheres antigamente jovens, que cambaleiam e caem de costas com os pés desajeitados. Lilly empurra o morto — a boca ainda presa à faca, como um peixe em um anzol — para o outro lado, jogando-o em outros dois homens que andam em sua direção.

A criatura empalada estremece para trás, derrubando os outros.

Mas então as coisas ficam ainda piores quando a faca finalmente atravessa a cavidade nasal putrefata do errante e o crânio se abre. A lâmina sai pelo alto, dividindo a cabeça em duas metades, como um coco, cada fragmento caindo no chão. Um gêiser de fluidos, como piche, é esguichado por um momento, a falta de pressão sanguínea fazendo o sangue vazar mais que espirrar, enquanto a criatura decapitada permanece de pé por um único segundo terrível.

— *MORRA LOGO!*

Lilly corta o ar na frente da coisa sem cabeça, fazendo-a finalmente desabar no chão. Outros de imediato avançam para tomar seu lugar. Ela continua cortando, gritando e lentamente recua mais no labirinto.

David Stern estava no processo de batizar esses túneis laterais, e aquele em que Lilly entra agora é chamado de Tributário B — um canal estreito de terra compactada, que liga o labirinto mais fundo das minas de zinco ao esgoto da cidade. Ela sabe que se conseguir chegar à barreira de tela do outro lado da abertura e conseguir abri-la com rapidez suficiente, poderá escapar.

Outros Mordedores avançam — uma amostragem de idades e gêneros, a maioria viscosa com mofo e descorada do sol —, mas são muitos para o combate corpo a corpo. Lilly dispara outros seis tiros sucessivos. Massa encefálica espuma e espirra nas paredes do túnel em volta enquanto os corpos desmoronam no chão, um por um, em um esguicho molhado.

Lilly passou quase um ano praticando a mira, desde que Josh Hamilton lhe ensinou a sacar rapidamente e atirar em alvos móveis, e ficou muito boa nisso, melhor que a maioria, mas agora vê a extremidade do túnel — a enfermaria improvisada, a sala de estar com as efígies ensopadas de urina, a área de jantar com toda a louça de barro quebrada e os depósitos — completamente tomada de monstros. Eles se espremem às cotoveladas em cada metro quadrado de espaço, apertando-se contra as paredes, as caras se amassando em uma corrupção macabra e distorcida de um metrô na hora do rush.

A visão terrível pesa tanto que Lilly só percebe a onda seguinte de assaltantes investindo quando é tarde demais. Uma antiga obesa — agora com dobras flácidas de carne penduradas, como excesso de tecido do vestido — consegue arrancar um pedaço do seu moletom com a mão em garra. Lilly recua e atira. A bala erra o alto da cabeça da gorda por mais de 1 quilômetro e vai parar no teto. Outros Mordedores se aproximam. Ela atira novamente. A arma estala, vazia.

— PORRA! PORRA! PORRA! PORRA! PORRA! PORRA! PORRA! PORRA! PORRA!

Atrapalha-se com a arma, ejeta o pente, procura o pente novo, tenta encaixar no cabo, as mãos oleosas e suadas de medo, outras criaturas se aproximando, encaixa o pente, dedos frios como a morte se estendendo para ela, puxa o slide, dentes batendo a centímetros da carne exposta de suas mãos e dos braços... Ela comete um erro tático. É um erro justo. Qualquer um poderia tê-lo cometido.

Lilly lança um rápido olhar por sobre o ombro para ver a que distância está do tributário.

A alteração no centro de equilíbrio é suficiente para tirá-la do prumo e fazê-la tropeçar nos próprios pés. Lilly sente que está caindo. Mais uma vez, compensa demais ao agarrar a parede à procura de um apoio, uma escora ou tábua, *alguma coisa* que impeça a queda, e nisso a arma escorrega da mão.

Lilly cai sobre a base das costas, e a Ruger desliza pelo chão.

DEZENOVE

De repente tudo fica mais lento, e o tinido nos ouvidos de Lilly traga qualquer outro som; a dor dispara pela coluna, tomando os braços e as pernas. Ela tenta se arrastar para longe do assalto, mas agora um homem enorme avança em sua direção. Um antigo fazendeiro, com calças de trabalho ensopadas de sangue e camisa rasgada ao meio revelando peitorais caídos da cor de minhocas, arremete para as pernas dela.

Lilly se contorce sob o peso morto, tentando alcançar a faca, mas ele a prendeu no chão e abre a cara mosqueada como uma concha de ostra, expondo fileiras de incisivos gordurosos e mofados, que roem e batem ruidosamente ao se aproximar do pescoço da vítima. Enfim, ela consegue colocar as mãos em volta da cabeça do errante.

Por um momento, consegue impedi-lo de devorá-la, segurando-o à distância de um braço.

Durante esse instante terrível, segurando aquela cabeça que mais parece uma tartaruga mordendo, engolfada no odor de seu rasto infernal — uma mistura de carne podre e aquela nota mais baixa e inimitável de morte gordurosa e negra —, Lilly olha nos olhos da coisa. Só por uma fração de segundo, registra algo brilhando por trás da catarata de tubarão. Crueldade? Loucura? Fúria? Agonia? Talvez todas essas coisas cintilem por um momento por trás do olhar que encara a comida humana. Mas, então, algo rompe o feitiço.

Lilly sente uma lufada de vento pernicioso *ao lado* da face, pegajosa e fétida, e percebe estar deitada bem ao lado da barreira de tela estendida pelo túnel tributário.

A criatura acima dela rosna e baba ao se aproximar cada vez mais de seu pescoço. Com a energia diminuindo, Lilly dá uma última olhada dolorosa pelo túnel estreito atrás da barreira. Vendo a passagem estendendo-se ao vazio escuro, com uma única poça de luz amarela de uma lâmpada solitária, ela percebe que poderia muito bem estar a 1 milhão de quilômetros. Lilly entende que não tem mais alternativas. Não tem outros truques na manga. Sente as forças se esgotarem.

Pela primeira vez na vida, percebe que é hora de desistir.

Outras criaturas se aproximam. Pelo menos uma dúzia — a maioria homens, algumas cascas vorazes de mulheres mais velhas, uma criança medonha com metade do rosto aberto, vazando cartilagem e dentes — aproxima-se de todos os lados. Ela sente que a cabeça da criatura, trêmula, babando e se contorcendo, começa a escorregar de suas mãos.

Einstein disse que o tempo é relativo, e qualquer um com a falta de sorte de ser engolfado por essas criaturas diabólicas conhece a tênue ligação entre o passar do tempo e a mente humana sob forte estresse. As vítimas de acidentes de carro veem cada detalhe na fração de segundo antes do impacto. Soldados no campo de batalha contaram ter testemunhado as próprias balas que os colocaram em cadeiras de rodas suspensas no ar como mariposas antes de atingi-los. Lilly experimenta algo parecido no segundo suspenso antes que o primeiro conjunto de dentes se enterre na carne macia de seu pescoço.

Ela fecha os olhos e de certo modo espera que toda sua vida passe pela tela mental em uma montagem extravagante de Cecil B. DeMille. Talvez uma série de imagens nebulosas a partir do quarto de bebê, aquele quartinho de pinho e sem ar nos fundos da casa da Alton Street. A partir daí, vamos a sua primeira foto de turma perto do rio em Hastings Park, aos namorados, aos momentos marcantes e talvez até a formatura no ensino médio com o pai, Everett, carregando com orgulho seu barrete e o pequeno diploma mimeografado, como se fossem o prêmio Nobel.

Parte dela anseia por esse desfecho de conto de fadas, mas naturalmente nada disso lhe aparece e agora ela só vê as minúsculas brasas vermelhas no meio dos olhos do monstro, ardendo nas retinas, flutuando pelo campo escuro da visão, à medida que o ar se enche do ruído infernal de rosnados desarticulados e ela sente o bafo frio do agressor quando a cabeça dele enfim escorrega de seus dedos suados. Lilly prende a respiração, esperando que os dentes mergulhem nela, então de súbito ouve um estouro.

Seus olhos se abrem no exato instante em que a cabeça acima dela explode.

A um ouvido treinado, o estampido de uma Magnum .357, em particular nos limites de um túnel subterrâneo estreito, produz um barulho inconfundível. Mais grave e mais ensurdecedor que o som produzido por armas menores, alto o bastante para perfurar tímpanos, a explosão sônica parece uma gigantesca bola de demolição acertando o Mordedor sobre Lilly. O eco do disparo é acompanhado por uma explosão de fluidos e massa encefálica para todo lado. Lilly se encolhe com o esguicho de sangue no rosto, enquanto o resto do crânio e da massa encefálica estragada é atirado para o lado no túnel, batendo na outra parede com um ruído molhado.

O corpo enrijece por um momento, então desaba por cima de Lilly, o peso sem vida pressionando-a com tal força que arranca o ar de seus pulmões. Ela olha em volta freneticamente, tentando apreender o significado do que acaba de acontecer, mas o sangue do decapitado caído agora escorre por cima de Lilly, e ela não consegue respirar conforme vê algo pelo canto do olho.

Uma série de outros três clarões — como faíscas de magnésio acendendo-se no escuro, disparadas por um gatilho — lampeja nas sombras do tributário.

Outros três Mordedores caem em volta de Lilly enquanto ela tenta sair, contorcendo-se, de sob o cadáver imenso que a aperta — outras três cabeças são estouradas por balas de alto calibre, espirrando uma névoa de cérebro na parede oposta e fazendo com que um corpo depois de outro murche no chão. Em algum compartimento longínquo de seu cérebro traumatizado, Lilly registra o fato de que só balas de ponta oca podem causar danos semelhantes, os projéteis se expandindo no impacto, criando aríetes por cérebros apodrecidos.

Em um compartimento mais fundo ainda, ela nota que só existe uma pessoa por ali que usa essas balas dundum de ponta macia.

De súbito, percebe duas coisas em sua visão periférica que a fazem se levantar e se mexer: a sombra de um ser humano à esquerda, atrás da barreira de tela, arrastando-se em sua direção, e sua pistola, a Ruger calibre .22, com o pente novo de dez balas, a 3 metros no chão do túnel. Lilly age rapidamente, antes que a onda seguinte de Mordedores a cerque, e corre pelo túnel. Agarrando a pistola, ela puxa o slide, gira o corpo e dispara quatro tiros na cabeça de mortos-vivos que se aproximam.

A névoa cor-de-rosa lampeja na escuridão, espirrando mais tecido na parede subjacente, e três dos errantes mais próximos desmoronam flácidos no chão.

A essa altura, a figura na sombra do tributário conseguiu se arrastar pelos 5 metros restantes à barreira de cerca Cyclone, e agora esse homem não identificado começa a mexer nas amarras de cabo das bordas que prendem a tela à abertura do túnel. O homem parece ferido ou incapacitado conforme as mãos mexem desajeitadas nos nós.

— Bob?

Lilly parte para a barreira, que estremece e sacode nas mãos gordurosas de Bob Stookey. O cabo finalmente se solta, e o pedaço de tela desaba em cima do homem.

— BOB!

O impacto o joga para trás. Ele tropeça e cai sobre a coluna enquanto a tela enferrujada o pressiona no chão. Bob fica deitado ali de costas, tentando respirar, tentando falar, os olhos esbugalhados de agonia. Sua pele é de um branco pastoso, os olhos estão cercados de roxo, os lábios ficaram cinzentos e sem sangue. Os pulmões se esforçam, expandindo-se e contraindo sob a camisa de cambraia suja e ensopada de sangue, com a urgência de um fole abanando um fogo moribundo.

Lilly passa pela abertura e retira a barreira de cima do homem mais velho.

Um enxame de cerca de outros 12 errantes converge para a entrada atrás de Lilly enquanto ela levanta a barreira freneticamente para colocá-la no lugar às pressas, prendendo-a com os cabos. Algumas criaturas tentam forçá-la, empurrando a tela antes que a barreira esteja presa. Grunhindo e rosnando com o esforço, Lilly solta um uivo de fúria na luta com os cabos, pois as mãos estão molhadas de suor e as criaturas empurram com os dedos mortos, tentando abrir caminho pelos elos. Enfim ela consegue apertar os cabos.

A pressão do enxame força a cerca, curvando a tela para dentro, mas os cabos aguentam.

Lilly desaba no chão ao lado de Bob, puxando-o num abraço furioso e sentindo seu cheiro característico: cigarros Marlboro, suor, chicletes Juicy Fruit e desodorante Old Spice. Ela aninha a cabeça do homem na clavícula e acaricia o cabelo, falando baixinho:

— Obrigada, obrigada, obrigada... Essa foi por muito pouco... Por muito pouco mesmo... Achei que você já era, seu velhote... Meu Deus, é bom te ver... Obrigada, obri...

Ele ainda não disse uma palavra. Ela sente o peito de Bob palpitar. A pele está fria e pegajosa. A camisa está encharcada de suor.

Lilly recua alguns centímetros e olha mais atentamente seu rosto, que está nas sombras do fraco cone de luz acima deles... e é quando ela entra em pânico. Pela cor da pele, pelo jeito como os olhos ficaram rosados e vidrados, pelo modo como as narinas inflam e os pulmões trabalham conforme ele tenta falar, mas só consegue soltar grunhidos estrangulados, Lilly pode ver que Bob está tendo algum ataque ou convulsão.

A palavra "coração" borbulha pelos recessos mais fundos do inconsciente de Lilly.

Ela viu seu tio Mike ter um desses anos atrás, diante de seus próprios olhos, à mesa da cozinha na casa do vovô Buck, em Valdosta. O forte pintor de paredes era o irmão mais velho de Everett e tinha passado a vida toda na farra, bebendo muito e provando cada comida gordurosa e mulher fácil que a vida tinha a oferecer. Divorciado três vezes, em condicional da Penitenciária Federal de Atlanta por fraude eletrônica, tio Mike não surpreendeu ninguém quando baixou a cabeça naquela noite na mesa de jantar, como se estivesse rezando ou prestes a dar uma cabeçada na couve.

A parte mais estranha — em particular para uma menina de 17 anos — foi o jeito despreocupado com que ele ergueu os olhos e disse, "Epa... lá vem", como se estivesse esperando uma encomenda ou uma intimação judicial. E todos à mesa sabiam do que ele falava e sabiam o que isso acarretava. Ninguém entrou em pânico, ninguém correu ao telefone. Na verdade, de imediato entraram numa discussão sobre qual veículo deviam usar para levá-lo ao hospital.

Lilly se lembra de esperar que o homem agarrasse o peito dramaticamente e caísse de costas em crises de agonia, como nos filmes, mas isso não aconteceu. Tio Mike podia muito bem estar com uma bolha de gás naquela noite, que simplesmente precisava arrotar — na realidade, mais tarde, Lilly aprendeu que um ataque cardíaco parecia exatamente isso... *no começo*. Naquela noite, antes que levassem Mike Caul, Lilly o viu contorcendo-se de dor no sofá da sala de estar, reclamando que parecia que um torno de ferro apertava seu peito. Ela recorda-se da pele ficando tão pálida e cinza que parecia que o homem era feito de mármore.

Bob Stookey tem a mesma cor nesse exato momento à luz fraca do túnel, como se estivesse em agonia já há algum tempo; o rosto está tão abatido e sem vida que parece que alguém sugou o ar dele. As bolsas sob os olhos estão tão enrugadas que trazem à lembrança um balão que murchou. O coração de Lilly começa a disparar. Ela se ajoelha, aninha a cabeça dele e fala:

— Bob, está me ouvindo? Consegue me entender?

Ele assente e abre uma espécie de sorriso torto. Muito baixinho, sem fôlego, diz:

— Não precisa... *gritar*... sou velho... mas não surdo.

Lilly reconhece nas palavras ofegantes e entrecortadas o som de um ataque cardíaco com privação de oxigênio no último estágio. Uma enorme onda de emoção se quebra nela ao se dar conta de que ele deve ter se arrastado com uma dor inimaginável desde a junção do Elkins Creek. Ela o segura pelos ombros, erguendo-o gentilmente para que se olhem nos olhos.

— Bob, acha que é um ataque cardíaco?

Ele consegue assentir.

— Você consegue respirar?

Com muito esforço:

— Não... Muito... Não.

— O que devo fazer? Me diga o que fazer. A porra do médico é você.

Ele engole em seco com dificuldade e parece prestes a adormecer. Consegue menear a cabeça em negativa, provavelmente indicando que não há merda alguma que ela possa fazer. Suas pálpebras palpitam por um momento.

— Fique comigo! — Ela o sacode. — Respire! — Lilly monta nele. — Vou tentar uma RCP! — Ela mal se lembra de seus dias de salva-vidas, mas o que mais pode fazer? — Lá vai! — Lilly entrelaça os dedos sobre a parte superior do esterno e lhe dá três cutucões fortes, mas não faz ideia do que está fazendo. — Respire, Bob! Respire! — Ela se abaixa, tapa o nariz dele com os dedos e faz respiração boca a boca, três sopros fortes. — Respire! Respire! *RESPIRE!*

Os olhos de Bob já rolaram para trás, e o corpo ficou flácido.

— Não! Não! Mas que merda, não!! De jeito nenhum, porra!! — Ela cerra os punhos e soca seu peito com a maior força que pode. — Seu babaca de merda! Não faça isso comigo *agora*! — Lilly se curva, sopra em sua boca como se tentasse inflar um balão ao que era antes. — Bob! Fique comigo! Por favor! Bob, por favor!!

Atrás dela, o enxame reage ao tumulto, fazendo a tela chocalhar com a pressão para dentro, cada vez mais forte, os grunhidos aquosos elevando-se em um dissonante comentário infernal. Lilly os olha por cima do ombro.

— CALEM A PORRA DA BOCA!!

Ela sente algo puxando seu moletom, baixa os olhos e vê a mão imensa e áspera de Bob segurando o tecido da bainha, como se estivesse se agarrando à vida. Parece que tenta dizer alguma coisa. Os lábios cor de fígado tremem, pois a boca trabalha desesperadamente para pronunciar as palavras.

Lilly sai de cima dele, ajoelha-se a seu lado, abaixa-se e tenta escutar.

A voz de Bob é tragada pelo clamor do enxame, os rosnados em barítono rouco reverberando nas paredes e dentro do crânio de Lilly.

Ela se vira e grita para os Mordedores a plenos pulmões:

— SEUS SACOS DE MERDA!! CALEM A PORRA DA BOCA PODRE!!!

Bob tenta desesperadamente falar, agarrando sua blusa com o último fiapo de energia restante. Ela se ajoelha e coloca a orelha junto de seus lábios, concentrando-se no sussurro que sai dele. A palavra "amo" e "você" são as únicas coisas que de início consegue distinguir. Depois ela ouve "*menina Lilly*" com muita clareza e registra a frase completa: "Amo você, menina Lilly."

— Bob?

A mão dele em sua blusa se afrouxa, caindo no chão do túnel. O corpo relaxa e fica imóvel. Ela o sacode de leve.

— BOB!

O rosto dele mudou. Os sulcos de rugas na testa se alisaram, assim como os pés-de-galinha em torno dos olhos de sabujo. A dor deixou a face, e as feições foram tomadas por uma expressão que Lilly só consegue pensar como *tranquila*.

— Ah, meu Deus...

Ela segura a casca sem vida em seus braços. Então abraça com mais força do que jamais abraçou outro ser humano e continua abraçando-o por um bom tempo naquele túnel escurecido, com o coro atonal de rosnados ecoando nas paredes, reverberando pelas artérias do labirinto.

Com ternura, Lilly deita o corpo no chão do túnel e fecha seus olhos. Ela abaixa-se e dá um beijo suave em sua testa. As lágrimas caem no peito, ensopando a camisa de brim esfarrapada. Enquanto enxuga os olhos, sente algo cortando sua perna, algo afiado, e olha para baixo.

A mão esquerda de Bob — paralisada na morte — segura uma banana de dinamite.

Lilly olha o bastão de papel de 25 centímetros enrolado com fita adesiva.

Ela olha por um bom tempo, pensando, ouvindo o terrível ranger dos mortos.

VINTE

O reverendo viaja no estribo do trailer pelos arredores ao norte da cidade. A manhã ficou úmida e nublada, uma fina camada de névoa se infiltra pelo sol pálido, e Reese Lee Hawthorne dirige o trailer com cautela, os outros veículos seguindo em fila bem atrás, vez por outra faiscando um clarão do disparo automático de uma AR-15 ou uma pistola pelas janelas, quando o limite da horda chega perto demais, ou um parasita extraviado por acaso entra em seu caminho.

A cidade está cercada de centenas e mais centenas de mortos ambulantes, todos mostrando a pátina de mais de dois anos ao ar livre, além da monotonia interminável da superfome. Com uma pele que parece papel de seda velho, amassado e alisado novamente, olhos enterrados em sacos de pus, peças de roupa tão encharcadas de bile que têm a consistência de maquiagem, essas criaturas patéticas transformaram a atmosfera que pende sobre a cidade em um esgoto fétido de decomposição. Os mais ou menos mil errantes que tomaram Woodbury pararam ali por algum motivo, presos em um arrastar de pés, circundando parques abandonados e fachadas de loja cobertas por tábuas — a dança lenta de uma agulha de fonógrafo pulando sem parar na mesma música.

O reverendo Jeremiah Garlitz estreita os olhos para o céu cinzento e difuso quando a luz cintila numa placa na caixa d'água vazia e crivada de balas a leste da cidade — "WOODBURY: UMA MARAVILHA DE LUGAR" —, e ele sorri. Sua careca formiga com arrepios, os olhos ardem do travo azedo da morte no vento; gostaria que o pai pudesse vê-lo agora. O reverendo tornou-se um guia espiritual das massas inferiores, um soberano do Fim dos Tempos. Jeremiah resgatará a cidade dos mortos em nome do sargento Daniel Herbert Garlitz e de tudo que o velho representava — disciplina, rigor, pureza, fé e um medo visceral de Deus: a fundação de uma nova sociedade.

— Muito bem, vamos ao trabalho! — O pastor vê, por sobre o ombro, os outros veículos que se aproximam de cada flanco, faz-lhes um sinal, um movimento circular com o indicador, e as quatro picapes, dois caminhões de carga e um reboque param com estridência, um de cada vez, no chão de terra do terreno baldio, cerca de 50 metros a leste do portão principal.

Os rastros incriminadores passam despercebidos pelo pregador e seus homens, as marcas já desbotando a vestígios espectrais em meio à miríade de sulcos e vincos que se entrecruzam na terra arenosa. Nos últimos dois anos, incontáveis pegadas e marcas de pneus deixaram suas impressões nos 4 mil metros quadrados de mato e terra exposta, desfazendo-se com o vento em questão de dias. Os rastros mais recentes — uma série de sulcos misteriosos, inexplicáveis e paralelos cobrindo uma largura de quase 12 metros — praticamente desapareceram.

Essa é a natureza da topografia de Woodbury. Quando a cidade foi fundada no século XIX, tinha o nome de Sandtown, devido à proliferação de areia branca que recobre o terreno dali. E, mesmo hoje, esse pó entra em tudo, de tanques de gasolina a roupa lavada e pendurada em varais. Alguns alegam sentir areia nos dentes sempre que comem. Rastros de pneu — mesmo aqueles de um imenso transportador não identificado do tamanho de um navio de batalha — não duram muito tempo ali.

Agora abrem-se portas de veículos por todo o terreno. Os sujeitos saem das cabines com armas nos quadris ou descansando nos ombros e nos coldres. Nem um só homem se dá ao trabalho de se proteger. O reconhecimento cuidadoso convenceu a todos de que a cidade atualmente é povoada apenas pelos mortos. Não há motivo para pressa. Permeia por todos um espírito de inevitabilidade. De destino manifesto. Eles farão dessa cidade seu lar, sua base de operações, seu lugar de poder em meio às ruínas da praga; exatamente como lhes prometeu o irmão Jeremiah.

O pregador pula do estribo, com a Glock 9 mm na mão direita, destravada e pronta.

— Ao meu sinal! —grita ele a seus homens. — E façam valer cada tiro, rapazes!

O líder para e fica calmamente diante do enxame, como que impenetrável aos perigos que se agrupam perto do buraco na barricada, a menos de 30 metros. Vários Mordedores reagiram ao barulho do comboio e à voz de barítono do reverendo, carregada pelo vento. Os monstros se viram, um por um, e fixam os olhos de tubarão no homem de preto e em seus associados, que se abrem em leque dos dois lados do terreno.

Jeremiah avalia calmamente o canto sudeste de Woodbury e as multidões reunidas por dentro do buraco no muro; ele está prestes a dar a ordem para atirar... quando franze o cenho. Lembra-se com clareza de duas enormes carretas estacionadas, grade com grade, de través na enorme abertura da barricada — o portão improvisado do castelo. Mas onde estão? E algo mais o incomoda: a configuração do muro parece ter se alterado.

Mais errantes começaram a se arrastar para ele, sentindo seu cheiro e o de seus homens, fixados neles como cães vorazes na caçada, babando e rosnando molhado, estreitando a distância até mais ou menos 15 metros. Jeremiah olha a esquina logo depois da brecha na barricada e percebe que alguém deslocou o muro, talvez recentemente e, sem dúvida alguma, às pressas. É possível ver as marcas no calçamento, com as novas tábuas escoradas naquelas desgastadas do muro original. Não lhe ocorre que pode haver uma área de segurança atrás dessa seção apressadamente reposicionada da barricada que cobre uma quadra entre a Dogwood Lane e a Jones Mill Road. Ele não registra isso de imediato, porque sente o cheiro da onda invasora dos mortos que se dirige a ele, agora a apenas 10 metros.

O pregador decide que está na hora de limpar essa cidade para sempre, limpá-la em nome do Senhor.

* * *

Agachada na escuridão fétida do tributário, o ar zumbindo dos gemidos dos mortos, Lilly Caul sente a alma afundar no sedimento primitivo abaixo de seu corpo, esgotando-a enquanto segura a forma flácida ao peito, acariciando o cabelo do morto, aninhando sua nuca como se fosse uma criança doente.

Ela ainda detecta o mais leve cheiro de chiclete Juicy Fruit irradiando do corpo — aquele cheiro doce, pulverulento e enjoativo — pouco abaixo do fedor invasivo de carne apodrecida, e isso parte seu coração. É como se a força vital de Bob Stookey se recusasse obstinadamente a abdicar desse reino. Na forma de um pedaço velho de chiclete Wrigley ainda alojado em algum lugar na boca do homem, a essência de Bob perdura muito depois de sua morte. As lágrimas de Lilly riscam os limites das faces. Quentes e ácidas como vinagre fervente, elas ensopam as bordas da camisa de cambraia suja de Bob.

A mão direita de Lilly desce lentamente à coxa direita.

— Mil desculpas, Bob... A gente podia ter feito esta cidade dar certo.

Ela sente o cabo mínimo, áspero e em formato de cauda de castor da faca Bowie. Então fecha os olhos, obrigando a mão a envolvê-lo. O tecido entre o polegar e o indicador aperta a arma enquanto ela lentamente e com relutância a retira da bainha. A outra mão ainda está na nuca de Bob, aninhando gentilmente seu crânio. Ela ergue a lâmina com prudência.

— Eu te amo, parceiro — cochicha Lilly em seu ouvido, beijando com carinho o lóbulo peludo de orelha. Sua voz é tragada pelo coro agitado e áspero de grunhidos se elevando atrás da barreira de tela, a 6 metros dali.

Com um golpe duro e rápido, Lilly mergulha a ponta da lâmina na nuca do homem, entre os músculos do pescoço, sem jamais romper o abraço, jamais se afastando da orelha dele.

A lâmina afunda pelo menos 15 centímetros no cérebro.

Jeremiah olha o céu que escurece, respira fundo para criar coragem, vira-se e vai dar a ordem de eliminar os errantes quando ouve um som estranho.

Uma voz que vem *de trás* dele, emanando do meio do enxame, pertencendo a uma pessoa viva, penetrando o zumbido:

— AGORA! FOGO!

O homem se vira bem a tempo de ver os quatro errantes que lideram o bando de repente largarem no chão os sobretudos esfarrapados e trapos cobertos de bile.

O pregador encara, petrificado de choque, com a arma ainda agarrada ao lado, enquanto pronuncia em voz baixa:

— Mas que obra de Satã é essa...?

Os quatro errantes da frente revelam-se humanos vivos, camuflados com os trajes dos mortos, cobertos de uma horrível podridão, com o próprio cheiro tragado pelas camadas de fedor de morto colhido de um cadáver. Cada um deles porta um fuzil de assalto. Jeremiah consegue levantar a Glock e disparar um único tiro antes de mergulhar, procurando proteção embaixo do trailer.

O tiro sai alto e para a esquerda, sibilando em um fio de alta tensão.

Então as coisas começam a transcorrer com muita rapidez, no curso de um único minuto em meio, tudo praticamente acontecendo a um só tempo, a começar pela reação de Harold Staubach ao disparo com uma rajada rápida e controlada de sua Bushmaster, iluminando o ar entre ele e os outros homens, metralhando a lateral do trailer com um colar de faíscas conforme o pregador rola para baixo do enorme chassi do veículo. Alguns dos outros membros da caravana de imediato jogam-se atrás de portas abertas e para-choques de caminhões, procurando proteção por instinto; enquanto outros tentam disparar antes de saltar para trás dos veículos. Em segundos, os quatro monstros falsos criam um inferno na terra. David Stern esvazia uma pistola Tec-9 no automático diretamente em Chester Gleason. O trabalhador grisalho tenta retribuir fogo com sua HK416, mas a arma emperra e a saraivada de balas capaz de perfurar blindados penetra seu peito, o ombro esquerdo e o pescoço, fazendo-o cambalear para trás em um envoltório de névoa ensanguentada. Ele está morto antes de bater no chão. Ao mesmo tempo, Norma Sutters fica no flanco direito de David, disparando loucamente a AR-15, sem de fato representar uma grande ameaça, mas soltando um grito de guerra espontâneo, carregado de suas habilidades de regente de coral. A 50 metros dali, Stephen Pembry salta do reboque com um antigo M16 e tenta disparar, mas, antes que consiga dar um só tiro, uma das balas errantes de Norma o atinge em cheio entre os olhos — a definição de um tiro de sorte — e o faz cambalear para trás, o crânio rachando numa névoa de borrifos cor-de-rosa. O impacto o derruba no chão, onde jazerá e morrerá pelos segundos restantes da escaramuça. Miles Littleton se sai um pouco melhor no quesito mira, varrendo a área com uma fuzilaria de balas calibre .308 da AK-47, alguns projéteis encontrando dois atiradores agachados atrás de picapes, a 30 metros a oeste. As potentes balas penetram as camadas finas de aço, fibra de vidro e estofamento de Detroit, atingindo na mosca cada atirador, perfurando pulmões e artérias carótidas, lançando os homens para trás enquanto os braços se debatem em direção ao esquecimento do mato e da falência dos órgãos. A essa altura, o reverendo tentou retribuir o fogo embaixo do enorme Winnebago, mas sua pistola 9 mm não é páreo, a taxa de disparos é baixa demais para fazer uma marca que seja no ataque. Os três vingadores agora estão simplesmente pulverizando a vizinhança geral com saraivadas descontroladas — levantando uma centopeia de poeira e destroços do chão, metralhando a lateral dos veículos, deixando uma série de buracos e tufos no metal, tinindo em grades de radiador e para-choques, estourando portas de vidro, destruindo para-brisas em mantos de partículas cintilantes que implodem por painéis e bancos. Outros três acólitos são derrubados. Earl Jerico, um homem em formato de pera, vestido de brim e um boné dos Braves, é atingido no pescoço e no ombro, rodando numa pirueta sangrenta, batendo na lateral da picape e escorregando até o chão. Um antigo motoqueiro de Jesus, magricela e tatuado, de nome Thurston Breen consegue se esquivar da chuva de balas de alto calibre ao correr em busca de proteção, mas absorve uma série de tiros quando tenta se arrastar para debaixo do chassi de seu caminhão de carga. Ele rola para fora do veículo e se enrosca numa bola fetal, morrendo mais lentamente que o resto. Muitos ricochetes desgarrados e tiros a esmo atingem a onda de errantes que se aproxima, mas logo a massa de cadáveres reanimados domina o terreno — apesar do fogo cruzado ter transformado o ar em uma nuvem de fumaça azul —, a maioria dos mortos escoando das ruas e campinas adjacentes. Os quatro guardiões disfarçados de Woodbury agora encaixam pentes novos nas armas e começam a recuar lentamente — de acordo com o plano — enquanto a horda que se aproxima engolfa o terreno. O corpo de Chester Gleason atrai um grande número dos recém-chegados, pelo menos uma dúzia das criaturas caindo sobre seus restos, com as formas recurvadas escavando-o em busca das trufas dos órgãos ainda quentes. O furor de alimentação se intensifica à medida que mais dessas coisas inundam o campo de batalha e encontram as outras vítimas do tiroteio: os feridos, os caídos. David Stern ordena aos companheiros de contra-ataque que voltem à zona de segurança atrás do muro na Dogwood Street — seu grito superando o barulho:

— *RÁPIDO! RÁPIDO! RÁPIDO!* — Todos se viram e correm atrás dele. Harold Staubach não vê o brilho de metal 50 metros atrás dele, projetando-se de baixo do Winnebago enquanto Jeremiah mira a arma. Ninguém vê o reverendo disparar um único tiro, só quando é tarde demais. Harold está se aproximando da zona de segurança quando a bala solitária atravessa seu ombro, arrancando-o do chão e fazendo-o se esparramar na rua asfaltada. Quase de imediato, sem nenhuma palavra, acontecem duas coisas em resposta: Miles Littleton abre fogo no trailer, disparando três tiros controlados com sua AK, fazendo o pastor voltar para baixo do veículo, e, ao mesmo tempo, David e Norma seguram Harold pelos ombros, arrastando-o para o muro da Dogwood Street. Mas chegam tarde demais.

A rua diante deles fervilha de errantes, atraídos ao tumulto do tiroteio, tantos que David fica petrificado praticamente a meio passo, avaliando a turba esfarrapada dos mortos em onda na sua direção, inebriados de fome e do desejo de matar, de braços estendidos, então ele grita a plenos pulmões:

— PLANO B! PLANO B!

Por um bom tempo, na escuridão barulhenta do tributário, Lilly continua em um abraço desesperado nos restos mortais de Bob, a faca ainda enterrada até o cabo no crânio. Seus olhos se enchem mais uma vez enquanto o calor do fluido cefalorraquidiano continua a esguichar em torno da faca, escorrendo pelo braço e sob a manga de Lilly. Ela fica ensopada. Então ouve uma leve liberação de algo que parece um sopro fraco do ar, mas não sabe se vem do ferimento ou dos pulmões de Bob. O corpo continua flácido e sem vida em seus braços.

O barulho dos mortos ribomba por perto, tragando os estalos fracos e distantes de tiros. Para Lilly, parece que uma tempestade está se formando em seu íntimo quando deita gentilmente o corpo morto no chão do túnel. Ela posiciona a cabeça para que fique virada para cima. A poça de sangue abaixo se espalhou, como óleo queimado de motor, pelo piso compactado e rachado. Lilly coloca delicadamente as mãos de Bob sobre seu peito.

Os antigos egípcios enterravam os mortos com seus animais de estimação, utensílios, pergaminhos, comida e até moedas, como se o falecido simplesmente estivesse embarcando em uma viagem para o além. Lilly vasculha o bolso.

Então coloca na pálpebra de Bob sua moeda da sorte — uma antiga Buffalo de cinco cents que o pai, Everett, lhe dera. Ela curva-se e beija suavemente a ponte de seu nariz, tocando-lhe o rosto uma última vez e sentindo a tempestade avançar do fundo de seu ser. Nuvens negras de fúria sobem por ela, puxando uma cortina escura pelo campo de visão.

Colocando-se de pé, Lilly olha o tributário e vê o enxame — agora pelo menos cem deles espremendo-se no duto principal — pressionando os elos de metal da cerca. As caras cinzentas de verme se torcem de fome, os olhos leitosos estão arregalados da sede de sangue; eles babam, cospem, gemem e tentam espremer os dedos escurecidos pelos triângulos de 12 centímetros quadrados. A cerca Cyclone mal se aguenta, rangendo com a pressão do peso coletivo. Parece que está prestes a se romper.

Lilly leva a mão ao coldre de Bob e pega a .357. Ao abrir o tambor, vê apenas duas balas restantes. Ela apalpa por dentro do cinto dele e encontra a bolsa de couro mínima com o carregador. Então soltando-a, Lilly a prende em seu bolso. Conforme procura um pouco mais, encontra seu isqueiro e um rolo de estopim de segurança. Ela retira o relógio do amigo, guardando-o no bolso. A raiva agora a estimula, corre por suas veias, eletrizando-a e colocando-a em ação. Lilly levanta-se e anda pelo túnel até a barreira de tela, então para ali por um momento.

Sua proximidade agita as criaturas num frenesi. Os grunhidos aumentam para ulos cascalhentos, como um uivo de hienas; os olhos frios se arregalam enquanto dentes roem freneticamente para conseguir um pedaço dela. Alguns empurram com mais força, vergando a tela para dentro até o limite absoluto. O odor é inacreditavelmente medonho.

Lilly os encara, impassível, chegando a centímetros de suas bocas mofadas. Ela fita fixamente os olhos vazios. A tempestade de fúria em seu íntimo desencadeou uma torrente de adrenalina, raios e trovões, rajadas de emoção eclodindo nas veias.

O feixe de dinamite está no chão ao lado da barreira de tela.

Lilly tira do bolso o detonador e o rolo de estopim de segurança, sem desviar os olhos das criaturas que tentam se espremer pela tela para alcançar sua carne macia. Ela vai até os explosivos, empurra o detonador na tampa esponjosa — o olhar ainda fixo nos errantes. Então coloca o feixe de dinamite no chão na frente deles, como se pusesse um prato de comida para o bicho de estimação da família.

— Aí está — resmunga ela, a voz estranha ao próprio ouvido. Parece grossa e rouca de fúria, a voz de um gladiador prestes a entrar na arena. — Comam isso por enquanto.

Lilly se vira e parte para leste, com o cuidado de desenrolar os aproximadamente 15 metros de estopim de segurança enquanto prossegue apressada para o bueiro abaixo da Riggins Ferry Road.

Encharcado de suor, o coração disparado, Jeremiah respira pela boca, o fedor tão denso que ameaça asfixiá-lo. Está deitado de bruços no chão frio abaixo do chassi cheio de graxa do trailer, ainda segurando a pistola 9 mm. O caos cerca o veículo. Todos os seus seguidores morreram. Corpos se espalham pelo terreno, como madeira trazida pelo mar. Mas o bom Senhor ainda está com Jeremiah. O destino sempre vence e irá prevalecer hoje se o pregador conseguir sair dessa confusão.

Ele olha imediatamente à esquerda e vê, através do mato alto e das pernas rígidas dos errantes que roçam o trailer, um pequeno enxame pairando sobre o corpo de Chester Gleason, sugando a medula de seus restos.

Jeremiah solta um suspiro sofrido, a respiração soprando a poeira do chão junto aos lábios. O pregador olha à direita e vê incontáveis pernas esfarrapadas, algumas saindo de vestidos, espigadas e cadavéricas ao andarem sem rumo de um lado a outro. Vez por outra, tem vislumbres de seus outros discípulos — metade de Reese Lee Hawthorne por ali, seus restos derramando iguarias roxas e reluzentes para o enxame; Stephen Pembry por lá, reduzido a uma pilha de entranhas parcialmente vestidas —, e a visão de tal carnificina o faz se contorcer com uma dissonância cognitiva. Será isso que Deus quer? É isso que aguarda o próprio *Jeremiah* nessas trevas eternas do Arrebatamento?

Ele consegue torcer o corpo e olhar pela extensão do Winnebago até sua traseira.

O pregador pestaneja. Estará alucinando? Ele se arrasta para a luz do dia na traseira do veículo, o olhar fixo em uma abertura na multidão. Alcançando a falange de canos de escapamento e engate do trailer, Jeremiah olha para além do pátio adjacente de antigos trilhos petrificados e sinalização direcional. Ele vê uma abertura, um corredor entre duas metades da multidão, onde a turba de errantes se separou ao acaso.

Do outro lado dessa abertura, há uma pequena construção que parece relativamente segura, com as janelas cobertas por tábuas ou grades. Se Jeremiah conseguir escapulir despercebido por essa brecha momentânea na manada, talvez alcance aquele prédio e entre antes de também ser reduzido a uma ração sangrenta. Seu coração se acelera, e ele inspira o ar quente.

Depois se arrasta para fora do trailer, coloca-se de pé rapidamente e corre na maior velocidade de que é capaz para a sede da estação, onde as crianças se escondem nas sombras, tentando desesperadamente ficar em silêncio.

VINTE E UM

Barbara Stern está sentada no chão atrás das estantes empoeiradas, no canto nordeste da estação tomada de lixo, escorando-se nas pernas do móvel, como se esperasse um tornado. As crianças estão ao lado, tentando se concentrar nos livros de colorir, blocos de desenho e histórias como *The Poky Little Puppy* e *The Little Red Hen* enquanto o mundo é virado de pernas para o ar do lado de fora das janelas cobertas.

Sempre que uma explosão de tiros soa ao longe, ou o estouro sônico de uma espingarda ilumina o céu, ou um grupo de errantes raspa as paredes de madeira, as crianças mais velhas se contorcem e retraem, enquanto as mais novas gemem baixinho, como se tivessem levado um chute na barriga. Barbara cochicha continuamente para que relaxem, dizendo que vai ficar tudo bem, pois os adultos têm um bom plano e Lilly e Bob sabem o que estão fazendo, mas seus nervos estão tão expostos e em carne viva como os das crianças. Ela agarra aquelas pernas de estante com uma pressão de deixar os nós dos dedos brancos a cada saraivada, segurando com tanta força que o aço moldado deixa marcas ensanguentadas nas palmas das mãos.

A mulher pensa que pode identificar a marca e o modelo de cada arma ao ouvir seu disparo, e não ouviu o barulho da Tec-9 de David, o que a está deixando louca. A pistola automática que eles encontraram algumas semanas atrás no depósito da Guarda Nacional do condado de Meriwether tem um barulho distinto: uma espécie de chocalhar metálico e estridente, como um pequeno morteiro. Faz vários minutos que não ouve esse som, e seu cérebro insiste na pior hipótese, faiscando imagens de David prostrado e crivado de balas, dilacerado por errantes, fazendo-a apertar ainda mais as pernas da estante.

Na realidade, ela está tentando se livrar dessas mesmas imagens quando escuta um barulho, do outro lado do salão, que a faz trincar os dentes e espalha calafrios por seu corpo.

— Não se mexam! —sibila ela para as crianças, levantando-se e destravando a Bulldog .44. A arma é extremamente pesada para um revólver de cano curto e parece ter ficado ainda mais pesada nas últimas horas. Além disso, o gatilho é duro, difícil de apertar. Porém, no momento, Barbara sente que pode rachar o cabo ao meio com as próprias mãos.

O barulho de alguém tentando forçar a maçaneta na porta lateral chocalha novamente pela sala, e a mulher assume a posição de tiro ao se aproximar, segurando a arma com as duas mãos, o dedo no gatilho, os ombros retos enquanto sopra do rosto uma mecha comprida de fio grisalho. Certifica-se de manter o corpo roliço em certo ângulo em relação à porta, para que o ombro direito absorva a maior parte do coice da enorme arma.

Ao chegar à porta, coloca o ouvido contra a madeira, mantendo o cano da Bulldog apontado para o teto, e ouve um farfalhar frenético, alguém bufando.

Barbara está prestes a gritar quando a porta de repente explode para dentro, abrindo-se com a força de um aríete. Bate em cheio na mulher, tirando-lhe os sentidos, empurrando-a para trás, derrubando-a no chão. Ela cai de bunda, e a Bulldog gira pelo piso de taco. Sua visão vacila, e os ouvidos estão tinindo conforme tenta se arrastar para a arma.

Na esquina da Dogwood com a Jones Mill, em uma cortina de cordite, fumaça, poeira e fedor de morte grossa como uma gaze, Miles Littleton gasta um pente inteiro de dez balas. Por um momento, mantendo ao largo a vanguarda da horda de errantes enquanto David e Norma tentam arrastar Harold Staubach para um lugar mais seguro. Mas Harold não quer saber disso.

— Esquece! — Deitado de lado, respirando asperamente, ele os empurra, chutando fraco, com o ombro em frangalhos e a frente da túnica num vermelho-escuro, encharcada de sangue arterial que ensopa o calçamento. — Vão embora... VÃO! — Harold se encolhe enquanto outro errante cai nas pedras a centímetros de seu pé direito, metade da cabeça estourada pelas balas dundum da Glock de David.

— Cale a boca! Cale a porra da boca! Não vamos abandonar você e ponto final! — grita David, recusando-se a soltá-lo, arrastando o homem mais velho por outros 3 metros na direção da barricada. Norma tenta pegar os pés de Harold e levantá-lo, mas ele a chuta com suas últimas gotas de energia.

— Vocês vão acabar se matando! — berra Harold, a voz falhando, as forças se esgotando. Ele tenta afastar David Stern cujas mãos estão escorregadias de sangue e deixam Harold escapulir. Caindo no calçamento, o homem solta um arquejar, sua bela voz cantarolada enfim começando a se desagregar.

— Já era... Acabou pra mim... Vocês precisam *entrar*!

Miles dispara outro tiro na coluna de Mordedores que pressiona em sua direção. Um número cada vez maior — atraídos pelo barulho e pelo tumulto — cerca o grupo, aproximando-se como um punho. Em alguns segundos, será tarde demais; a munição está diminuindo a quase nada. Mais alguns tiros da AK e pronto.

O jovem ladrão de carros dispara uma rajada curta, atingindo os três errantes mais próximos.

Uma das cabeças putrefatas explode em uma nuvem de fluidos escuros, e outra se rompe tanto para trás que quase se solta. O dono da terceira cabeça ainda se aproxima, pois o tiro apenas roçou a têmpora.

— SÃO MUITOS! — grita Miles, enquanto tenta disparar outra rajada controlada. Mas agora a arma estala, impotente. — PORRA! MERDA! *MERDA*!!

Os errantes os engolfam. Miles saca um facão da bainha na perna, Norma pega uma pá de jardim presa à mochila, e David grunhe e bufa enquanto arrasta Harold a uma distância cada vez maior da horda. O homem ferido entra e sai da consciência à medida que mais criaturas se aproximam, vindas do oeste, bloqueando a rota de fuga. O barulho persistente de grunhidos guturais se eleva em volta deles, alto como o motor de um jato, o fedor insuportável, os dedos de braços estendidos em gancho arranhando o ar. Harold enfim desmaia, e David o sacode, procurando a pulsação.

Miles e Norma fazem um valente e derradeiro esforço de combater as criaturas, investindo loucamente para elas, atacando uma face pastosa e morta depois de outra, golpeando uns na órbita do olho, outros na testa, outros ainda mandíbula acima, mas é inútil. Agora são demais para eles — tantos que a visão de David da barricada está bloqueada pela turba. Ele solta um grito de fúria. Harold agora é um peso morto. David desaba ao lado do homem mais velho, respirando pesada e dolorosamente.

Norma esbarra neles e cai nas pedras do calçamento. Miles ataca sem parar, até que tropeça nos próprios pés e se esparrama ao lado dos outros. E, nesse momento horrível de angústia, o instante paralisado e único antes de serem engolfados e devorados, David troca um olhar febril com os outros. É como se todos percebessem a mesma coisa exatamente na mesma hora: todos eles vão morrer e, pior que isso, morrerão nas mãos vorazes dos mortos, dilacerados, eviscerados, apesar de estarem a uma distância muito curta da segurança.

Tanta coisa pode ser transmitida em um só olhar — em particular em um momento suspenso no tempo como este —, porém, de algum modo, David Stern consegue olhar tão fundo no rosto suado, maternal e experiente de Norma Sutters, que nesse momento vê seu último pensamento fugaz voltar dela em uma resposta muda: *Pelo menos morreremos juntos, como um só... aqui, nesta desolação; vamos perecer nos braços um do outro.* Norma assente para David e passa os braços roliços em volta dele.

O homem desvia os olhos das caras de barriga de peixe e dos olhos de botão de sapato à medida que as criaturas caem em massa sobre eles, e acaba de fechá-los e se agarrar na matrona Norma Sutters quando de súbito ouve um barulho que se eleva acima do ronco de motor dos mortos. E o barulho é uma surpresa tão bem-vinda que David Stern começa a chorar em silêncio.

No início parece uma chaleira no fogo, um apito estridente e agudo. Mas, ao crescer até um guincho, David percebe que o apito é um menino gritando. O que é seguido pelo ronco de um motor a diesel, que arrota uma nuvem acre de fumaça preta atrás da barricada adjacente. O coração do homem dá um salto, com a respiração presa no fundo da garganta.

Uma potente explosão quebra o ar matinal, penetrando o coro monótono de grunhidos, e David Stern se retrai assustado conforme a barreira improvisada de madeira e gesso, a 15 metros, de repente desmorona, as tábuas batendo no chão com uma série ressonante de baques, e, em meio a uma nuvem tempestuosa de poeira, de trás da barricada caída, surge uma máquina gigantesca.

David reconhece as enormes lâminas frontais da colheitadeira.

O garoto chegou cedo — Deus abençoe esta pequena alma com ranho no nariz — o garoto nunca teve noção de tempo — que homenzinho lindo e perfeito!

Como um maremoto de metal reluzente, a boca de 9 metros de largura, repleta de fileiras de lâminas afiadas como navalha, agita-se para o enxame, levantando ondas de destroços e partículas de mato. O rio de detritos é despejado do alto da chaminé enquanto a máquina enorme avança e zumbe para os cadáveres ambulantes mais próximos.

Na cabine alta, envolvido em vidro como um pequeno imperador, Tommy Dupree está no controle. O menino aprendeu a operar a colheitadeira nova do showroom lendo o manual do proprietário, e a forma errática como a dirige revela que suas habilidades são poucas. Mas o rosto furioso e enrugado por trás das janelas escurecidas do cubículo do piloto também mostra sua determinação, o que incita outro pensamento no fundo da mente traumatizada de David Stern.

Graças a Deus temos o plano B.

* * *

No chão, tonta e sem fôlego da dor que dispara pela coluna, Barbara Stern só consegue ter impressões borradas do homem imenso que invadiu a estação depois de arrombar a porta aos chutes. Alto, de meia-idade, vestido num paletó preto funéreo, careca como uma bola de bilhar, o rosto cheio de problemas cutâneos, manchado e avermelhado, os olhos ensandecidos, ele bate a porta, fechando-a, depois registra o fato de que sua entrada derrubou uma mulher de 60 e poucos anos, com vestido havaiano de estampa floral, sobre a volumosa bunda. Ele ainda está ofegante do pavor e da fadiga de correr os 140 metros de terreno infestado de errantes enquanto passa os olhos pela estação empoeirada e abarrotada. O ar vibra com a batida de uma dezena de Mordedores do lado de fora da porta.

— Ei, calma! — exclama ele, a voz rouca e grave, quando vê Barbara se arrastando para sua arma. O pregador salta pela sala e a alcança no exato momento em que ela põe a mão na Bulldog. — Espere aí, irmã!

Ele chuta a arma de sua mão suada, e a Bulldog gira para o outro lado.

Barbara Stern tenta se afastar. As gêmeas Slocum gritam apavoradas em uníssono quando Jeremiah desfere um forte chute na altura dos rins da mulher com a grande Wellington. Ela arqueja e rola pelo chão, tentando ver onde foi parar a arma. Sua visão está borrada, o nariz sangra do impacto da porta, e é possível que ela tenha mordido a língua, pois a boca se enche do calor acobreado de sangue enquanto Barbara tenta se arrastar para a Bulldog. Ela sente a presença enorme do invasor assomando acima.

— Calma aí! — A voz dele troveja, um instrumento grave, fumegante e estentóreo, treinado nas sacristias e tendas de renascimento de religiões carismáticas. Seu rosto brilha do esforço físico. Ele desce a bota no vestido de Barbara Stern. — Não é como se eu fosse te morder!

— Tudo bem! — Ela se rende sem fôlego, caindo de lado, sangrando profusamente na frente da roupa. Seu queixo pinga, a ponte do nariz lateja, e a mulher sente uma pontada ocasional e aguda por trás dos olhos. Então pisca, erguendo as mãos trêmulas. — Tudo bem...

— Tome. — Ele procura no bolso e pega um lenço. Na calmaria momentânea, Barbara ouve o barulho da horda do lado de fora, uma turbina enorme, girando enferrujada, cercando o prédio da estação; e consegue ouvir outra coisa, algo longe, misturando-se com o barulho, vibrando o ar, um triturar baixo, grave e áspero, como o tubo maior de um órgão de igreja.

Jeremiah joga o lenço, que cai nas pernas de Barbara. Depois vai até a Bulldog, pega-a, verifica o tambor e a mete em seu cinto às costas.

— Faça o que precisa fazer comigo — murmura Barbara, pegando o pedaço de pano e apertando no nariz. Com a voz agora abafada pelo tecido e as vias aéreas congestionadas, ela diz, embargada: — Mas peço, por favor, estou implorando, como um homem de Deus, como um cristão, não mexa com essas crianças. Não as machuque. Elas não têm nada a ver com isso.

Ele lança um olhar para o grupo de crianças amontoadas e retraídas atrás das estantes. Parecem animais assustados numa jaula. Um zunido suave e contínuo vem dos mais novos. O pregador sorri, então fala sem tirar os olhos dos pequenos:

— Desculpe-me discordar, irmã, mas eles têm *tudo* a ver com isso.

Jeremiah anda até a estante, empurra-a de lado, como se fosse feita de madeira balsa e olha de cima a baixo as crianças, com seus olhos brilhantes. As lamúrias se intensificam. O olhar simiesco do pregador estaca em Bethany Dupree.

Ela parece ser a única criança que não está se escondendo atrás de um irmão, chorando, nem olhando submissa o chão. Está firme, com as mãos nos quadris, como se reprovasse todo o *conceito* desse homem. A menina encara os olhos dele com uma espécie de desdém humilhante.

O pregador sorri, contorcendo o rosto.

— Você é uma garotinha perigosa, né?

— Deixe a gente em paz — diz ela.

— Você vai me servir muito bem. — Ele a agarra pelo braço e a arranca do esconderijo.

A essa altura, Barbara conseguiu se arrastar pelo chão e agora luta para se colocar de pé. A vertigem faz sua cabeça rodar, e ela ainda não consegue enxergar muito bem. A mulher oscila um pouco, parada ali, segurando o lenço ensanguentado no nariz, enquanto vê o homem puxar a menina pela sala na direção da janela coberta de tábuas.

— Não faça isso, Jeremiah — pede Barbara.

O pregador se vira e encara a mulher mais velha com o vestido respingado de sangue. Ele saca a Glock e despreocupadamente pressiona o cano na cabeça de Bethany Dupree. Toda a expressão combativa some do rosto da menina. Seus olhos se umedecem, então ela engole uma grande golfada de ar, voltando os lábios para baixo com o máximo esforço para não chorar. A voz do reverendo é monótona e fria.

— As rodas já estão em movimento, irmã, não há nada que nenhum de nós possa fazer. Isto é o Arrebatamento. Ficamos todos para trás e agora só estamos brincando do que você pode chamar de um grande jogo de tabuleiro. — A menina se contorce na mão dele, e Jeremiah aperta mais sua gola, pressionando com uma força ainda maior o cano da arma no pequeno rabo da maria-chiquinha. — Os rios correm vermelhos, irmã. — Seu olhar ardente se concentra em Barbara. — As aves caem do céu, e os vivos me querem morto. A garotinha aqui é minha pequena apólice de seguro.

De repente, uma criança pequena dispara de trás da estante. Barbara se vira e vê Lucas Dupree, com a carinha de 5 anos franzida de fúria, os punhos mínimos cerrados e brancos, correndo para o pastor aos gritos:

— SOLTE!

Barbara deixa cair o tecido ensanguentado e atira-se habilidosamente para o menino, pegando-o antes que consiga atravessar a sala e tirando-o do chão. Os pés do garoto continuam a correr no ar em uma pantomima de desenho animado. Ele está começando a chorar quando Barbara o abraça no colo e acaricia sua nuca.

— Tudo bem, valentão, agora chega, ela vai ficar bem. Está tudo bem. Agora calma. — A mulher faz carinho na cabeça de Lucas e fala baixinho, mas não tira os olhos do reverendo. — Este homem *não vai* machucar sua irmã, ele só a *pegou emprestado* por um minuto. — Seus olhos quase se estreitam a fendas, fixando-se em Jeremiah. — E, se acontecer alguma coisa com ela, se um fio de cabelo sair do lugar, quem sobreviver aqui hoje, quem quer que seja, vai dedicar o resto da vida, pelo *tempo* que durar, a encontrar este senhor, este ministro, este homem de Deus, e fazê-lo se arrepender de ter nascido. Entendeu?

Dois indivíduos ouviram atentamente este solilóquio: o menino com a cabeça enterrada no peito de Barbara, assentindo levemente, e o reverendo, que ficou completamente imóvel, fitando-a com uma estranha mescla de maldade e admiração. Por fim, com a arma ainda pressionada na cabeça da menina, ele assente respeitosamente.

— Recado recebido, irmã. Acho que podíamos ter nos entendido muito bem em outra vida. — Ele arrasta a garotinha para a porta. Ela ainda contém as lágrimas. O reverendo lança a Barbara um último olhar por sobre o ombro. — Esteja preparada, irmã.

Depois se vira, segura a maçaneta e abre alguns centímetros da porta.

Jeremiah espia o lado de fora e vê um espaço. Os Mordedores vagaram dali.

Ele empurra Bethany para a luz pálida do dia e desata numa correria desajeitada.

VINTE E DOIS

Jeremiah não tinha se afastado mais de vinte passos da porta da estação abandonada quando cambaleia e se detém abruptamente. A menina quase cai de tão repentina que é a parada, e, por um momento, naquela luz solar horrenda que banha o pátio, o homem pensa ver um fantasma. Fica parado ali, ainda segurando a gola da garotinha, assombrado pelo que está diante dele. O ronco grave e sepulcral de uma colheitadeira — segando incongruente uma safra não identificada onde não há safra alguma — ecoa do canto noroeste da cidade, acompanhando a confusão de Jeremiah com um contraponto de rosnados, rangidos e trituração. Mas o pregador mal percebe o barulho surreal e insensato, nem registra o zumbido incansável do enxame, perto o bastante para ser visto através das árvores vizinhas e dos espaços tomados de destroços entre as construções.

A figura parada bem à frente de Jeremiah não se mexe e, no começo, não diz nada, só fica ali com os ombros eretos e o olhar fixo nele e na criança. A brisa joga o fino cabelo castanho-avermelhado da mulher, preso numa trança apertada, embora vários fios tenham se soltado nas últimas horas de esforço, luta e trauma no subterrâneo. Seus jeans rasgados da moda e casaco de camuflagem estão em farrapos, o rosto e os braços açoitados de terra, cortes e hematomas. Seu olhar penetra a alma de Jeremiah, alcançando um lugar sombrio dentro do reverendo, vibrando alguma corda dissonante e inesperada de medo. Em seguida, o pastor percebe o enorme revólver com o cano de 10 centímetros na mão direita da mulher, que no momento descansa junto ao corpo, a arma apontada para o chão.

— Olhe só para você — diz o homem finalmente. — Toda satisfeita consigo mesma.

— Solte a menina. — A voz de Lilly Caul falseia com a fúria, tão fria que quase parece a gravação de uma voz tocada um pouquinho lenta demais.

Jeremiah aperta o cano com mais força na cabeça de Bethany Dupree.

— Não sei como fez isso, mas agora não importa nada. Nada mais importa.

— Acho que você não me ouviu.

Ele solta uma gargalhada seca.

— Atos de heroísmo, sacrifício, coisas feitas pelo bem maior... Nada disso tem mais significado algum.

— Com licença. Você vai morrer hoje. — Lilly fixa o olhar no dele. — Então pode muito bem fazer algo bom antes, para melhorar um pouco as coisas.

Jeremiah sente o ódio subir e encher a boca com o gosto amargo da ira.

— Saia do caminho, mocinha.

Calmamente, Lilly ergue a arma, aponta para ele e levanta um relógio na outra mão. Parece barato, vagabundo, um Timex velho, com uma correia de couro desbotada.

— Sabe o que é isso?

— Chega de joguinhos. — Jeremiah pressiona o cano com tanta força na cabeça da menina, que os gemidos dela se intensificam a um choro conforme ela curva a cabeça com a pressão da arma. O pregador praticamente rosna as palavras: — A morte desta garotinha preciosa ficará em sua alma eterna.

— Isto é um relógio — informa Lilly despreocupadamente, ignorando as ameaças e indicando com um gesto de cabeça a importância do objeto usado. — Pertencia a Bob Stookey, um homem cuja morte está na porra da *sua* alma indigna. — Ela olha o ponteiro dos segundos. — E, se meus cálculos estão certos, teremos cerca de dez segun...

A explosão abafada abaixo interrompe as palavras com a subtaneidade de um corte num filme.

A estimativa de Lilly estava dez segundos atrasada.

O chão parece estremecer de leve enquanto a onda de calor bate na nuca de Lilly. O barulho é descomunal, de estourar os tímpanos, rachando o ar úmido e quebrando as janelas até a Canyon Road. Ensurdecida pela explosão, ela cambaleia para a frente, depois se esparrama no chão com o abalo secundário. O céu se abre numa fonte de terra, as partículas da argila laranja da Geórgia subindo em uma vasta nuvem de fumaça, que raspa as nuvens antes de se dissipar.

O reverendo cambaleia para trás, tropeça nos próprios pés e cai de bunda. A menina perde o equilíbrio e também vai ao chão. Chovem neles grânulos de terra, lixo e pedaços não identificados do subterrâneo. O abalo secundário treme pelo pátio conforme os túneis cedem, enterrando tanto humanos quanto mortos-vivos pela eternidade.

Lilly tenta se levantar, mas só consegue se colocar de quatro. A cabeça gira. Não consegue ouvir nada e mal enxerga. Piscando freneticamente, tenta focalizar onde foi parar a arma. Ela a vê a cerca de 1 metro e meio. Então investe para pegá-la e a ergue enquanto se coloca de pé num salto. Rapidamente assume uma postura ofensiva, mas tudo ficou nebuloso e lento depois da explosão.

Com os ouvidos tinindo, Lilly vê o pregador fugindo, os braços desengonçados se agitando, o paletó esfarrapado batendo no vento conforme corre com a rapidez que pode para o terreno baldio a leste. Com a arma ainda nas duas mãos, ela vai até a menina, que se levanta lentamente, tapando as orelhas e olhando o céu.

— Você está bem, meu amor? — Lilly se ajoelha ao lado dela, rapidamente olhando-a de cima a baixo, procurando ferimentos. Ela mal consegue escutar, pois o tinido nos ouvidos parece uma furadeira zunindo no crânio, mas não vê ferimento algum. — Fale comigo.

— Não consigo escutar nada! — A pequena Bethany cobre as orelhas, abrindo a boca como se tentasse fazer os ouvidos estalarem e voltarem a funcionar.

— Está tudo bem, meu amor. É temporário. É o barulho da explosão.

— Como fez aquilo?

Lilly olha por sobre o ombro.

— Vamos falar disso mais tarde, querida. Agora você precisa voltar para dentro, e eu preciso chegar à zona de segurança.

Naquele momento febril, Lilly vê várias coisas que aceleram sua pulsação.

A uns 100 metros dali, o reverendo está passando por um grupo de errantes, atacando dos dois lados com a faca Buck, aparentemente tentando abrir caminho de volta ao terreno baldio a leste do pátio — o mesmo terreno em que aconteceu todo o tiroteio. A adrenalina dispara por Lilly. Ela percebe que o filho da puta vai para o enorme reboque, a cerca de 50 metros ao sul do terreno, ainda em ponto morto, lançando baforadas intermitentes de fumaça preta do escapamento.

A segunda coisa que vê desperta uma onda ainda *maior* de pânico: três lados do pátio agora estão bloqueados por grupos densos de mortos, arrastando-se para ela, atraídos pelo tumulto e gritaria, os braços como varinhas de condão, rígidos, estendidos, procurando carne humana fresca. Lilly gira 360 graus, procurando uma saída, mas não vê nenhuma. Até o prédio da estação está agora engolfado pelas criaturas. Incontáveis rostos em decomposição se aproximam, pressionando de todos os lados, uma cara depois de outra, cada uma delas exibindo os mesmos olhos vidrados e vazios, os mesmos lábios viscosos repuxados sobre dentes enegrecidos. Seu barulho de motor se eleva a níveis insuportáveis, e Lilly se vê num branco de novo, como se o cérebro tivesse tido uma pane.

De algum modo, naquele exato momento, naquela névoa de podridão e decomposição, sob o sol inclemente, com os ouvidos ainda tinindo e o coração palpitando, a enchente de errantes engolfando-a com a criança,

Lilly Caul percebe que só tem uma opção viável; mais uma vez, a solução mais simples acaba por se mostrar a melhor. Ela vê um total de meia dúzia de criaturas entre ela e a porta da frente da estação, que fica a cerca de 15 metros.

— Fique bem do meu lado, meu amor — diz ela à menina, depois aponta a arma para os dois cadáveres que bloqueiam o caminho até a porta.

O primeiro tiro abre um buraco no alto do crânio do mais próximo, a coisa se dobrando numa cascata de fluidos negros e sangue fétido. O segundo tiro atravessa o meio da cara do outro, provocando uma nuvem de fluidos cinzentos e sujos pelo ferimento de saída.

Seguindo para o prédio, Lilly agora está em modo multitarefa: solta o tambor vazio, encaixa o carregador na câmara, injeta as últimas seis balas e ao mesmo tempo puxa Bethany para a porta.

Elas estão a 1 metro da entrada quando dois Mordedores — cada um deles antigos garotos adolescentes de fazenda, agora vestidos com uma cueca comprida, esfarrapada e ensopada de sangue — atacam em fila única, um depois do outro, as duas humanas vivas. A garotinha solta um grito involuntário enquanto Lilly, por instinto, aponta a arma ao atacante mais próximo. O Mordedor sem querer é apanhado no cano ao atacar, e, com a boca escancarada, a arma entra pela garganta como uma intubação traqueal. Lilly de imediato dispara dois tiros. O primeiro estoura a parte de trás do crânio, e o segundo atinge o errante que vêm atrás. Ambos desabam numa chuva de sangue pútrido.

Lilly abre a porta e empurra a menina para as sombras da estação, depois entra, fechando a porta com um baque.

Por um momento se curva, recuperando o fôlego, enquanto a garotinha corre até Barbara Stern. Lilly toma longas golfadas de ar, as mãos nos joelhos, a fúria crepitando por trás dos olhos, estimulante como sais aromáticos. A imagem do reverendo correndo para o reboque ficou gravada a fogo em seu olho mental. A ideia de o sujeito escapar faz sua coluna formigar de ódio. Mais que apenas o desejo de se vingar, mais que a mera satisfação de marcar um ponto, ela precisa *acabar* com esse homem.

— Você é um colírio para os olhos — diz uma voz ao lado dela, dando-lhe um susto.

Lilly levanta a cabeça e vê Barbara Stern ali perto, segurando Bethany Dupree contra sua cintura enquanto a menina chora baixinho nas dobras do vestido. A mulher mais velha respira pela boca, pois está com a cara muito inchada, os olhos cercados de hematomas intumescidos, o nariz inflado ao dobro do tamanho e com crostas de sangue em volta das narinas. Lilly a olha fixamente.

— E por falar em colírio para os olhos... O que aconteceu com você?

— O reverendo aconteceu. — Barbara respira fundo. — Mas vou sobreviver.

Lilly a encara por um bom tempo.

— É... Mas prometo que *ele* não vai.

— Como? Do que está falando? Você não vai atrás dele!

Lilly não responde, simplesmente verifica a arma, abrindo o tambor e vendo que ainda restam quatro balas. As crianças a olham de trás da estante. Ela encaixa o tambor e corre pela sala até a janela dos fundos. Barbara a segue.

— Lilly, me responda. Não está pensando em ir atrás dele, né?

A mulher mais jovem está ocupada demais para responder conforme olha pela fresta mínima de luz do dia na beira de uma janela coberta de tábuas, vendo os limites da cidade de Woodbury a meia distância. No início, só consegue enxergar a enorme colheitadeira triturando colunas de mortos pela Dogwood Street — uma visão surreal, mesmo dessa distância, como um sistema de irrigação complexo e insano. Uma matéria escura é expelida de uma chaminé alta, subindo em arco pelo menos 4 metros e se difundindo em um arco-íris de tecido molhado, que se derrama e encharca o chão e as laterais dos prédios a uma distância de meia quadra.

Lilly fica boquiaberta. Num exame mais atento, fica evidente que a chaminé alta na verdade é a saída vertical da imensa máquina agrícola que Tommy Dupree descobriu só alguns dias antes, naquele reluzente showroom a uns quilômetros ao sul dali. Originalmente projetada para a tarefa laboriosa de separar grãos de debulho por grandes trechos de terra, agora está adaptada — como imaginaram Lilly e Tommy — para a tarefa de triturar uma fila depois de outra de cadáveres ambulantes. E, por um breve momento, ver essa boca de 9 metros de dentes rotativos devorando as massas ondulantes de mortos com a eficiência furiosa de uma linha de montagem macabra enche Lilly de um senso de inevitabilidade, destino e talvez até um propósito maior. A visão desse gêiser pútrido de sangue lançado no ar atrás da colheitadeira entra em sintonia com sua fúria. Ela quer enfiar o reverendo no grande oblívio de aço daqueles dentes circulares.

O reverendo!

Lilly corre os olhos pelos limites externos da cidade, percorrendo o pátio adjacente, passando pelo bosque de nogueiras-pecãs enfermiças, em direção ao terreno baldio onde os restos horríveis do campo de batalha ainda jazem em monturos não identificados, como pilhas esquecidas de gravetos. Ao longe, para além do leito seco do rio, uma figura de preto, alta e desengonçada, sobe apressadamente na cabine de um enorme reboque. A traseira do veículo, inclusive o imenso guincho, ainda pinga da carnificina, a parte superior de um prisioneiro ainda presa ali, e a parte inferior do tronco dilacerada pela horda, deixando as entranhas penduradas secando ao sol. Lilly se afasta subitamente da janela, vira-se e olha a sala, como se tivesse perdido alguma coisa.

— Responda, Lilly. — Barbara a olha com ceticismo.

Lilly levanta a cabeça.

— Onde está o walkie-talkie? Você ficou com um, não ficou?

— Não faça isso, Lilly.

— Onde está?! Ande, Barbara!

— Tá legal, tá legal! — A mulher suspira, afasta gentilmente a garotinha e atravessa o salão a passos rápidos. — Está bem aqui. — Ela vasculha a mochila, que está em cima de um engradado ao lado das estantes. As crianças continuam agrupadas nas sombras atrás da estante adjacente, espiando pelos buracos, como filhotinhos perdidos, mantidos em cativeiro dentro de um curral, os imensos olhos brilhando de pavor.

Barbara encontra o aparelho e o leva a Lilly, que já voltou à janela, nervosa, para olhar as margens do terreno baldio. O reboque não se mexeu, e o reverendo ainda está visível dentro da cabine, recurvado sobre o volante. Parece que a coisa não dá a partida. Talvez esteja sem combustível.

— Tome. — Barbara entrega o radiotransmissor. — Mas, por favor, não faça isso.

Lilly a ignora e liga o aparelho, apertando o botão para falar.

— Aqui é Lilly. Miles, está aí? Pode me ouvir? Câmbio!

Barbara solta outro suspiro angustiado.

— O reverendo se foi, Lilly... Nunca mais o verá. Sabe, deixe ele ir.

A mulher mais jovem gesticula para ela.

— Shhhhhhhhhhhh!

O transmissor crepita, uma voz do outro lado da linha rompendo a estática:

—... *Lilly...?*

Ela aperta o botão.

— Miles, é você?

Pelo alto-falante:

—... *Sim, senhora!*

Barbara segura o braço de Lilly.

— Lilly, não vá, não se deixe matar por isso... Não vale a pena.

A jovem puxa o braço e grita no transmissor enquanto olha pela fresta a extremidade do terreno baldio. Consegue enxergar uma nuvem preta expelida do escapamento do reboque quando o reverendo finalmente consegue ligar o motor.

— Miles, onde você está? Está com os outros?

Pela estática:

—... *Na zona de segurança, com Norma, David e Harold, como planejamos...*

Lilly aperta o botão.

— Consegue chegar até seu carro?

Outra onda de estática chia do alto-falante mínimo e após um segundo:

— *... Acho que sim, está estacionado atrás do salgueiro...*

Lilly fala no fone:

— Quer dizer, perto do rio? A leste da entrada do túnel?

— *... É isso mesmo...*

— Consegue chegar lá rápido?

— *... Quer dizer tipo agora...?*

— É! Porra, isso mesmo! Agora, Miles! Quando pode me encontrar lá?!

Outro silêncio cheio de estática, depois a voz do ladrão de carros demonstrando ceticismo:

— *... Tem um monte de errantes entre nós e o rio, Lilly...*

— Só vá até lá! — Sua voz corta a interferência, como um raio. — Tudo depende de a gente chegar no carro o mais rápido possível! Entendeu? Me diga que entendeu, Miles.

Pelo alto-falante:

— *... Entendi...*

— Ótimo! — Lilly olha para Barbara, depois pela janela em direção ao reboque arrancando em uma nuvem de escapamento e poeira. — Ande logo, Miles. E leve algum poder de fogo, o que ainda restar. E munição extra. Encontro você lá em cinco minutos, talvez menos se eu tiver sorte. O reverendo tem uma boa dianteira, mas aquelas suas rodas vão fazer o truque.

Uma explosão de estática, depois a voz de Miles:

— *... O que vamos fazer, Lilly...?*

Lilly umedece os lábios e olha para Barbara, então aperta o botão.

— Amarrar uma ponta solta.

VINTE E TRÊS

Por milagre, os dois conseguem chegar à pequena clareira a leste da cidade, aproximadamente no mesmo momento — Lilly contorna a horda, pegando um longo caminho em volta do pátio para evitar os bolsões mais densos de mortos, e Miles chega lá saindo da zona de segurança junto da Flat Shoals Road, depois contornando o canto nordeste da cidade. Ao se encontrarem, as coisas começam a acontecer com muita rapidez, rápido demais para perceberem algum sinal de adulteração, como fluido pingando dos tubos espiralados por baixo do Challenger.

Quando alcançam o carro, cada um deles está por demais sem fôlego e carregado de adrenalina para ver os galhos quebrados na margem oeste da clareira, ou o recente rastro enviesado de pneus no chão. Protegida pelos galhos felpudos de salgueiros, cercada por moitas de mato, a área faz fronteira com o rio Flint e mal tem espaço para acomodar um sedã inteiro. O Dodge Challenger roxo néon está no meio da clareira, reluzindo na fraca luz que se infiltra pelos galhos esqueléticos de carvalhos negros.

No início, eles não trocam muitas palavras, comunicando-se principalmente por gestos, movimentos de cabeça e rápidos sinais manuais. Estão com muita pressa. Lilly calcula que o reverendo tem uma dianteira de dez minutos. Se tiverem sorte, talvez consigam localizá-lo pela esteira de poeira e fumaça de escapamento lançada pelo enorme reboque. Mas a sorte também precisa fazer sua parte. Jeremiah pode muito bem dar uma guinada inesperada e sair do radar num piscar de olhos.

Miles liga o motor de 7 litros enquanto Lilly entra pela porta do carona. O enorme motor V8 ganha vida, emitindo um arroto de fumaça preta pelo escapamento e um ronco de um bloco de motor seminovo sem nenhum conversor catalítico para reduzir as coisas. Nenhum dos dois percebe a marca recentemente formada de um corpo na terra próxima ao carro, nem enxergam a poça oleosa de fluido de freio vermelho que começa a se formar abaixo da frente.

O veículo se lança de ré.

Miles gira o volante, engata a alavanca de câmbio e arranca, levando o Challenger a uma rabeada pelo mato oleoso, depois explodindo pela extremidade sul da clareira, onde uma estrada de terra corre sinuosa junto ao rio Flint por cerca de 2 quilômetros, antes de chegar à autoestrada Crest. Se o rapaz estivesse menos envolvido na missão e prestasse mais atenção à função dos pedais, talvez tivesse notado a maciez no freio ao fazer o carro parar a fim de engrenar a primeira. Mas as coisas estão caóticas demais para detectar nuances como essas e, além de tudo, o cabo só foi parcialmente cortado minutos antes, então ainda está funcionando. A intenção do sabotador, ao que parece, é que ele estoure sob pressão.

Lilly olha por cima do ombro a paisagem infestada de errantes em torno da cidadezinha que se distancia atrás deles. Ela vê o sangue sendo lançado no ar a 1 quilômetro e meio, o escapamento vertical da colheitadeira de Tommy vomitando feito um poço de petróleo do Texas. A visão da máquina triturando mortos ambulantes enquanto a cidade sitiada fica num miasma de fumaça lhe dá um aperto no coração.

Afugentando a sensação, Lilly volta o olhar pelo para-brisa inclinado para o sol nublado, que bate no calçamento desgastado da estrada de duas pistas em disparada abaixo do carro. Miles já está a uns 90 por hora, bem mais rápido que a polícia do estado recomendaria em uma estrada de acesso como essa. Agora ele puxou o capuz e cobriu a cabeça, então Lilly só consegue ver a ponta de seu nariz estreito, algumas trancinhas e o queixo de menino projetando o pequeno cavanhaque enquanto o rapaz se concentra com uma intensidade experiente, passando os olhos sem se fixar em nada, dirigindo com a mão esquerda conforme mantém a direita na alavanca de câmbio. A mulher imagina que o capuz é uma afetação, um hábito obsessivo-compulsivo usado sempre que Miles está na tarefa, e por ela está tudo bem. Precisa desse garoto no auge de sua forma, se quiserem alcançar o reboque do pregador — um veículo que não pode ser páreo para o Challenger em velocidade, agilidade e dirigibilidade. Na verdade, Jeremiah é a única coisa em que Lilly consegue pensar agora.

A necessidade de um desfecho — do término do reinado desse louco — arde como magnésio por trás de seus olhos. A sede de sangue ocupa tanto os pensamentos que ela se distrai completamente do fato de que o carro começa a exibir sinais evidentes de adulteração.

É claro que Lilly não faz ideia de que na adolescência Jeremiah Garlitz foi empregado como mecânico de um posto de gasolina, portanto, conhece todos os truques, em particular aqueles utilizados para sabotar carros com rapidez e discrição. Os mecânicos falam disso o tempo todo. Conversam pela internet e dividem informações de coxia de como esse tipo de coisa não tem semelhança com o que aparece nos filmes. E como Lilly saberia disso? Como imaginaria, em um milhão de anos, que Jeremiah tentaria uma coisa dessas para garantir que ninguém o perseguisse? Como saberia que seus batedores encontraram o estacionamento secreto do Challenger?

A verdade é que mesmo se soubesse de tudo isso, ela provavelmente ainda teria ido atrás do reverendo. A fúria agora a motiva, estreitando seus pensamentos em um túnel, crepitando no cérebro, como um circuito sobrecarregado. Pode até sentir o gosto da morte do homem na língua.

Porém, tudo isso está prestes a mudar, assim que eles atingirem a primeira grande descida.

Tommy Dupree perde a voz depois de vinte minutos de gritaria contínua — seus uivos triunfantes acompanhados do barulho coletivo de centenas e mais centenas de errantes sendo transformados em polpa sob a devastação agitada da enorme máquina agrícola que desliza pela rua. Sobre o ronco do motor e o estrépito das lâminas giratórias, o som molhado, desarticulado e esmagador de cadáveres sendo triturados em pedaços é tremendo, viciante e surreal.

A voz de Tommy enfim silencia a um silvo rouco enquanto ele grita pelos pais mortos, pela infância perdida, por seu mundo arruinado.

O gêiser negro de tecido ainda salta e é despejado da máquina, uma onda após a outra, escorrendo pelo vidro da janela, pulsando e guinchando nos limpadores, alimentando o estado psicótico do menino. Ele transformou em pasta metade da super-horda, cortando uma fiada de aniquilação, a partir da margem da zona de segurança, por todo leste até a Kendricks Road, e continua, e vai continuar até ficar sem gasolina ou morrer — o que vier primeiro —, porque nasceu para isso. Todos aqueles empregos de jardinagem no verão, pilotando aparadores de grama até o pescoço criar bolha sob o sol e os braços se paralisarem de cãibra, tudo para ajudar os pais a sair da falência, e talvez para também meter o dedo na cara das crianças da escola fundamental Rolling Acres, que o sacaneavam porque ele era pobre e tinha sempre de usar aqueles tênis da loja Kmart — tudo levou a isto: seu destino, seu verdadeiro chamado.

Ele está coberto por uma fina camada de sangue, da cor de suco gástrico, a sucção do vento soprando uma névoa de tecido dos errantes pela ventilação da cabine de piloto. Tommy não se importa. Também não nota que o medidor de combustível está na reserva e que o motor começa a falhar.

Mexendo na caixa de marcha, aumentando a velocidade dos limpadores de para-brisa, ele leva a máquina para a onda seguinte de errantes, que vem do estacionamento do armazém abandonado na Millard Road em sua direção. Pelo vidro coberto de secreções, Tommy os vê estendendo a mão para as lâminas, como se a libertação os esperasse nos dentes de metal acelerados, e depois caem numa reação em cadeia, os rostos vincados e confusos, os olhos saltando do crânio.

O motor morre.

Aos poucos, o grande triturador giratório na frente guincha a uma parada rangente e enferrujada.

Tommy curva-se para a frente com um sobressalto, num silêncio apavorante. Entranhas escorrem para a segadeira. O menino olha o medidor a sua direita, bate nele, vê que o ponteiro parou no ponto abaixo da reserva, e entra em pânico. Ele solta o cinto de segurança e está saindo do banco quando o primeiro impacto estremece a cabine, como se a própria terra tivesse vergado sob a máquina. Algo empurra a lateral da colheitadeira. Tommy atravessa a cabine até a janela lateral e olha para baixo.

Muitos Mordedores, de todas as formas e tamanhos, todos num frenesi, empurram a lateral da máquina. Tommy se segura no encosto do banco enquanto outro tremor percorre o interior. O lado direito da colheitadeira levita alguns centímetros, depois bate no chão conforme um número cada vez maior de errantes se aproxima. O menino se segura com força, cravando os dedos no estofamento.

A máquina começa a virar, inclinando-se para a esquerda em suas rodas enormes, enquanto a pressão coletiva de centenas de mortos empurra do lado direito.

Tommy solta um grito — mas como está sem voz, só sai um raspar rouco — quando a colheitadeira começa a virar.

— Olhe só aquela merda! Na pista que vai para o norte! O filho da puta está lá!

Enquanto o Challenger ronca pelo platô que dá para o Elkins Creek, Miles Littleton vê a nuvem distante de poeira a cerca de 400 metros, na autoestrada 74. Ele aponta o vale de tabaco à direita, que se esparrama como uma vasta colcha de retalhos no sol pálido. O reboque ronca para o leste, queimando óleo, lançando jatos de fumaça preta na atmosfera.

— Pegue a próxima saída! — Lilly indica o cruzamento à frente, uma estrada de terra estreita, que serpenteia pela encosta do morro na direção das fazendas.

— Porra! PORRA! — De repente Miles olha o painel. — PORRA!!

— O que foi? — Ela vê o cruzamento se aproximar rapidamente, o acesso à direita marcado pelos refletores em varas. — Reduz esta merda!

— Os freios estão fodidos!

— O QUÊ?!

— Os freios não funcionam!

— Vire aqui, merda... VIRE! — Lilly agarra o volante e dá um puxão no último instante possível, fazendo o Challenger derrapar e provocando um grito furioso de Miles, que luta para realinhar a direção.

O carro dispara pela curva, então mergulha na ladeira.

Por um breve instante, Lilly sente a leveza de um passeio na montanha-russa, como se pudesse levitar do banco. As árvores passam por eles num borrão dos dois lados, o vento vergastando pelas janelas abertas, assobiando mais alto que o motor. O carro guincha por uma série de curvas, depois a estrada fica reta.

O Challenger ganha velocidade.

— Não. Temos. A. Porra. Do. Freio! — declara Miles novamente, como se esse fato fosse uma fórmula cosmológica imponderável, que só alguns astrofísicos conseguem entender. O rapaz luta com o volante, segurando com toda força, os dentes trincados na sombra do capuz. A velocidade passa dos 130, 135. — O escroto deve ter cortado o cabo se dá pra acreditar nessa merda!

— É só manter o carro firme! — Na reta, Lilly consegue ter uma linha clara de visão do reboque ao longe, pouco mais de 400 metros à frente, uma imagem fora de foco nos raios quentes da rodovia.

O Challenger chega ao pé do morro, a velocidade passando dos 140 por hora, e a força gravitacional a empurra no banco. Miles solta um grunhido furioso e dirige o carro para uma rampa de acesso bifurcada. As rodas batem e reclamam na pavimentação desgastada conforme eles arrancam para a autoestrada. O vento os espanca, batendo na janela aberta.

— NÃO TÔ NEM COM O PÉ NO ACELERADOR! — fala Miles, admirado com essa novidade, a voz superando o barulho. — QUASE BATENDO A

MARCA DO SÉCULO E SEM TOCAR NO ACELERADOR! O ESCROTO MEXEU NO MOTOR!

Enquanto Lilly verifica as duas pistolas metidas no cinto às costas, a velocidade do carro chega a 160 por hora — um percurso surpreendentemente turbulento para o alinhamento e balanceamento originais. A distância entre os dois veículos diminui rapidamente. Pelo visto, Jeremiah abriu o reboque, correndo a toda velocidade, a julgar pelo jeito como a coisa passa de uma pista a outra e solta fumaça profusamente. Essa parte da estrada está relativamente livre de destroços, mas, de vez em quando, Miles é obrigado a dar uma guinada para evitar a carcaça de um carro abandonado, ou os restos fossilizados de um trailer tombado de lado.

— Merda! — Lilly deixa cair o carregador do revólver, que rola para baixo do banco.

À frente, o reboque assoma cada vez mais. A essa distância — um pouco menos de 100 metros —, os restos humanos pendurados no guincho são visíveis, um simulacro medonho de algo que antigamente era um homem, os braços e pernas há muito se foram; o objeto agora se assemelha a um corte de carne pendurado em um frigorífico. A luz estroboscópica, evidentemente conectada à bateria do veículo, ainda pisca a estranhos intervalos pavlovianos.

Lilly para de procurar pelas balas e olha a luz estroboscópica.

Algo se solta dentro dela — algo invisível e profundamente sepultado —, estimulado por esse farol prateado, que pisca seus sinais enigmáticos. Cada vez mais próximo, o Challenger chega a 30 metros do caminhão coberto de sangue, soltando fumaça e rabeando, e Lilly sente a maré de fúria em seu íntimo se quebrar contra um muro de algo muito mais sombrio.

Um psicólogo chamaria isto de "hipomania". Soldados da ativa chamam de "furor de matar".

— Que merda você vai fazer agora?! — exige Miles, ao ver Lilly jogar a arma no banco traseiro, o foco ainda fixo naquele sinal luminoso oscilante. Ele alterna o olhar entre a mulher e a frente do veículo, que se aproxima da traseira do reboque, o guincho enfeitado com o cadáver, perto o suficiente para ser tocado com a mão. — Se segure aí, garota! Vamos bater!

A grade larga do Challenger bate no engate do reboque.

Isso os joga para a frente, fazendo-os bater no painel, provocando farpas de dor na ponte do nariz de Lilly, motivando-a, energizando-a, enquanto a luz prateada continua a piscar como um globo de discoteca com defeito. Na cabine do reboque, Jeremiah se abaixa por um momento, retraindo-se com o impacto.

Miles mantém o carro firme conforme um fragmento grande do para-choque do reboque se solta e bate na estrada, quicando até um campo adjacente.

Lilly levanta o corpo e se enfia pela janela do carona. O barulho do vento traga os gritos de fúria e confusão de Miles. Agora ela apenas consegue ouvir as rajadas de vento e a harmonia dissonante das duas usinas de força roncando em uníssono enquanto sai pela janela, segurando-se no retrovisor lateral. Depois Lilly sobe no capô.

O carro dá uma leve guinada.

Ela se escora no injetor de ar, levanta-se, prepara-se, vergando os joelhos e fixando o olhar na traseira do enorme reboque, e salta.

VINTE E QUATRO

Lilly cai na traseira do reboque, as botas de combate escorregando na base. Ela desliza algumas dezenas de centímetros, procurando algo para agarrar. O bico das botas roça no calçamento, e Lilly se segura na alavanca do guincho cujo metal está gorduroso do sangue do cadáver pendente.

Por um momento terrível, fica pendurada ali. Seus pés se arrastam atrás do caminhão em disparada na rodovia, esquentando o bico das botas a ponto de sair fumaça. O reboque dá uma guinada, jogando-a para a direita. Os restos humanos se soltam do guincho e caem na pista contrária, depois numa vala. O veículo sacode para o outro lado.

Lilly quase cai, mas agora encontra as forças — provavelmente pelo mero poder do próprio ódio — para se impelir para cima.

O vento a castiga. As rajadas ameaçam arrancá-la do caminhão quando ela sobe na área de carga, escorregadia de sangue. Lilly se agacha. Seus olhos ardem com o vento. Ao olhar pela janela traseira da cabine, vê a nuca do reverendo, que luta com o volante enquanto estende a mão para alguma coisa no banco — provavelmente sua arma. Rapidamente, ela avalia o conteúdo da área de carga, vendo pequenos carretéis de cabo, cravos de ferrovia e garrafas vazias rolando. Ao ver um pé de cabra, Lilly o pega.

A mulher volta a olhar pelo vidro da cabine.

Jeremiah está apontando a Glock 9 mm para ela. Antes que consiga atirar, Lilly golpeia com o pé de cabra. A ponta em gancho bate no vidro, mas não o quebra. O pregador se retrai, o reboque novamente dando uma guinada. Ela cambaleia, então cai, e o pé de cabra sai voando. Jeremiah vê uma obstrução se aproximando rapidamente na pista da esquerda.

Ele dá um golpe no volante para o outro lado, a fim de evitá-la, e faz Lilly desabar no lado oposto do anteparo. Logo atrás, a frente larga e sorridente do Challenger está a uma distância pequena da traseira do reboque. Miles se recusa a abandonar Lilly, os freios estragados que se danem. Vai ficar com o caminhão para sempre.

Lilly se levanta de novo, segura a barra de ferro e bate com mais força no vidro — uma, duas, três vezes; o terceiro impacto espatifa o vidro de segurança em uma cortina de diamantes.

O vidro implode, e partículas reluzentes giram para dentro da cabine. O reboque dá uma guinada louca, e Lilly consegue ouvir o grito do reverendo. A Glock de Jeremiah sai girando pelo banco. A mulher se impele para a beira da janela quebrada. Suas mãos se empalam nos cacos de vidro, e a dor a empurra para dentro da cabine.

Ela agarra o braço de Jeremiah. Metade de seu corpo está para fora da janela quebrada enquanto ela o puxa. O reverendo se contorce e xinga. Lilly luta com o braço dele, e o volante se sacode. O reboque atravessa as duas pistas na direção do acostamento de cascalho. Os pneus guincham. O ronco do motor se intensifica. O caminhão derrapa pela beira de uma vala a 120 por hora, as rodas batendo loucamente em partes íngremes e sulcadas de terra. As vibrações transformam a cabine em um pandemônio.

Jeremiah tenta estrangular Lilly, conseguindo colocar a imensa mão nodosa em seu pescoço. Ela se afasta, e o restante do corpo cai dentro da cabine. O homem desfere um golpe desvairado, atingindo-a. O impacto do enorme punho a faz ver faíscas e ofegar.

Lilly tem unhas curtas, mas raspa a face do pastor enquanto o reboque oscila e rabeia na ladeira de terra. O caminhão se inclina 45 graus. As unhas arranham o olho direito e o rosto do reverendo. Jeremiah grita de dor. Perdendo o controle, o reboque começa a virar.

Ele pisa no freio, os pneus traseiros travam, e Lilly bate no painel enquanto o caminhão derrapa. Jeremiah tenta dirigir, mas o veículo desliza de lado por um momento.

Em seguida, Lilly grita, pois o mundo todo parece girar em seu eixo e jogá-la no teto.

Miles solta um gemido. Ele vê o reboque virando e dá uma guinada. O caminhão cai de lado. Em uma nuvem de poeira, o Challenger passa roncando pelo local. Está sem freios, porém o rapaz pisa com raiva no pedal inútil.

Pelo retrovisor, vê o reboque deslizando violentamente de lado. O veículo escorrega sem parar por quase 100 metros, cavando um canal no chão. Depois para em uma vala, levantando poeira.

Miles tenta freneticamente tudo em que consegue pensar a fim de parar. Mete os dois pés no pedal do freio. Reduz a marcha do carro. O motor geme e gira em falso, mas a velocidade só diminui um pouco. O Challenger ainda dispara — 1 quilômetro, 2 quilômetros depois do caminhão acidentado.

Ele tenta colocar o carro em ponto morto e deixar que corra pelo acostamento. Isso começa a funcionar. Mas, quando aparece uma pilha de destroços, o jovem precisa engrenar novamente e girar o volante, contornando a obstrução.

Então, um instante depois, ele comete um erro crítico: olha pelo retrovisor. Só quer ver se há algum sinal do reboque atrás dele, mas o olhar se demora demais. Quando volta os olhos à estrada, solta um grito de choque.

Dois trailers grandes jazem em destroços nas duas pistas da rodovia.

O Challenger bate pelo meio dos destroços, jogando Miles no volante, quebrando-lhe um dente e provocando uma concussão no crânio. O carro corre por mais 30 metros de metal retorcido e entra em derrapada. O jovem luta com o volante. O Challenger roda 360 graus de forma enlouquecida.

Miles desmaia enquanto o carro desliza pela beira de um precipício e tomba, rolando.

Completa um total de cinco revoluções antes de cair em um leito seco de rio.

Duas figuras esticam o pescoço para ver por cima de uma barricada improvisada, no canto nordeste da cidade.

— Vou atrás dele — resmunga um homem, olhando pelo binóculo. No campo de visão oval, ele enxerga a gigantesca colheitadeira tombada de lado no estacionamento de cascalho, no final da Kendricks Road.

— Acha que é uma boa ideia? — Norma Sutters se coloca ao lado de David Stern, enxugando as mãos gorduchas numa toalha. Seu rosto ainda tem as manchas de carne podre com que se lambuzou para se misturar com a horda, mas o vestido agora está coberto de sangue fresco lançado por Harold Staubach. Ela passou a última hora cuidando dele.

David olha a mulher.

— Não podemos deixar o coitado do menino lá fora.

— O menino pode estar morto, David. Lamento ser tão dura, mas...

— Norma...

— Escute, não queremos perder mais nenhum de nós só para tentar salvar alguém que já morreu.

David limpa o cavanhaque grisalho, pensando no assunto.

— Eu vou. E ponto final.

Ele desce a escada e vai em busca da munição para sua Tec-9.

Lilly volta a si no interior enfumaçado do caminhão virado. A princípio, piscando e estreitando os olhos no brilho severo do dia nublado que inunda a abertura da janela do motorista — que agora é o teto —, ela faz um inventário silencioso dos ferimentos. As costas latejam, torcidas no impacto, e pode sentir gosto de sangue acobreado onde mordeu a língua, mas não parece ter nenhum osso quebrado.

De súbito, registra o fato de que o reverendo — ainda inconsciente — está caído sobre o volante acima dela, seus braços e pernas desengonçados e tortos, embolados no cinto de segurança. Ela olha a forma flácida, considerando a possibilidade de ele já estar morto. A pele está cinzenta e lívida. Lilly observa o peito grande de barril, vendo que sobe e desce lenta e sutilmente — é claro que está vivo —, e ela está a ponto de procurar pela arma quando os olhos dele se abrem e o homem a ataca.

Ela grita, e o reverendo reage, passando as grandes mãos calejadas pelo pescoço de Lilly.

Ele desce o resto de seu peso em Lilly, o barulho de tecido se rasgando vem de trás dele, do casaco embolado no volante, abrindo as costuras. A mulher arqueja, convulsiona — as reações comuns da primeira fase da asfixia — e tenta puxar ar para os pulmões, mas os dedos apertam mais. Por instinto, ela estende o braço e tenta arrancá-los do pescoço, porém isso é mais fácil em teoria que na prática. Seu aperto de torno se fecha firmemente no pescoço de Lilly, imóvel.

Jeremiah a encara com uma calma surpreendente, sussurrando alguma coisa que, de início, parece quase um encantamento, como se estivesse lançando um feitiço. Os dois têm os rostos próximos o bastante para que ela veja as manchas de tabaco amarelas entre os dentes dele, e os mínimos capilares vermelhos cobrindo o branco de seus olhos, bem como trechos de pele com psoríase nas bochechas. Ela entra na fase dois: a crise de hipóxia.

Parece a Lilly que ele a estrangulava havia horas. Seus pulmões pegam fogo, e a visão se tolda, e ela sente todo o corpo formigar conforme o oxigênio para os tecidos escasseia. A mulher começa a estremecer involuntariamente nas mãos do pastor — uma série de paroxismos violentos que se assemelham a um ataque epilético. As pernas chutam e tremem. O calcanhar das botas bate no piso. Os braços se debatem inutilmente, em tentativas fracas de atingir o homem, então, de repente, a mão direita roça algo metálico, frio e familiar no piso ao lado, metido entre o tapete e a porta.

Ela está prestes a entrar na terceira fase — a inconsciência, um pulo para a morte — quando o cérebro registra o que está tocando: *a pistola 9 mm.*

Essa revelação é o último pensamento consciente que dispara pelas sinapses de Lilly antes de tudo se apagar e ela desmaiar.

Lilly Caul vivenciou lapsos de tempo em várias ocasiões na vida — bebedeiras na faculdade, festas com drogas acompanhada de Megan Lafferty, a vez em que sofreu um terrível acidente de carro em Fort Lauderdale —, mas nada nem remotamente se compara a isso. É como se algum montador de cinema cósmico tivesse cortado uma cena de sua linha do tempo.

Ela não faz ideia de como a arma foi apanhada, como foi erguida, como o gatilho foi puxado, ou como a bala encontrou seu caminho a uma parte tão crítica da anatomia do reverendo. O fato é que Lilly não consegue, de maneira alguma, se lembrar de ter apontado a arma, que dirá tê-la *disparado*.

A mulher só se lembra de despertar com um barulho muito estranho, que no início parecia um choro de bebê — um gemido estridente e agudo que se deteriorou em um grunhido rangente. Agora sente que é uma mergulhadora com descompressão, nadando freneticamente para a superfície do mar, para o oxigênio, o doce oxigênio, para a libertação, para a vida.

Rompendo a água negra, Lilly ofega e inspira grandes golfadas de ar.

A sobrecarga sensorial a ataca. Seu pescoço lateja, como que queimado por uma corda. Ela está segurando a Glock, que parece tão quente como um ferro de marcar boi, o ar está denso de uma fumaça azul, e Jeremiah jaz em posição fetal do outro lado da cabine. Ele segura a virilha, ensopada de sangue, enquanto mia de agonia, o que explica o choro de bebê.

De súbito, tudo volta a ela. Como terminaram na cabine de um caminhão virado, como ele a estava estrangulando e como ela sentiu a arma pouco antes de desmaiar. Agora Lilly percebe que acertou na mosca.

Ela recupera o fôlego, esfrega o pescoço com a mão livre e tenta falar, mas só sai uma tosse aguda e fraca. Lilly engole em seco e toca a traqueia. Parece intacta. Então respira mais algumas vezes e consegue se ajoelhar na cabine virada. Ejetando o pente da munição, ela vê que ainda restam muitas balas; encaixa-o novamente e aponta a arma para o reverendo.

— Cale a porra da boca. — A voz dela está rouca e fraca, porém resoluta, decidida, fria. — E faça o que eu mandar, ou a próxima vai para seu crânio.

Jeremiah consegue se sentar, engolindo com dificuldade, a respiração laboriosa e acelerada. A careca está manchada de sangue. Ele estremece, segurando a virilha ensanguentada, então engole em seco mais uma vez e por fim fala:

— Acabe logo com isso.

— Saia. — Ela indica a porta no teto, que antes era o lado do motorista. — Agora!

Ele vira a cabeça careca, de modo a poder enxergar a porta bem acima dele, e olha para Lilly.

— Tá de sacanagem.

Ela aponta a arma para um de seus joelhos, mas, antes que possa disparar, o homem se esforça para se levantar.

— Estou *indo* — geme ele, e, com grande esforço, ergue-se em toda sua altura.

Leva uma eternidade para o reverendo ferido sair da cabine enorme, baixar na grade da frente e cair no chão com um grunhido de agonia. Sua calça está ensopada de sangue, a pele tem a cor de cola de papel de parede, e a respiração ficou pegajosa com fluidos.

Lilly sai da cabine atrás dele e pula no chão.

— Ajoelhe-se — diz ela categoricamente, apontando-lhe a arma.

Ele respira fundo, ergue-se, encara a mulher e endireita os ombros, como quem se prepara para lutar.

— Não.

Ela atira em um dos joelhos.

Jeremiah grita. O disparo arranca um tufo da calça, gerando um jorro de sangue atrás da perna, e o faz cambalear para trás. Ele cai amarfanhado, segurando o joelho, gritando de dor. Sua cara é uma máscara de agonia. O homem encara Lilly com os olhos marejados.

— Por quê...? Por que está fazendo isso?

Ela se coloca acima dele, inexpressiva, pensando em Bob e Woodbury. Por fim, retruca:

— Porque o universo quer que eu faça isso.

Coberto de sangue, lágrimas e muco, ele a olha e ri. Não é um riso alegre. Só uma gargalhada gélida, irônica e seca.

— Acha que é Deus?

Ela o olha sem nenhuma misericórdia.

— Não, não sou Deus. — Lilly aponta para o ombro dele. — E você também não.

A arma grita.

Dessa vez o tiro arranca um naco do peitoral esquerdo e sai do trapézio, em uma névoa de tecido vermelho, fazendo-o girar em um arabesco desajeitado, esparramando-o no chão. Ele arqueja e tenta se arrastar para longe. Mas desaba. Jeremiah bufa dolorosamente na terra, rola o corpo e olha o céu.

Ela se aproxima calmamente. No início, não diz nada, apenas o olha de cima.

— M-moça, p-por favor... — Agora ele está quase sem ar, a cara de apresentador de game-show marmorizada de sangue, a careca raspada é quase cômica. — P-por favor... Acabe com isso... Me livre desse sofrimento.

Então ela sorri — talvez um dos sorrisos mais frios já partilhados entre dois seres humanos — e fala:

— Não... Tenho uma ideia melhor.

VINTE E CINCO

Agora não vai demorar muito.

Agachado no espaço apertado da cabine da colheitadeira, sem munição, sem opções, David Stern *pensa* isso, mas não diz, não na presença do garoto, um menino de 12 anos, corajoso, heroico e durão, que cuidou de uma super-horda inteira, lidando sozinho com esse monstro gigante, que ele mal sabia operar — o que aprendeu passando os olhos pela porra do manual.

Nesse momento, o menino se espreme ao lado de David no caixão de metal, tremendo, esperando pela morte.

A cabine estremece mais uma vez, soltando guinchos, como um navio que afunda, enquanto o enxame continua a pressionar, com uma força cada vez maior, de todos os lados da colheitadeira virada. Pela abertura irregular de vidro quebrado que antes era o para-brisa, 1 metro à esquerda, David vê o enorme compartimento da lâmina, ainda escorregadio das entranhas de incontáveis mortos, agora entortado em dois pedaços pelo impacto da queda. Também vê a horda se aproximando aos bandos dos destroços, muito mais que quando David correu pelas três quadras, entre a zona de segurança e a máquina arruinada, com ideias grandiosas de resgatar o garoto.

Seu babaca idiota e arrogante, pensa ele, *rolando na própria insolência.*

Só se passaram uns 15 minutos desde o momento em que o homem ficou sem munição e percebeu que tinha cometido um enorme erro, jogando a arma de lado e subindo à cripta amassada com o menino. Agora centenas, talvez outros milhares de Mordedores chegaram para tentar invadir a casca de aço amassada da colheitadeira, sem premeditação, sem outro propósito senão o de se alimentar; milhares de rostos pálidos e mosqueados, vincados de uma fome torturante, milhares de olhos leitosos, com crostas de catarata, fixos na solitária dupla de humanos encolhidos na minúscula tumba que antes era uma cabine; milhares de dedos em garra, escurecidos, raspando a pele de metal da máquina, como unhas num quadro-negro.

— E se formos para o fundo?! — O menino, com a camiseta encharcada de bile e cabelo claro eriçado, como que eletrocutado, aponta o único metro quadrado de um alçapão de metal corrugado embutido no fundo da cabine, que agora é a parede à direita de Tommy. — A gente podia...

— Não, não adianta. — David solta um suspiro sofrido. — São muitos. Por enquanto, estamos mais seguros aqui.

O garoto o olha.

— A gente não pode ficar sentado aqui para sempre... Precisamos tentar alguma coisa.

— Estou pensando.

Tommy se arrasta até o alçapão e mexe na tranca, que foi danificada na capotagem.

— Acho que podemos escapulir por esse...

— Afaste-se daí! — sibila David Stern. — Eles vão entrar!

— Acho que não...

O alçapão de repente explode para dentro com um tinido metálico que faz o menino voar para trás, piscando convulsivamente, tremendo de choque. Dezenas de mãos se estendem pela abertura, dedos em gancho com unhas escurecidas arranhando o ar, debatendo-se por comida. Tommy solta um grito. David arremete para o alçapão e tenta chutar a medusa de braços e mãos para fora da abertura quando, de súbito, uma série de estampidos enormes se espalha pela estrutura dos destroços, e o homem se vira a tempo de ver um pesadelo se desenrolar diante de seus olhos.

As paredes da cabine vergam para fora, sob a pressão de uma enorme onda de mortos, e as junções da colheitadeira começam a se separar no meio. Os rebites estouram como fogos de artifício. O fedor da morte e o clamor de rosnados coletivos enchem a câmara sem ar. Tommy grita, recuando contra o piso vertical.

David procura loucamente por uma arma, mas a alteração na gravidade, enquanto a máquina vira e desaba sobre si mesma, lança-o para o piso.

Tommy cai por cima do homem, e os dois se abraçam quase que por instinto ao se quebrar a última parte intacta do para-brisa. Figuras esfarrapadas tombam para dentro da cabine. David empurra o garoto para o canto e segura um pedaço torto, com cerca de 1 metro, da estrutura da janela. O Mordedor mais próximo leva a beira pontuda da estrutura através do olho, jorrando fluido por cima de Tommy Dupree, que grita num misto primitivo de fúria, pavor e repulsa.

David ataca o outro, e o seguinte, e ainda mais outro, sabendo o tempo todo que é só uma exibição, uma farsa para o garoto. David Stern não tem esperanças de combater um interminável saco sem fundo de monstros que inundam o espaço arrombado. Mas continua atacando, cortando um na têmpora, apunhalando outro pela órbita do olho, atacando ainda outro pelo céu da boca. Fluidos, sangue e tecido engolfam a câmara, e logo os corpos se acumulam no piso da cabine, a centímetros de onde o menino luta para não chorar alto. Ele só fica sentado ali, os ombros tremendo, os olhos marejados, apreendendo tudo com lágrimas escorrendo pelo rosto sardento.

E, quando o homem mais velho finalmente é dominado e cai para trás, tropeçando nos próprios pés e desabando a centímetros do menino, os dois humanos vivos viram a cara. Não querem assistir, não querem ver o fim chegar em sua forma medonha de um furor de alimentação. Sentem as caras cheias de dentes aproximando-se, rosnando, vorazes, dentes roendo, baixando para eles... e depois *nada*. Nenhuma dor lancinante da primeira mordida, nenhuma convulsão de agonia daqueles dentes escavando o tronco macio e as iguarias do interior.

David abre os olhos. Dezenas de mortos pairam imóveis sobre ele e o menino, como manequins em uma vitrine esquecida, cada Mordedor parecendo um cachorro convocado por um apito ultrassônico. Um por um, voltam os olhos vazios para o sul, como se localizassem a origem do som silencioso. David olha fixamente. O mais leve estalo vaga no vento; um clarão de luz quente oscila na cara dos mortos. O quadro vivo de início parece onírico, mas, a cada segundo que passa, se intensifica. Um motor distante surge na brisa.

Tommy ia sussurrar algo numa voz sobressaltada quando acontece uma coisa muito estranha: os monstros se retiram, saindo lentamente do espaço fechado, esbarrando um no outro ao se retirarem desajeitados, virando para procurar a origem daquela luz oscilante. Eles vagam em massa para o barulho do motor e a luz prateada que pisca.

David se senta. Então esfrega os olhos, como se acordasse de um sonho, e olha para Tommy, que também se coloca sentado.

— Mas que *porra* — diz Tommy, quase retoricamente ao ver o êxodo em massa dos mortos.

Lilly fica atenta ao espelho lateral rachado do reboque amassado ao passar lentamente pelas ruínas do Ingles Market. Anda a menos de 8 quilômetros por hora — a velocidade de um caminhar — para permitir que um maior número de suplicantes a acompanhe. A cidade está surpreendentemente silenciosa, considerando a população de mortos que agora enche as ruas e anda na esteira do caminhão. A brisa que vaga pela janela quebrada da cabine tem cheiro de enxofre e terminais elétricos queimados.

Lilly reduz a marcha e vira para o sul, rumo ao pátio de trens.

No reflexo do retrovisor lateral, vê o pregador preso ao enorme guincho na traseira do reboque. Ainda com a camisa manchada, a calça preta e as botas, além dos ferimentos a bala vazando por baixo das roupas, ele parece a figura de proa viva de um navio, pois os braços pendem flácidos e a cabeça careca está tombada enquanto ele entra e sai da consciência.

A luz estroboscópica ainda pisca acima dele, um farol atraindo a horda.

De tantos em tantos segundos, Jeremiah solta um grito desarticulado — uma mixórdia de palavras e sílabas sem sentido pelas quais Lilly não tem nenhum interesse. Ela apenas aprecia o efeito pavloviano que a voz tem sobre a congregação em massa que segue o reboque. Reúne-se um número cada vez maior de mortos — já formam pelo menos cinquenta filas atrás do pregador, e o número é crescente.

Lilly passa lentamente pela estação, onde as crianças ainda estão reunidas com Barbara nas sombras, esperando pelo sinal de que está tudo liberado.

A partir do pátio de trens, ela vira para o oeste e descreve um círculo largo e lento pelo canto mais distante da cidade. Seduzidos pelos ruídos sobrenaturais da voz de Jeremiah, bem como o sinal luminoso oscilante, errantes saem de claustros na via expressa, de trás de trailers abandonados, saem de valas, de galerias subterrâneas, de cada canto. A turba cresce. Em seu espelho fraturado, Lilly vê o mar de mortos seguindo os delírios murmurados do louco.

No alto da Whitehouse Parkway, ela pega o leste e volta por onde veio.

Quando chega ao lado leste da cidade, o pregador está quase morto e praticamente toda a horda segue o caminhão, um vasto campo de mortos ambulantes, abrangendo uma quadra e meia da cidade, e pelo menos 200 metros de extensão. Ela se admira com o tamanho da turba, visível no reflexo distorcido do retrovisor lateral. A manada é tão enorme que as massas fervilhando no ponto mais distante da traseira são apenas um borrão nebuloso na tarde nublada.

Lilly passa lentamente pelos destroços da colheitadeira de Tommy Dupree, vendo, por sobre o ombro, as duas figuras emergindo da cabine amassada e virada. O menino sai primeiro, descendo pelo para-brisa quebrado, parecendo um animal deixando a hibernação. David vem em seguida. O homem mais velho luta para sair e semicerra os olhos para o céu cinza-aço, respirando fundo o ar vital.

Tommy fica boquiaberto com a multidão que se afasta, seguindo como robôs a luz oscilante. O menino olha sem parar, de boca escancarada. David se coloca ao lado dele, limitando-se apenas a balançar a cabeça, assombrado, enquanto observa.

Lilly faz uma leve curva para a Riggins Ferry Road e vai para o trecho largo de terrenos desolados e terras devolutas junto ao vale do rio Flint.

Seu destino fica a 17 quilômetros — aproximadamente duas horas e meia nessa velocidade —, portanto, ela se ajeita no banco e solta um longo suspiro.

Os pensamentos vagam, e o drama mítico que acontece nesse exato momento bem atrás dela torna-se a coisa mais distante de sua mente.

O grande e honorável reverendo Jeremiah Garlitz prega seu último sermão naquele dia, amarrado a um gancho, 4 metros acima da terra repulsiva que ele pensa ser o Sião. Em seus últimos pensamentos embaralhados, fala à megaigreja de almas perdidas, que o segue obedientemente, na poeira da Terra Santa. Pronuncia grande parte de sua homilia em latim, flutuando no ar, cercado pelos anjos. O pastor abre os braços e sorri beatificamente para a grande assembleia de fiéis que o seguem — seus soldados cristãos, seus discípulos justos —, as faces escuras, sujas e empobrecidas tomadas de uma nobre selvageria. Deus abençoe sua congregação.

Isso prossegue por horas; Jeremiah recordando-se de todos os grandes capítulos e versículos, todos os melhores sermões que deu na vida em tendas abafadas e igrejas do interior. O bruxulear da vela votiva acima dele ilumina o altar enquanto os paroquianos esfarrapados o acompanham por quilômetros e mais quilômetros, muitos descalços, sangrando, aleijados, leprosos, doentes, velhos e enfermos. Perto do fim da jornada, o homem sente um afrouxamento da alma, uma sombra caindo sobre o campo de visão, fazendo-o entrar em júbilo. Ele sente sua carruagem se acelerar, as asas se abrirem, apanhando o vento, os anjos erguendo-o pela estratosfera rumo ao paraíso.

Seu último ato é entoar o testemunho alegre em uma língua antiga.
Enquanto o firmamento o abraça.

Acontece quase rápido demais para Lilly notar o som. Ela abre a porta do motorista a 30 metros da beira do precipício, no lado sul de Emory Hill — o lugar de onde costumava olhar com anseio a cidade tomada de errantes —, e escora o pé de cabra entre o banco e o acelerador.

O reboque se lança para a frente enquanto Lilly pula para a terra rochosa, o trovão do vento e do motor tragando todos os outros ruídos, exceto a voz.

Mesmo ao correr pela mata adjacente, apressando-se a fim de evitar o contato com a manada, e mesmo quando o reboque cai pela beira do precipício, Lilly ainda consegue ouvir a voz fraca do reverendo. À medida que o caminhão voa pela beira e mergulha mais de 20 metros até a margem de rio coberta de pedras, ela ouve as vocalizações bizarras de alguém falando em línguas estranhas.

Depois o som é tragado pelo rosnado coletivo de centenas de cadáveres ambulantes arrastando-se para a beira — como lemingues, fiéis até o fim — enquanto a lâmpada oscila em direção ao oblívio. De trás de um denso grupo de árvores, sem fôlego depois de correr, Lilly vê a migração em massa pelo precipício, uma cascata magnífica de mortos conforme uma fila após outra mergulha da beira.

Pouco antes de se virar, ela percebe uma ironia dolorosa: enfim Jeremiah consegue partilhar do suicídio em massa que sempre sonhou.

VINTE E SEIS

David Stern está prestes a largar a vigia da noite. Baixando o binóculo, solta um suspiro sofrido ao balançar a cabeça. Não sabe que horas são, ou há quanto tempo não dorme, nem por quantas horas esteve empoleirado no teto desse trailer abandonado, olhando por cima da barricada, vasculhando incessantemente matas e colinas distantes no campo vizinho de tabaco, na esperança de ver uma figura espectral voltando, derrotando as chances impossíveis da série culminante de acontecimentos do dia anterior. Ele alonga as articulações doloridas e artríticas.

— E quanto tempo vai ficar esperando que ela apareça magicamente? — indaga uma voz de baixo.

David se assusta, dando um pulo.

— Meu Deus, Babs! — Ele olha a esposa. — Há quanto tempo está parada aí?

— Cerca de um ano em meio.

— Muito engraçado. — Ele desce a escada encostada no trailer. — As crianças finalmente apagaram? — pergunta David ao pular para a rua.

A zona de segurança, que envolve quatro quarteirões de Woodbury, inclui vários mercados cujas prateleiras não foram inteiramente saqueadas, assim como uma pousada pequena, que antes se chamava The Green Veranda, cujos quartos atualmente estão ocupados pelas seis crianças. Naquela mesma noite, eles montaram uma enfermaria improvisada na sala da frente da pousada, onde Norma Sutters, se ainda estiver acordada, continua cuidando de Harold.

No todo, porém, comparado com as dificuldades de viver nos subterrâneos, o lugar é um oásis de luxo.

— Todos, menos Tommy — responde Barbara, dando de ombros, cansada. Seu rosto tem um curativo, e a voz ficou um pouco nasalada devido à ponte inchada do nariz. Porém, para David, na escuridão sem lua, iluminada apenas por uma tocha que arde na frente da pousada, ela é a mulher mais bonita do mundo. — O menino insiste em ficar ao lado da irmã, com uma espingarda atravessada nos joelhos.

— Que bom para ele — diz David, olhando a zona. — Ainda estou tentando me acostumar com o silêncio. — Ele aponta o muro com o polegar. — Tem alguns extraviados por ali.

— É, ainda tem alguns rastejando por aqui... Devem ser ateus ou judeus.

O homem a olha com desconfiança.

— Hein?

— Eles não seguiram o reverendo. Não se interessaram. Mas não posso culpá-los, embora eu seja suspeita para falar porque, de acordo com sua mãe, sempre serei uma *shiksa*.

Cansado demais para rir, David apenas sorri e balança a cabeça, acariciando o rosto dela.

— O que me diz de entrarmos e tentarmos tirar aquele cochilo de que as pessoas vêm falando?

Ela está prestes a responder quando ouvem um ruído incongruente no vento do lado de fora do muro.

Eles se olham.

Barbara finalmente comenta:

— Podem ser judeus, mas desde quando sabem dirigir?

David se vira e corre escada acima, segurando o binóculo, olhando pelas lentes a escuridão para além dos arredores. Ele vê primeiro os faróis, depois reconhece o carro.

— Puta que pariu! — murmura o homem, descendo apressado. — Vamos! — Ele corre para o caminhão que bloqueia a abertura de 3 metros entre as barricadas, e Barbara o acompanha.

David lhe passa a pistola, depois sobe na cabine, liga o motor e recua da entrada. Barbara aponta a arma para a abertura, puxando o cão ao ouvir o ronco de um motor se aproximando.

Seu marido fica sentado na cabine do caminhão, pronto para recolocá-lo na entrada.

O Dodge Challenger de Miles Littleton, agora amassado como um carro de demolição, ronca pela abertura e para numa derrapada. David acelera o motor do caminhão, fechando novamente a entrada. Então desce apressadamente do estribo, um sorriso pregado na cara.

— Graças a Deus! — diz Barbara, baixando a arma e levando a mão à boca. Seus olhos ficam marejados. Quando a porta amassada do motorista do Challenger se abre, ela fala: — Miles, achamos que tínhamos perdido você!

Um Miles Littleton surrado e ferido sai do carro potente.

— Nada disso! Vivinho da Silva. — Ele abre um sorriso torto. Barbara abraça o jovem, e David sacode furiosamente sua mão, então Miles comenta: — E olhe o que achei. — Ele aponta o banco traseiro. — Andando sozinha por aí, desidratada pra cacete, totalmente ferrada.

O casal se curva e vê a figura enroscada no banco traseiro, imóvel e silenciosa. Barbara mal consegue respirar.

— Ela está...?

— Apagada, galera — informa Miles —, roncando feito uma porra de um porco. — Ele se interrompe. — Acho que estava muito cansada.

— Graças a Deus ela está bem — sussurra Barbara, enxugando as lágrimas dos olhos inchados e arroxeados.

David abre cuidadosamente a porta traseira, estende a mão para o cabelo sujo de Lilly e acaricia com delicadeza. Seu cenho está franzido e com uma expressão estranha. David se pergunta se estará tendo um pesadelo.

— Talvez a gente deva deixar que ela durma um pouco. — Ele se afasta, fechando suavemente a porta e olhando para Barbara. — Acho que merece.

— Não sei, não. — Miles se recosta na frente do carro. — Depois que apagou, fiquei olhando pelo retrovisor ela se revirar e tal. Acho que deve estar tendo um puta de um sonho.

David pensa nisso por um momento e por fim fala:

— Vamos deixar que ela durma. — Ele troca outro olhar com Barbara e se vira para Miles. — Todo mundo merece uma chance de sonhar.

Os três se reúnem na frente do carro, recostados no capô, conversando indolentemente. David e Barbara dão água a Miles e verificam seus ferimentos. O rapaz elogia poeticamente os benefícios de um cinto de segurança de três pontos das antigas em um carro de linha de produção de 1972, feito nos Estados Unidos. Eles conversam mais um pouco sobre os acontecimentos dos últimos dias enquanto esperam pacientemente que a amiga termine o pesadelo.

E esperarão com paciência, e protegerão esse carro com a própria vida, e continuarão a esperar na escuridão bruxuleante daquela noite pelo tempo que Lilly precisar para passar pelas moitas e problemas de seu sonho épico.